Cat Deal

Nach allen Regeln der Kunst

Von Kate Frey sind bei Ueberreuter erschienen:
Cat Deal. Die Kunst zu stehlen
Cat Deal. Nach allen Regeln der Kunst

Für Kristina – meine Freundin fürs Leben

1. Auflage 2017
© Ueberreuter Verlag GmbH, Berlin 2017
ISBN 978-3-7641-7076-9

Lektorat: Emily Huggins
Umschlaggestaltung: Carolin Liepins
unter Verwendung von shutterstock.com/© aslysun und © Markovka
Vignette im Innenteil: © Adrian Hillman / fotolia.com
Druck und Bindung: GGP Media GmbH, Pößneck
Gedruckt auf Papier aus geprüfter nachhaltiger Forstwirtschaft.

www.ueberreuter.de

KATE FREY

CAT DEAL

NACH ALLEN REGELN DER KUNST

ueberreuter

INHALT

TRACK: 01
TITLE: GRINSEKATZE

Ich hasse den Konjunktiv II. Dieses besserwisserische »hätte, würde, sollte, könnte«. Ich kann es auf den Tod nicht ausstehen, wenn man sich über mich lustig macht. So was bringt mich echt auf die Palme – beziehungsweise auf das Dach eines Hauses aus dem frühen 17. Jahrhundert im nobelsten Stadtteil von Amsterdam.

»Du müsstest jetzt direkt vor dem Giebelfenster sein. Hättest du das kleine Stemmeisen dabei, dann könntest du es direkt aufhebeln«, konjunktivte Asim mir über unser Kommunikationssystem ins Ohr.

Ich baumelte gute zehn Meter über dem Kopfsteinpflaster. Nicht zum ersten Mal in meinem Leben, nebenbei gesagt. Allerdings in voller Absicht und gesichert mit einem Kletterseil Tendon Smart 10.0, mit einer maximalen Fangstoßkraft von acht Kilonewton, einer dynamischen Seildehnung von 36 Prozent und einer statischen Seildehnung von 7,2 Prozent. Oder kurz gesagt: Falls ich abstürzen sollte, schützte mich das Seil zwar nicht vor einer Rippenprellung, aber doch vor einem tödlichen Aufprall. Das Tendon Smart war an einem massiven Dachbalken befestigt, der dem Stadthaus seit seiner Erbauung als Flaschenzug diente. An meinem Hüftgürtel hing neben einer Stabtaschenlampe und einem luft- und wasserdichten Exhumierungssack auch die Tasche, in der meine kleine Ratte Simon schon aufgeregt auf ihren Einsatz wartete.

Unser Auftrag: Den windigen Kunstsammler Daan van de Boers um einen Perserteppich aus dem 16. Jahrhundert zu erleichtern, den sein Vater während der Unruhen der islamischen Revolution 1979 aus dem Teheraner Teppichmuseum hatte stehlen lassen. Leicht würde die Sache nicht werden. Nicht nur, dass das Haus bestens gesichert war. Das eigentliche Problem war der wertvolle Seidenteppich selbst. Unseren Informationen nach brachte das rund drei mal zwei Meter große Stück, das mit 400 000 Knoten pro Quadratmeter sehr dicht geknüpft war, locker 20 Kilogramm auf die Waage. So was legt man sich nicht cool über die Schulter und spaziert zur Vordertür raus.

Aber hey. Einfach kann jeder.

Der Plan war folgender: Ich nahm das millionenschwere Werk von der Wand, rollte es zusammen, verstaute es im Exhumierungssack und zog diesen dann mithilfe einer elektrischen Seilwinde die Treppe hinauf bis unter das Dach. Von dort aus würde ich ihn durch das Giebelfenster am Flaschenzug hinuntergleiten lassen. William, der sich im Nachbarhaus versteckt hielt, würde den Teppich in Empfang nehmen und einem vertrauenswürdigen Kurier übergeben, der alles in einem Sarg verstauen sollte und die Fracht im Wagen eines Beerdigungsinstitutes zum Flughafen Schiphol brächte. Die täuschend echten Papiere des Fahrers bestätigten die Überführung eines verstorbenen Mitarbeiters der iranischen Botschaft in Den Haag. Und für den Fall, dass der Zoll den Sarg durchleuchtete, obwohl er unter die diplomatische Immunität fiel, hatte Asim den Deckel von innen mit einer Folie beklebt, die die Umrisse eines Mannes in 3-D-Qualität zeigten.

Asim war zwei Jahre älter als ich und der Technikfreak in unserem Team. Zwischen uns herrschte eine merkwürdige Stimmung. Vor ein paar Monaten hatten wir uns fast geküsst. Aber nur fast! Und jetzt fauchten wir uns bei jeder sich bietenden Gelegenheit an. Doch im Grunde war unser Verhältnis freundschaftlich-kumpelhaft geworden.

Um unsere Tarnung perfekt zu machen und die druckempfindlichen Sensoren an den Fenstern und Türen von Daan van de Boers Haus abzulenken, hatte Lord Peter das Nebenhaus gemietet und in eine Baustelle verwandelt. Wir hatten keine Mühen gescheut und das Gebäude mit einem Gerüst eingekleidet, inklusive gelber Eimerkette, die vom Dach in einen Bauschuttcontainer führte. Aus meiner Position in luftiger Höhe sah ich, dass irgendein Komiker eine alte King-Size-Matratze darin entsorgt hatte.

Es war empfindlich kalt geworden, und ich rieb die Hände an meinen schwarzen Hosenbeinen warm. Um vier Uhr früh schaukelten die Hausboote friedlich auf dem Wasser der Prinsengracht. Brackige Luft wehte zu mir empor, und für einen klitzekleinen Moment hatte ich Sehnsucht nach meinem Zuhause auf dem Londoner Regent's Canal.

Für Asims pseudolustige Kommentare im Konjunktiv hatte ich jedenfalls keinen Nerv. »Das Stemmeisen bringt uns nichts. Das macht zu viel Krach. Ich geh lieber auf die feine, leise Art vor«, belehrte ich ihn über unser Funksystem.

Asim saß hundert Meter entfernt in der Kabine eines Schnellbootes der Marke Aqua Royal und überwachte die Bilder einer kleinen Kamera, die wir am Gitter des Souterrainfensters angebracht hatten. In dem Kellerraum befand sich die Sicherheitszentrale des Hauses, inklusive fünf bewaffneter Männer.

Um den wenigen Platz an den Wasserstraßen perfekt zu nutzen und Steuern für Grund und Boden zu sparen, hatten die findigen Niederländer ihre Waren- und Lagerhäuser in die Höhe gebaut. Allerdings nie mehr als vier Stockwerke hoch, damit sie nicht in der sandigen Amsterdamer Erde versanken. Folglich hatten die Grundrisse aller Gebäude eines gemeinsam: superenge Treppenhäuser. Und das wiederum erklärte den Flaschenzug, an dem ich hing, nur einen Meter von dem einzigen ungesicherten Fenster in Daan van de Boers Haus entfernt.

Man ging offenbar davon aus, dass niemand so blöd wäre, sich an einer frei einsehbaren Hauswand direkt an der Prinsengracht abzuseilen. Und keiner sich lautlos durch ein Loch quetschen könnte, dessen Maße lediglich 50 mal 50 Zentimeter betrugen.

Tja.

Da hatten sie die Rechnung ohne mich gemacht. Schließlich galt ich nicht ohne Grund als die beste Fassadenkletterin und Diebin von London.

»Wenn du drin bist, musst du leise sein. Sollten die Typen von der Sicherheitsfirma mitbekommen, dass du im Haus bist, sind wir niemals schnell genug da, um dir zu helfen«, belehrte mich Asim.

»Hierbei muss mir niemand helfen«, knurrte ich zurück, während ich mit einem Glasschneider ein Loch auf Höhe des Fenstergriffs schnitt. Damit das lose Glasstück nicht herunterfiel, hatte ich es mit einem Saugnapf fixiert.

»Weil dir nicht mehr zu helfen ist«, schickte William, unser Trickbetrüger-Ass, auf meine Reaktion hinterher, was mich fast die Konzentration gekostet hätte. Ich gewöhnte mich einfach nicht an das Gequatsche in meinen Ohren. Zum Glück hielt sich wenigstens Lord Peter zurück. Unser Chef studierte in unserer Amsterdamer Wohnung am alten Olympiastadion wahrscheinlich das Muster der Raufasertapete, während er darauf wartete, dass wir sein Projekt erfolgreich durchzogen.

Gott, wie vermisste ich meine Musik, die ich sonst immer für die Choreografie eines Einbruchs benutzte, um mich konzentrieren zu können! Für das Auffinden, Verstauen und Transportieren des Teppichs hatte ich weniger als sieben Minuten veranschlagt. Ich fing an, mein aktuelles Lieblingslied »Human« von Rag'n'Bone Man zu summen und schmunzelte in mich hinein. Ich wusste, dass Asim kurz davor war, sein Boot zu versenken, weil ich ihm die Ohren vollträllerte.

»Könnt ihr nicht ein einziges Mal Funkdisziplin halten? Mit euch zu arbeiten, ist schlimmer als einen Sack Flöhe hüten«, mischte sich nun doch Seine Lordschaft ein. »Wir haben keine Zeit für so was. Irgendwann ist das Rugbyspiel in Japan zu Ende, und spätestens dann schalten die Männer vom Sicherheitsdienst den Fernseher aus und machen ihren Rundgang. Sollten die Niederländer uneinholbar zurückliegen, dann könnte einer der Kerle schon früher durchs Haus streifen.«

»Das Spiel läuft gut. Im Moment führen die Niederländer mit zwei Punkten. Aber das heißt noch gar nichts. Mit einem geschickten Spielzug können die Deutschen sie locker wieder überholen. Wir liegen gut in der Zeit«, berichtete Asim.

Ich konzentrierte mich. Daan van de Boers hatte sein Haus von außen in eine beinahe uneinnehmbare Festung verwandelt. Wenn ich aber erst einmal drin war, dann hatte ich freie Bahn. Im Haus gab es keine Stolperfallen mehr! Ich war kurz vor dem Ziel.

»Alles klar. Gebt mir Bescheid, wenn es eng wird«, meldete ich zurück und ließ mich durch das Fenster in den Dachboden des Hauses gleiten. Staub und Dunkelheit schlugen mir entgegen. Sie waren die vorherrschenden Elemente in dem rechteckigen Raum, der geschätzte sechs mal vier Meter maß. Ich schaltete meine Stirnlampe an.

Der Boden bestand zu meinem Leidwesen aus Echtholzdielen. Eiche. Ich fluchte lautlos. Egal wie sorgfältig dieses Material verlegt wird, Holz arbeitet immer. Was dazu führt, dass diese Böden quietschten oder knarzten. Und keiner konnte vorhersagen wo. Der absolute Albtraum jedes Einbrechers!

Zu meiner Rechten konnte ich durch die Tür ein weiß lackiertes Geländer erkennen. Von hier aus wand sich das Treppenhaus bis ins Tiefparterre. Ich löste das Seil vom Flaschenzug, zog es vorschriftsmäßig auf und befestigte es mit einem Karabinerhaken an meinem Hüftgürtel. Simon schlüpfte in meine Hand. Nachdem ich den Sitz seines Geschirrs, an dem eine Minikamera befestigt war, kontrolliert hatte, setzte ich ihn vorsichtig auf den staubigen Holzboden.

»Alles klar, mein Schätzchen. Dein Einsatz!«

Simons Krallen kratzten fröhlich über die Eichenholzdielen in Richtung Treppenstufen. Dort blieb er für eine Sekunde stehen.

Auf Asims Monitor musste nun das Treppenhaus zu sehen sein.

»Die Luft ist rein«, hörte ich Asim. »Ihr könnt loslegen.«

»Okay«, gab ich zurück. In Zeitlupe rollte ich bei jedem Schritt von den Zehenspitzen auf den Fußballen ab. Dabei achtete ich darauf, mein Gewicht gleichmäßig zu verteilen. Auf diese Art dämmte ich die Gefahr ein, dass der Boden laute Geräusche von sich geben würde. An den Treppenstufen angekommen, folgte ich Simon hinunter.

Die Treppe war so eng, dass zwei erwachsene Personen nur schwer aneinander vorbeikamen, und hatte ein Gefälle, das selbst einem hartgesottenen Skirennfahrer Respekt abnötigte. Andererseits waren die Stufen mit schwarzem Samt überzogen, was jedes Geräusch hervorragend schluckte. Um diese nächtliche Uhrzeit flackerte auf jedem Treppenabsatz des vierstöckigen Hauses eine Lampe vor sich hin. Das Licht reichte aus, um sich ein wenig Orientierung zu verschaffen.

Mein Ziel war das Erdgeschoss, wo der Verkaufssalon und das Büro des kriminellen Kunsthändlers lagen. Eigentlich war ich mir nicht so sicher, den Teppich dort unten zu finden. Nicht mal dieser Kerl, der seinen Kunden in aller Welt von seltenen Briefmarken über fast ausgestorbene Tierarten bis hin zu unbezahlbaren Artefakten alles besorgte, wäre so dreist, einen gestohlenen Kunstgegenstand öffentlich zu präsentieren. Aber sicher ist sicher!

Tatsächlich gaben Galerie und Büro nichts her. Genau genommen war hier überhaupt nichts zu finden. Beide Räume waren leer. Weder Möbel noch Bilder, Plastiken oder andere Kunstgegenstände, die man bei einem Kunsthändler vermuten würde. Verwundert schlich ich in den ersten Stock, ins Schlafzimmer. Simon blieb auf mein Signal auf dem Treppenabsatz stehen und hielt Wache. Sobald Asim einen der Sicherheitsmänner über die Rat-Cam nach oben kommen sah, würde er mir eine Warnung über unsere Intercom schicken. Doch im Moment war es angenehm ruhig in der Leitung.

Im Schlafzimmer bot sich mir das gleiche Bild: Leere.

»Also mal ehrlich. Ich stehe ja auf Minimalismus und diese Entrümple-dein-Leben-Bewegung. Aber das hier ist echt übertrieben. Kein Schrank oder Bett. Nicht mal eine Matratze am Boden. Kapier ich nicht.«

Kopfschüttelnd warf ich noch einen Blick ins Bad: leer!

Zweifelnd zog ich die Augenbrauen zusammen. Langsam bekam ich ein mulmiges Gefühl. Dass von William oder Asim kein Kommentar kam, nahm ich gar nicht wahr.

Ich trat wieder auf den Flur und warf, eher aus Gewohnheit denn aus Vorsicht, einen Blick die Treppe hinunter. Alles war ruhig. Nur die Tür zum Büro stand einen Spalt offen.

»Merkwürdig. Ich dachte, ich hätte sie zugemacht«, murmelte ich. Doch das war jetzt egal. Ich musste endlich den Teppich finden!

In der absoluten Gewissheit, dass der Teppich nur noch im Wohnzimmer von Daan van de Boers sein konnte, folgte ich dem Licht meiner Stirnlampe in das oberste Stockwerk und trat selbstsicher durch die Tür.

»Was verdammt noch mal …?!« Ich blieb wie angewurzelt mitten im Raum stehen. Auch hier bot sich mir das gleiche Bild: gähnende Leere!

Mein Licht blieb an der gegenüberliegenden Wand hängen.

Kein Teppich.

Stattdessen grinste mich eine überdimensionale Katze an. Eine exakte Kopie dieser gruseligen Cheshire Cat aus »Alice im Wunderland«. Je länger mein Licht auf das Graffito schien, desto mehr löste sich das Bild vor meinen Augen auf, bis nur noch das blöde Grinsen übrig blieb. Keine Ahnung, wer Daan van de Boers war, aber der Mann hatte einen skurrilen Sinn für Humor.

»Leute, hier stimmt irgendwas nicht«, meldete ich tonlos über die Intercom. »Leute?«

Doch statt einer Antwort hörte ich einen lauten Knall aus der Küche.

Vor dem Haus war alles ruhig. Die Bäume, die von niedrigen weißen Zäunen gesäumt waren, warfen einsam ihr Blätterkleid ab. In dieser Gegend, die am Tage nur so von Touristen überschwemmt wurde, trieb sich nachts keine Menschenseele auf der Straße herum. Die Mietpreise waren so exorbitant hoch, dass sich nur Versicherungen und finanzstarke Firmen hier ein Büro leisteten. Oder unternehmerisch begabte Einzelpersonen wie ein gewisser Kunsthändler. Bars oder Kneipen gab es in der direkten Umgebung keine.

Verstohlen blickte sich die junge Frau um, während sie ihr Fahrrad auf dem Kopfsteinpflaster ausrollen ließ. Die Hausboote am Ufer der Prinsengracht schaukelten träge vor sich hin.

Direkt vor dem Eingang des Hauses, einer schweren hölzernen Kastentür, kam die Radfahrerin zum Stehen. Sie stieg

ab, lehnte das Rad gegen den gusseisernen Zaun, der die Fuß-
gänger vor einem Sturz in den Kellereingang bewahren sollte, und schloss es ab. Während sie ihre roten Haare zu einem
Pferdeschwanz bändigte, vergewisserte sie sich noch einmal
unauffällig, dass die Luft rein war. »Schaltet die Anlage ab!«

Die angewiesenen Männer saßen drei Straßen weiter in
einem Van, der als Firmenfahrzeug des Gasversorgers Vatten-
fall getarnt war. »Ist aus. Du kannst reingehen.«

Das ließ sich die junge Frau nicht zweimal sagen. Ent-
spannt, so als gebe es nichts Normaleres auf der Welt, lief sie
die vier Stufen zum Eingang hinauf, nahm ein kleines Etui
aus einer Tasche ihres nachtblauen Jumpsuits und führte zwei
schmale Stifte in das Schloss der roten Tür ein. Sekunden
später öffnete es sich mit einem leisen Klick. Ohne sich umzusehen, verschwand sie im Haus.

Eine Lampe flackerte still vor sich hin. Die Frau hob den
Kopf, schaute die schmale Treppe in den ersten Stock hinauf
und horchte. Außer dem Summen des Transformators für die
LED-Lichtanlage war nichts zu hören.

»Ist die externe Kommunikation abgeschaltet?«

Im Haus roch es moderig, so als hätte man hier in den vergangenen Tagen nicht gelüftet. Die klamme Kälte machte ihr
eine Gänsehaut. Sie schüttelte sich leicht, als sie die Antwort
auf ihre Frage über den Knopf in ihrem Ohr hörte.

»Wie geplant. Die Sicherheitsanlage des Hauses ist gespiegelt und diese merkwürdige externe Kommunikation inklusive der Bildübertragung ist unterbrochen.«

»Verdammt, unterbrochen ist nicht gut. Warum habt ihr
das nicht auch gespiegelt?«, wollte sie wissen.

»Dafür blieb keine Zeit«, kam es beleidigt aus dem Van zurück.

Die junge Frau biss sich auf die Unterlippe. Dieser Missgriff konnte sich noch zu einem Problem auswachsen. Aber das war den Männern im Van egal. Es ging ja nicht um ihre Hintern.

Jetzt konzentrierte sie sich auf den positiven Aspekt der Mission. Für das Sicherheitspersonal sah es so aus, als funktionierten die Anlagen zuverlässig wie immer. In Wahrheit aber waren sie alle abgeschaltet. Für die externe Kommunikationsleitung, die vor zehn Minuten auf ihrem Radar aufgetaucht war, galt das unglücklicherweise nicht. Ihr war klar, dass noch jemand Daan van de Boers einen Besuch abstattete, der hier genauso wenig zu suchen hatte wie sie. Sie hoffte bloß, dass dieser jemand nicht auf den gleichen Job angesetzt war. Schließlich gab es bei dem Kunsthändler noch anderes zu holen als eine Festplatte mit hochbrisantem Inhalt.

Doch darüber konnte sie sich Gedanken machen, wenn ihr dieser Jemand tatsächlich über den Weg lief. Sie war auf Höhe des Büros angekommen und öffnete die Tür.

Die kleine Ratte, die am Absatz Wache hielt, fiel ihr nicht auf.

Die junge Frau ging von Raum zu Raum. Mehr als abgestandene Luft fand sie nicht.

»Das kann nicht sein«, sagte sie mehr zu sich selbst und erschrak, als eine Antwort auf ihre Bemerkung kam.

»Was ist los? Auf den Monitoren sieht alles gut aus. Die Leute vom Sicherheitsdienst kleben immer noch vor dem Fernseher.«

»Wenn die Niederländer so weiterspielen, dann werden sie das erste Mal in ihrer Geschichte an einer Rugby-Weltmeisterschaft teilnehmen«, hörte sie die Stimme des zweiten Mannes. »Verdammt, ich hätte bei meinem Buchmacher eine Wette platzieren sollen.«

»Darüber kannst du später heulen«, wandte die junge Frau tonlos ein. »Wir haben hier ein ganz anderes Problem. Ich kann nichts finden!«

»Was heißt ›nichts‹? Die Festplatte dürfte ziemlich klein sein. Die hat die Ausmaße einer Kreditkarte, vielleicht ein bisschen dicker.«

»Das ist mir bekannt. Ich war beim Briefing anwesend«, kam es leicht gereizt zurück. »Ich meine, hier ist nichts, wo ich suchen könnte. Die Räume sind leer. Hier stehen nicht einmal mehr Möbel drin. Ganz zu schweigen von einem Safe. Nichts, wo man die Festplatte verstecken könnte.«

Das Schweigen in der Leitung sprach Bände.

»Hast du schon das ganze Haus durchsucht?«

»Nein. Wohnzimmer und Küche sind noch übrig. Aber wenn ich dort auch nichts finden kann, dann sitzen die Kerle in der Sicherheitszentrale auf der Platte.«

»Ich würde sagen, erst dann haben wir ein Problem, und bis dahin schaust du dich in den anderen Räumen um.«

»Ihr habt vielleicht erst dann ein Problem. Ich schon jetzt«, gab die Frau missmutig zur Antwort und stieg die Treppenstufen zur Küche hinauf. Sie scheute sich fast davor, die Tür zu öffnen. Aber was sollte sie machen? Ihr Auftrag lautete, die Festplatte an sich zu bringen. Koste es, was es wolle. Man hatte ihr mehr als einmal zu verstehen gegeben, dass es sich dabei um eine Sache der »nationalen Sicherheit« handelte. Hieß es das nicht bei all ihren Aufträgen? Diesmal jedoch hatte ihr Vorgesetzter ganz besonders darauf beharrt. »Ohne die Festplatte brauchst du nicht mehr nach London zurückzukommen!« Das waren die Worte, die ihr der Mann hinterhergerufen hatte, als sie sein Büro verließ. Damals hatte sie das für einen Scherz gehalten. Doch jetzt …

Sie machte sich daran, die Hängeschränke und Schubladen in der Küche gründlich abzusuchen. Sie fand nichts. Keine Brotkrümel oder Reste von losem Tee. Nicht einmal Silberfischchen.

Ihre Frustration wuchs proportional zu ihrer Enttäuschung. Da half es nicht, dass ihre Kollegen im Van gemeinsam mit den Sicherheitsleuten im Keller jubelten, als die niederländische Rugbymannschaft mit einem technisch hochriskanten Drop-Kick drei Punkte machte.

Wütend warf sie eine der Schubladen auf den gefliesten Boden. Der Knall hallte von den nackten Wänden auf sie herunter und knockte das Kommunikationsgerät in ihrem Ohr aus.

Noch bevor sie ihre Entgleisung bereuen oder sich fragen konnte, ob sie die Sicherheitsleute aus ihrem Beifallssturm aufgeschreckt hatte, schlug ihr plötzlich die Flügeltür zum Wohnzimmer entgegen.

Im Türrahmen stand eine Person, die sie hier niemals erwartet hätte.

TRACK: 02
TITLE: DOPPELSPITZE

Wenn zwei sich streiten, freut sich der Dritte. Normalerweise gebe ich nicht viel auf solche Sprüche. Dieser hier sollte sich aber auf unheimliche Weise bewahrheiten.

»Wie zur Hölle bist du denn hier reingekommen? Wieso bist du nicht in Paris?« Meine Stimme überschlug sich vor Überraschung, als ich Mae in der Küche des Kunsthändlers stehen sah. Sie war die letzte Person, die ich hier erwartet hätte. Mae, die sich auf dem Parkett der High Society so mühelos bewegte wie eine Elfe, hatte mich dabei unterstützt, in Lord Peters Adelskreisen nicht wie der letzte Trampel dazustehen. Von meinem Nebenjob als Einbrecherin ahnte sie nichts. Niemals hätte ich erwartet, sie selbst nachts in einem fremden Haus herumschleichen zu sehen. Ihrem letzten Tweet zufolge genoss meine Freundin gerade bei einem romantischen Candlelight-Dinner auf dem Eiffelturm einen Nachtblick auf Paris. Völlig verdattert starrte ich sie an.

Täuschte ich mich oder schien sie für den Bruchteil einer Sekunde ebenso verblüfft, mich zu sehen? Bevor ich mir sicher sein konnte, überzog ein spöttisches Grinsen Maes makelloses Gesicht. »Willkommen in der Welt der Fake News«, meinte Mae selbstsicher wie immer und hechtete schnell an mir vorbei ins Wohnzimmer. »Gestern Abend war ich tatsächlich in Paris. Ich hab einfach den Zeitstempel der Kamera umdatiert und das Bild abgeschickt. Muss ja nicht jeder wissen, wo ich mich heute aufhalte!« Sie lachte leise auf.

»Verdammt noch mal, wo hat er das Teil versteckt?« Suchend tastete sie die äußere Wand ab.

Ich starrte sie noch immer mit offenem Mund an.

»Hilfst du mir oder willst du weiter Fliegen fangen?« Meine Freundin schaute mich herausfordernd an. »Mir läuft die Zeit davon. Hast du hier irgendwo ein schwarzes, glänzendes Teil gefunden, das ungefähr so groß ist wie eine Kreditkarte mit USB-Ausgang?«

»Meinst du so eins, das an der Seite immer orange blinkt?« Mae schaute mich hocherfreut an.

»Nein«, antwortete ich und stemmte lässig meine Hand in die Hüfte. Was sie konnte, konnte ich schon lange. Taten wir eben so, als sei es völlig normal, sich zu nachtschlafender Zeit in Häusern anderer Leute in einem fremden Land über den Weg zu laufen!

»Ha. Ich lache später«, grunzte Mae massiv angesäuert und fuhr tastend mit den Fingerspitzen unter dem Fensterbrett entlang. »Für so einen Quatsch hab ich im Moment wirklich keine Nerven. Obwohl mich schon interessieren würde, was du hier allein im Haus eines schwerreichen Kunsthändlers zu suchen hast.«

In meinem Hirn rasten die elektrischen Impulse auf der Suche nach einer Antwort hin und her. Doch bevor sie ihr Ziel erreichten, tauchte Simon neben mir auf und unterbrach diesen unangenehmen Augenblick.

»Und was ist mit dir? Warum hast du mich nicht gewarnt?« Ich nahm meine Ratte auf den Arm und kontrollierte die Minikamera. Wieso zum Teufel konnte Mae hier herumstreichen, ohne dass Asim Alarm schlug?

»Wir haben eure Intercom lahmgelegt«, beantwortete Mae meine stumme Frage, als sei es das Selbstverständlichste auf der Welt.

Woher wusste sie denn von unserem geheimen Kommunikationssystem? Und wer war »wir«?

»Keine Panik. Die Sicherheitsleute sitzen noch vor dem Fernseher. Die bekommen von all dem hier nichts mit. Wir haben auch das Sicherheitssystem des Hauses überlistet.« Mit geübtem Blick schaute sie sich im Wohnzimmer um. »Nettes Graffito. Was soll das sein?«

»Die Grinsekatze«, antwortete ich automatisch. »Wer ist ›wir‹?« Die Frage fand ich viel wichtiger.

»Kann ich leider nicht sagen«, meinte Mae geheimnisvoll.

»Dann sag mir wenigstens, was du hier suchst?«, wollte ich von ihrem Rücken wissen.

Mae drehte sich zu mir um, während ihre Augen weiter den Raum scannten. »Einen Safe oder so was. Wo man eben etwas sicher aufbewahren kann.«

Ich lachte trocken auf. »Das ganze Haus ist ein Safe. Du musst schon etwas konkreter werden, wenn ich dir helfen soll.«

»Eine Festplatte von der Größe einer Kreditkarte mit einem orangefarbenen Licht an der Seite«, antwortete Mae in einem merkwürdigen Tonfall.

»Hey, kein Grund gleich sarkastisch zu werden«, hob ich entschuldigend meine Hände. »Was ist denn so Wichtiges auf der Festplatte, dass du dafür hier eingebrochen bist? Noch dazu mit einem ›Wir‹?«

Ich spürte, wie es in ihrem Kopf arbeitete. Doch eigentlich war mir die Antwort egal. Ich würde meiner Freundin auf jeden Fall helfen. Schließlich hatte sie mich gerettet, als ich mich in ein glaubhaftes Mitglied der englischen Adelsgesellschaft verwandeln sollte. Ohne sie wäre mein zweiter Job für das Team voll in die Hose gegangen und ich wäre heute nicht hier, auf der Suche nach einem verschollenen Teppich.

Apropos Teppich. Das Graffito grinste mich besserwisserisch an. Ich nahm das als Zeichen, dass ich meine Suche getrost aufgeben konnte. Das gute Stück würde ich hier nicht mehr finden.

»Da sind Bilder drauf«, brachte Mae leise hervor und senkte ihren Blick.

»Was für Bilder? Von kleinen Kätzchen, oder was?«

Mae kniff die Augen zusammen und schaute mich gespielt amüsiert an. »Jetzt tu doch nicht so naiv! Es sind kompromittierende Aufnahmen. Du weißt schon …«

»Nö!«

»Ach, Herrgott, Cat.« Mae hob entnervt ihre Hände. »Es sind Nacktfotos von mir!«

»Ups.«

»Ja.«

»Wie ist van de Boers denn an die gekommen?«

»Das ist doch jetzt egal, oder? Viel wichtiger ist, dass ich diese vermaledeite Festplatte auftreibe.«

»Woher weißt du, dass das Ding hier ist?«

»Van de Boers hat damit angegeben, das Teil sicher in seinem Haus verwahrt zu halten. Er hat regelrecht damit geprahlt, dass ich sie niemals in die Finger bekäme.«

»Aber was will er damit?« Ich konnte mir einfach nicht erklären, was ein bekannter Kunsthändler mit den Nacktfotos eines It-Girls anfangen wollte.

»Erpressen wahrscheinlich.« Maes Stimme klang gereizt. »Und, echt jetzt? Müssen wir das wirklich hier ausdiskutieren? In einem Haus, in dem fünf Sicherheitsmänner nichts lieber täten, als einem Einbrecher zu zeigen, wie gut sie mit ihren halbautomatischen Waffen umgehen können?«

»Na, dann. Was stehen wir hier noch rum?«, feuerte ich Mae an.

Wir legten los und tasteten jeden Winkel des Raumes ab. Ohne Erfolg.

Auf meiner Unterlippe kauend, ließ ich meinen Blick noch einmal durch den Raum schweifen, als ich Simon wahrnahm, der exakt in der Mitte der Fensterfront des Wohnzimmers saß. Was für sich genommen noch nicht bemerkenswert gewesen wäre, hätten seine Barthaare nicht wie die Nadel eines Seismografen gezittert.

Ich lief zum ihm hinüber und tatsächlich: Simon saß auf einer im Boden eingelassenen Metallplatte.

»Hier ist was!« Mein Ruf lockte Mae zu mir.

»Lass mal sehen.« Mae hockte sich neben mich.

Ich schaute auf ihr Profil und wunderte mich erneut über meine Freundin. Wer war Mae eigentlich? Das Partygirl, das um die Welt jettete, zeigte völlig unerwartete Seiten. Und wer half ihr dabei, in ein hochgesichertes Haus einzudringen? Noch dazu mitten in der Nacht?

In all dem Durcheinander in meinem Kopf bemerkte ich zu spät, dass Mae sich an der Abdeckung des Safes zu schaffen machen wollte.

»Stopp!«, rief ich. »Nicht anfassen. Das Teil kann noch mal extra gesichert sein. Außerdem hast du keine Handschuhe an.«

Ich riss Maes Hand weg.

Aufmerksam studierte ich den Safe und schob vorsichtig einen Zahnarztspiegel (diese kleinen Dinger, die sie einem immer in den Mund stecken) unter die Abdeckung.

»Du bist wohl immer auf alles vorbereitet?« Mae wirkte ehrlich beeindruckt.

Ich grinste. »Meine Hosentaschen sind tief. Keine sichtbaren Drähte oder Drucksensoren«, murmelte ich. »Keine Schalter oder Stifte, die nicht dort hingehören. Ich denke, der Deckel ist sauber.«

Asim schritt hektisch auf dem Boot auf und ab. Irgendetwas lief gewaltig schief. Vor fünf Minuten war der Funkkontakt zu Cat abgebrochen. Alles Rufen und Neustarten half nichts. Cat reagierte weder auf William, Seine Lordschaft noch auf ihn. Simons Rat-Cam sendete nicht mehr. Und auch das Bild der kleinen Kamera, die Asim am vergitterten Fenster des Security-Raums von Daan van de Boers Haus angebracht hatte, war schwarz.

»Wir sind blind«, rief Asim entsetzt. »Ich hab keine Ahnung, was hier passiert.«

Im Wohnzimmer des Nebenhauses tigerte William hin und her. Er wollte eingreifen. Helfen. Doch im Augenblick war Panik kein guter Berater. Ein Alleingang könnte ungeahnte

Folgen haben und sie alle in höchste Gefahr bringen. Es war besser, auf ein Zeichen von Asim zu warten. William nutzte die Zeit, um sich einen Rettungsplan zurechtzulegen.

Gute fünf Kilometer entfernt überlegte Lord Peter, was sie tun könnten.

»Ideen?«, fragte er über den Funkkanal in die Runde.

»Die Aktion sofort abbrechen und Cat da rausholen!«, schlug William vor.

Asim stimmte ihm zu. »Der Teppich ist nicht mehr im Haus.«

»Ist das ganz sicher?« Trotz der hörbaren Anspannung schwang in der Stimme Seiner Lordschaft Entschlossenheit mit.

»Ich überfliege gerade die alten Aufzeichnungen der städtischen Überwachungskamera. Vor zwei Wochen hat eine Umzugsfirma van de Boers Haus ausgeräumt. Es tut mir leid. Das hätte ich viel früher machen sollen, aber …«, hauchte Asim schuldbewusst.

»Der Typ ist getürmt. Weg«, meinte William. »Okay, aber was soll das dann mit der Security? Warum tun die so, als wäre alles wie immer?« Die Worte hatten noch nicht ganz seinen Mund verlassen, als er sich selbst die Antwort gab. »Das ist eine Falle! Sie wollten, dass wir glauben, alles wäre normal. Dann steigen wir da ein und werden von van de Boers Leuten festgesetzt, während der Kerl irgendwo auf der Welt genüsslich mit einem Glas Champagner auf seinen Sieg anstößt!«

Schweigen. Dann ergriff Lord Peter das Wort

»Holt Cat da raus, schnell. William, leg los! Asim, du lässt alle Spuren verschwinden! Und ich meine alle. Ich benachrichtige unseren Kontaktmann und blase die Aktion ab. Er soll den Bestattungswagen im Depot lassen und die Papiere verbrennen. Wir treffen uns in der sicheren Wohnung und verlassen wie geplant das Land.«

»Es tut mir leid«, hauchte Asim. »Das ist alles meine Schuld. Ich hätte die Kameras in einem weiter gesteckten Zeitrahmen checken sollen. Wenn Cat was passiert …«

»Lass gut sein«, rief William. »Du hast deine Hausaufgaben nicht gemacht, kann jedem mal passieren.«

»Bewahrt die Ruhe und konzentriert euch.« Lord Peter gab das Startzeichen für die Jungs. Es ärgerte ihn, dass ihnen dieser immens wichtige Punkt bei ihrer Recherche entgangen war. Schließlich hätten sie sich die Reise nach Amsterdam und den gewaltigen Aufwand sparen können. Aber wenn alles glattging, dann konnten sie das hier als gutes Training verbuchen. Wenn …

Lord Peter wusste, dass der Fehler mit der Überwachungskamera nicht Asims Schuld war. Schließlich war er, Seine Lordschaft, der Kopf des Teams. Er hätte daran denken müssen, dass sie ihren Einsatzort länger als nur eine Woche hätten überwachen müssen. Da gab es keine Diskussion. Punkt.

Plötzlich hallten westernähnliche Gitarrenklänge an sein Ohr. Vincent, sein Butler, Freund und Spaßvogel, hatte es sich nicht verkneifen können, den alten 60er-Song »Runaway« von Del Shannon als Anruferkennung für diese spezielle Person in sein Handy einzuprogrammieren.

Lord Peter nahm den Ohrhörer der Intercom heraus und seufzte vernehmbar. »Mutter!«

»Sohn? Wo bist du?«

»Auf dem Kontinent, Mutter.«

»Bei dem Wetter?«

»Hier scheint die Sonne.«

»Wo genau ist denn hier?«

»Mutter, ist dir schon mal aufgefallen, dass die Menschen früher immer zuerst nach dem Befinden der Person fragten, die sie anriefen? Heute ist der Standort wichtiger.«

»Das machen diese neumodischen mobilen Telefone. Hätte ich deine Nummer am Eaton Place gewählt, dann wüsste ich ja, wo du bist.«

»Was kann ich für dich tun, Mutter?«

»Mir sagen, wo du bist!«

»Das habe ich getan«, antwortete Lord Peter und schickte stumm den Satz »Wie an jedem anderen vergangenen Tag« hinterher.

Seine Mutter merkte wohl, dass sie keine konkrete Antwort erhalten würde, und lenkte, sehr zur Überraschung ihres Sohnes, ein. »Also gut. Dann sag mir wenigstens, wann du wieder in London sein wirst.«

»Übermorgen«, log Lord Peter.

»Gut.« Grußlos beendete seine Mutter den Dialog, wenn man dieses Gespräch als solchen bezeichnen wollte.

Und Seine Lordschaft fragte sich einmal mehr, was die alte Dame mit ihren Anrufen bezweckte. Seit zwei Wochen rief sie jeden Tag bei ihm an. Manchmal sogar mehrmals, und immer wollte sie wissen, wo er war, was er tat und mit welchen Menschen er das gerade machte. Ihre Anhänglichkeit war völlig wider ihre Natur und so ärgerlich, dass Lord Peter Vincent den Auftrag erteilt hatte, ihn zu verleugnen. Seitdem war die Lady dazu übergegangen, ihn auf seinem Handy zu kontaktieren.

William stand am Fenster von Daan van de Boers Nachbarhaus und lauschte, wie Asim auf die Tastatur seines Computers einhackte. Sein Blick suchte durch das Tuch am Baugerüst die Gracht ab. Er überlegte, welches Ablenkmanöver sich am besten für ihre Situation eignete. Während er beobachtete, wie sich ein dunkler Punkt träge mit der Strömung des Wassers bewegte, kam ihm eine Idee. »Ich mach die ›Quakende Ente‹!«, murmelte er eher zu sich selbst.

»Das ist unmöglich. Für die ›Quakende Ente‹ braucht man mindestens zwei Leute«, ertönten Lord Peters Zweifel über die Intercom, in die er sich nach dem Telefonat wieder eingeschaltet hatte.

»Nicht zwingend«, mischte sich Asim ein. »Außerdem haben wir keine Wahl. Egal was ich versuche, ich komme einfach nicht in die Sicherheitszentrale des Hauses rein. Die Verbindung zu Cat kann ich auch nicht wiederaufbauen. Wer immer die beiden Systeme geknackt hat, muss ein verdammtes Genie sein. Das Programm lässt mich nicht mal in die Nähe des Servers. Das Teil hier hat NSA-Niveau.« Er schickte noch einen kleinen Fluch hinterher.

William schaute sich im Zimmer um. Für sein Ablenkungsmanöver musste seine Verwandlung glaubhaft sein. Zum Glück war sein Onkel Peter Perfektionist. Zu einer gut getarnten Baustelle gehörten nicht nur das Verkleiden der Fassade, sondern auch Stapel mit Tapetenrollen, eimerweise Wandfarbe (Arkticweiß), Tapeziertische, Leitern, das entsprechende Werkzeug und natürlich jede Menge Staub und Dreck. Ein paar umgekippte Campingstühle inklusive einem gut gefüllten Kasten Bier rundeten das Bild ab.

William brachte seine akkurat gelegten Haare in wilde Unordnung. Danach wechselte er in seinen 1000 Pfund teuren Armani-Anzug, den er für später in einer Sporttasche mit sich trug, und wälzte sich im Baustaub. Anschließend kippte er sich eine Flasche Bier über die Hose. Zum Schluss gurgelte er noch mit einem Schluck und trat vor das Haus. Er schaute sich kurz um und begann seine Show.

»Lass mich mal!« Mit spitzen Fingern berührte ich das Ziffernrad und überlegte, auf welche Art ich die Kombination knacken konnte. Für diesen mechanischen Schließmechanismus kamen mehrere Methoden infrage. Eine war das Stethoskop. Mit ihm könnte ich hören, welche Ziffern eine starke Abnutzung aufwiesen, die sich in einem dumpfen Klicken ausdrückte. Nur leider hatte ich so ein Abhörgerät nicht bei mir. Eine andere Lösung wäre der Trick mit dem gefüllten Wasserglas. Hier kam das gleiche Prinzip zum Tragen, mit dem Unterschied, dass die Abnutzung die Flüssigkeit im Glas zum Schwingen brachte. Nun, wir hatten zwar Wasser, aber kein Glas.

Die dritte Möglichkeit bestand im Erspüren der richtigen

Ziffern mit den Fingerspitzen. Dazu aber musste ich meine Handschuhe ausziehen und ganz ehrlich, ich wusste nicht, ob Mae das Risiko wert war.

Während ich die Möglichkeiten abwog, fiel mein Blick auf den Rand des kleinen Schließfachs. Wenn es richtig abgeschlossen war, lagen Platte und Gehäuse zu hundert Prozent plan ineinander. Aber hier hob sich ein schmaler Spalt nach oben. Ohne groß nachzudenken, schob ich den Zeigefinger meiner rechten Hand darunter. Der Deckel ließ sich einfach anheben!

»Der Safe ist nicht verschlossen.« Verwundert sah ich Mae an. »Und er ist …«

»Leer. Scheiße«, rief Mae. »Das kann doch nicht wahr sein! Daan van de Boers hat uns gelinkt.«

»Aber so was von«, gab ich trocken zurück.

Bevor wir uns weiter Gedanken machen konnten, ertönte vor dem Haus ein ohrenbetäubender Lärm. Im ersten Moment dachte ich, dass wir aus Versehen einen Alarm ausgelöst hatten. Aber es klang eher nach umgestoßenen Mülltonnen, begleitet von dem Gegröle eines Betrunkenen. Dann wurde plötzlich an der Haustür Sturm geklingelt.

»Was ist das denn?« Mae schaute aus dem Fenster auf die Straße. »Da unten steht einer und tritt mit voller Wucht gegen die Tür.«

Ich hörte das Wummern auch.

»Der Kerl ist stockbesoffen.«

Das Geschrei wurde immer lauter und trieb die Sicherheitsleute aus ihrem Zimmer. Sie ließen das Rugbyspiel Spiel sein.

»Sag mal …« Mae schaute mich fragend an. »Wenn ich es nicht besser wüsste, würde ich sagen, dass William da unten randaliert.«

Ich trat neben sie und schaute ebenfalls aus dem Fenster. Genau in dem Moment traten drei Typen von van de Boers' Sicherheitsdienst vor die Tür und packten William am Kragen. Doch der wand sich aus den Griffen der Männer und schrie immer wieder: »Ihr müscht mich reinlassen in diss Haus, Jungs! Isch wohn da. Meine blöde Ex-*hick*-Frau soll nich denken, ihr jehört diss Haus alleine. Isch will meihn Anteil.«

Einer der Männer redete auf ihn ein. Es sah aus, als wolle er William schlagen. Der kam ihm aber zuvor.

»Wie hast du mich genannt?«, wollte er von dem Kerl wissen. »Du nennst mich nicht eine quakende Ente. Du nicht!«

Das war mein Zeichen. Dass etwas hier nicht stimmte, lag auf der Hand, aber jetzt wusste ich auch, dass Lord Peter zum sofortigen Abbruch des Auftrags drängte. Nur warum meldeten sie sich nicht über die Intercom? Auf einmal wurde mir klar, dass ich schon lange nichts mehr von meinem Team gehört hatte. Doch darüber nachzudenken blieb keine Zeit.

»Wir müssen raus. SOFORT«, rief ich Mae über meine Schulter hinweg zu, denn ich war bereits auf dem Weg in den Hausflur. Ich hob Simon auf und verstaute ihn vorsichtig in seiner Transporttasche an meinem Gürtel. Dann schnappte ich Mae am Arm und zog sie mit mir. Sie konnte ihren Blick offenbar nur schwer von dem Schauspiel vor dem Haus lösen.

»Los jetzt!«, trieb ich Mae an, und sie folgte mir.

Die Treppe nach unten war uns verwehrt. Zwei der Sicherheitsleute stiefelten gerade die Stufen herauf. Plötzlich verdoppelten sie ihr Tempo. Sie mussten uns gesehen haben!

Mae und ich sprinteten also in die andere Richtung, hoch zum Dachboden. Der Weg durch das Fenster war frei, nur leider nicht nutzbar. Die Zeit reichte einfach nicht aus, um das Seil am Balken zu befestigen und uns beide daran hinunterzulassen.

Mae lief zur Mitte des Raumes. »Hilf mir mal. Ich muss da hoch!«

Ich verschränkte meine Finger ineinander, drehte die Handflächen nach oben und hob Mae hinauf, die den Haken der Klappleiter löste. Dann zogen wir sie zu uns hinunter und kletterten, so schnell es ging, auf das Dach des Hauses.

»Hier entlang«, wies ich Mae an. »Ich weiß, wie wir wegkommen.«

Ich sprang auf das Nebendach und rannte weiter bis zur Eimerkette am Gerüst. Hinter mir fluchte Mae wie ein Bauarbeiter.

»Das ist jetzt nicht dein Ernst? Können wir nicht einfach durchs Haus?« Mae hatte ihre Frage noch nicht beendet, als der erste der beiden Männer seinen Kopf durch die Dachluke streckte.

»Nicht mehr!«, rief ich und sprang in die Tiefe. Eigentlich war es wie die Rutsche in einem Spaßbad, nur dass am Ende kein warmes Wasser auf mich wartete. Der Lärm, den die aneinanderschlagenden Eimer machten, hallte betäubend in meinen Ohren wider, und ich betete, dass die blauen Flecken, die ich mir gerade holte, nicht so schmerzhaft sein würden.

Zum Glück landete ich wenigstens weich. Dem unbekannten Scherzkeks, der seine Matratze hier entsorgt hatte, sei Dank. Augenblicklich rollte ich mich auf den Rücken, um Mae den Weg frei zu machen. Simon blieb ruhig in seiner Tasche. Ich hatte gut achtgegeben, nicht auf ihn draufzufallen. Gemeinsam wuchteten Mae und ich die Matratze über den Rand des Containers und sprangen hinterher. Die Männer vom Dach würden uns auf diesem Weg nicht folgen. Nicht, wenn sie sich nicht die Beine brechen wollten.

William, der unsere Aktion aus den Augenwinkeln beobachtet hatte, machte sich auf den Rückzug. Theatralisch fiel er gegen das Gitter des Souterrainfensters, löste unauffällig Asims magnetische Minikamera und ließ sie in seine Jackentasche gleiten.

»Waaas?«, lallte er, um seinem Auftritt noch mehr Glaubwürdigkeit zu geben. »Is hier nich Nommer 17? Kann nich sein? Au weia, diss is mir jetzt aber peinlich, weil, *hick*. Nüscht für ungut, Jungs.« Er schlug einem der Sicherheitsleute freundschaftlich auf die Schulter. »Dann verschwind ich mal wieder. Danke, Jungs.« Er schüttelte jedem der drei die Hand und lenkte sie so von uns ab. Nur für einen kurzen Moment, denn gleich darauf plärrte es aus dem Funkgerät eines der Männer. Keine Frage, das waren die Kerle vom Dach.

Für einen Sekundenbruchteil fror die Zeit ein, als die Männer alle gleichzeitig in unsere Richtung starrten.

»Ich mach mich vom Acker«, rief Mae und verschwand in der schmalen Seitengasse Richtung Frederiksplein. Auch ich ließ mich nicht lange bitten und sprintete in die entgegengesetzte Richtung am Ufer entlang über die nächste Brücke.

Auf der Höhe des Amstelveld-Parks sprang ich zu Asim aufs Boot. Der Motor lief bereits, und kaum hatten meine Füße die Rückbank berührt, schoss Asim in einem U-Turn los und fuhr den Sicherheitsleuten davon. Ich landete erst einmal auf meinem Hintern und hielt mich krampfhaft an der linken Seitenstange fest, um nicht aus der Kurve zu fliegen.

Mit einem Tiefgang von nur 30 Zentimetern lag unser Aqua Royal Cruiser gut im Kanalwasser und reagierte sicher auf jede Richtungsänderung. Ich befreite Simon aus seiner Tasche und brachte ihn in den Schutz der Kabine.

»Wir brauchen Licht«, rief mir Asim nach. Also stellte ich mich neben ihn vor den Eingang zur Kabine und richtete unseren Bullboy in Fahrtrichtung aus. Der gebündelte Lichtstrahl des Halogenscheinwerfers tanzte übers Wasser.

»Halt ihn höher. Wir müssen William eine Orientierung geben.«

Der wartete wie abgesprochen bereits auf der Brücke in der Vijzelstraat, einer der wenigen in der Amsterdamer Altstadt, die auch von Autos befahren wurden. Asim bremste das Boot ab, bis wir langsam auf der Stelle schaukelten. Ich ließ den Scheinwerfer los und drehte mich zum Heck des Bootes um. Als William sich von der Brücke fallen ließ, fing ich ihn auf und wir plumpsten beide auf die Rückbank. Zum Glück war das Ding gepolstert.

»Alles klar«, gab William das Kommando, dass wir weiterfahren konnten.

»Verdammt«, rief ich, nachdem ich einen Blick zurückgeworfen hatte. Es war zwar dunkel, aber sich bewegende

Schatten konnte man auch ziemlich gut im Licht der Straßenlaternen wahrnehmen.

»Was ist?« William schaute mir über die Schulter. »Oh Mist. Sie sind uns gefolgt!«

»Mit einem Boot?« Asim wollte es nicht glauben.

»Ja!« Ich stellte mich neben ihn und nahm den Bullboy wieder zur Hand. »Worauf wartest du? Wir müssen verschwinden«, schnauzte ich Asim entgegen.

»Ich weiß«, murmelte er trocken zurück. »Aber wir dürfen nicht den direkten Weg über die Kostverlorenvaart nehmen, sonst führen wir sie direkt zu unserem Versteck.«

Ich biss mir auf die Unterlippe. Asim hatte recht, auch wenn ich das ungern zugab. »Hast du eine Idee?«

»Nein.«

»Beeilt euch gefälligst ein bisschen. Die holen immer mehr auf«, warnte William.

»Kannst du das Boot steuern?«, wollte Asim von ihm wissen.

»Klar«, meinte er und stellte sich zu uns. »Kann ja nicht so schwer sein. Ist schließlich keine Atomphysik, oder?«

Asim sprang in die kleine Kabine zu seinem Equipment. »Ich lotse euch die Kanäle entlang. Ihr müsst meinen Anweisungen in Echtzeit folgen, kapiert!«

»Jaawollll, Sir«, salutierte William mit deutschem Akzent oder dem, was er dafür hielt. Ich verdrehte die Augen. Hätte nur noch gefehlt, dass er die Hacken zusammenknallte.

»Okay, wenden und dann die Prinsengracht zurück.«

William ließ den Motor aufheulen, fuhr unter der Brücke durch und wendete unser Boot an einer breiteren Stelle, an der keine Hausboote geparkt waren. Wir schossen die Gracht zurück, und ich hatte alle Mühe, den Scheinwerfer in der Spur zu halten. In vollem Tempo heizten wir an den verdutzten Sicherheitsmännern vorbei. Augenscheinlich hatten sie nicht damit gerechnet, dass wir die Richtung wechseln würden. Ihr Schlauchboot geriet in unserer Bugwelle bedrohlich ins Wanken. Wir steuerten unterdessen direkt auf die Amstel zu, die sich als breitester Kanal durch die Stadt zog.

»Rechts. Jetzt!«

Ohne zu bremsen, schlug William das Lenkrad voll ein. Das Heck flog nach links und das Wasser spritzte die Uferbegrenzung hinauf.

»Sie kommen näher!«, rief ich aus.

Das Schlauchboot mit den Männern holte schnell auf. Es hatte so gut wie keinen Tiefgang und lag leichter auf dem Wasser. Plötzlich sauste etwas leise pfeifend direkt an meinem rechten Ohr vorbei. Kurz danach schlug es in die Windschutzscheibe ein. Das Plexiglas splitterte und ich starrte auf das winzige Loch vor mir. Es sah dem Einschuss einer 9-Millimeter-Kugel verflucht ähnlich.

»Verdammt, die schießen auf uns!«, schrie ich, riss den Bullboy mit einem Ruck nach hinten und leuchtete unseren Verfolgern hoffentlich direkt in die Augen.

»Bist du verrückt geworden? Dreh das Ding sofort zurück. Ich seh nichts«, japste William.

»Aber die schießen!«

»Ja und? Eher zerschellen wir an einer Mauer, als dass die ein bewegliches Ziel treffen.« Wieder schlug eine Kugel in den Windschutz ein. William duckte sich reflexartig. »LICHT!«

Missmutig drehte ich den Bullboy wieder in unsere Fahrtrichtung.

»Rechts«, dröhnte Asim.

Kurz vor der Berlagebrug bogen wir in den Amstel-Kanal ein. Das Schlauchboot, das vielleicht sechs Meter hinter uns lag, kam wieder bedrohlich ins Wanken, aber es kippte nicht. Wenn ich den Stadtplan von Amsterdam richtig im Kopf hatte, dann fuhren wir direkt auf eine etwas breitere Kreuzung zu.

»Wir können sie abschütteln, wenn wir ordentlich Gas geben«, schlug ich vor und hielt den Lichtstrahl, so gut es ging, auf dem Wasser. Unser Boot hüpfte wie ein Kastenteufel. Was bedeutete, dass die Männer sich in ihrem Schlauchboot kaum noch halten konnten. Jedenfalls hatten sie aufgehört zu schießen.

Asim schwieg. Wir duckten uns unter der Gerard Revebrug hindurch. »Entscheide endlich, Asim. Wir sind gleich an der Kreuzung«, schrie William.

Schweigen. Dann plötzlich: »Im Kreuzungskreis ganz links halten. Tu so, als würden wir die zweite Straße rauswollen. Anschließend umdrehen und ...«

Weiter kam Asim nicht, denn William rauschte mit einer solchen Geschwindigkeit nach links in die Kreuzung, dass es Asim von seinem Sitz haute. Gleich darauf riss William das Lenkrad mit voller Kraft herum. Das Boot drehte sich, als hätte er die Handbremse angezogen. Die Bugwelle schlug so heftig aus, dass sie das Heck des Schlauchbootes gegen die Kaimauer drückte. Der Aufprall beförderte zwei der vier Männer ins kalte Wasser.

Für eine Sekunde drehte ich wieder den Bullboy. Dieses Schauspiel wollte ich mir nicht entgehen lassen. Aber William bellte »Licht«, und gehorsam wandte ich mich erneut nach vorn. Wir schossen in den Noorder-Amstel-Kanal und waren weg.

»Wir haben sie abgehängt«, jubelte ich und hüpfte vor Freude, wobei ich den Halogenscheinwerfer mitnahm.

»Licht«, brummte William.

»Oh, sorry!« Ich stand wieder still.

William drosselte unsere Geschwindigkeit und fing an zu kichern. Ich stimmte mit ein, und als Asim, Simon auf der Schulter, zu uns nach draußen kam, lachten wir zusammen aus vollem Hals.

TRACK:03
TITLE:FAUXPAS

Ausrutscher sind schnell passiert. Man kann viel aus ihnen lernen. In letzter Zeit lerne ich allerdings mehr, als mir lieb ist. Warum nur kleben mir ungeplante Zwischenfälle wie Kaugummi an der Schuhsohle?

Wir vertäuten den Cruiser an seinem Liegeplatz direkt hinter der Lyceumbrug und überzogen ihn mit einer einfachen grauen Plane. Sollten unsere Verfolger nach dem Boot suchen, dann wollten wir es ihnen ja nicht zu einfach machen.

»Das war der Hammer. Wir haben die Kerle einfach so abgehängt.« Ich schnippte mit Daumen und Mittelfinger der rechten Hand, um meine Aussage zu unterstreichen.

»Yup«, meinte William dazu.

»Wir hatten riesiges Glück«, relativierte Asim.

Doch diesmal hatte ich keine Lust, wütend auf ihn zu sein. Er war eben ein Schwarzseher, der in allem das berühmte Haar in der Suppe suchte. Ich bin eher der Kellner in dem Witz: »*Herr Ober: In meiner Suppe schwimmt eine Fliege. – Aber nicht mehr lange. Sehen Sie die Spinne am Tellerrand?*« Irgendwie finde ich noch im größten Chaos etwas Positives. Ich kann gar nicht anders.

Ausgelassen hüpfte ich den Olympiaweg hoch. Meine Ausrüstung klapperte gegen meine Beine. Simon krallte sich in den Viskosestoff meines Anzugs und hielt seine Nase fröhlich in die Nachtluft. Es war immer noch dunkel in den Straßen von Amsterdam. Nur im Osten war bereits die Morgendämmerung zu ahnen.

Das Viertel, in dem unsere Wohnung lag, war Anfang des 20. Jahrhunderts als »einheitliche Blockfront« nach norddeutschem Vorbild geplant worden. Was nichts anderes hieß, als dass hier Haus an Haus stand. Stramm in einer Reihe, ohne die kleinste Lücke. Mir gefiel diese klare Architektur. Alle Häuser waren verklinkert und der rotbraune Backstein harmonierte mit den weißen vierteiligen Fenstern, die viel Licht in die Räume ließen. Überhaupt schien die Zahl vier ein wichtiger Bestandteil dieser Architektur zu sein. Jedes Haus hatte vier Stockwerke. Auf der Fahrbahn hatten vier Autos nebeneinander Platz. Je eine Spur war zum Parken gedacht. Auf den mittleren Spuren floss der Verkehr in beide Richtungen. Nur nicht um diese Uhrzeit. Es war kurz vor fünf und außer uns kein Mensch weit und breit zu sehen.

»Unseren Auftrag haben wir jedenfalls in den Sand gesetzt«, brummte Asim weiter.

Ich hörte mit dem Hüpfen auf. »Musst du eigentlich immer so negativ sein? Ist doch noch mal alles gut gegangen. Gut, wir haben den Teppich nicht gefunden. Na und? Jetzt wissen wir wenigstens, wo wir nicht mehr suchen müssen.« Insgeheim musste ich aber zugeben, dass mich der Misserfolg ganz schön wurmte. Normalerweise hätte es mich stinkwütend gemacht, doch das Adrenalin der Verfolgungsjagd heizte noch immer durch meine Adern und stimmte mich irgendwie gütiger.

»Genau«, schlug sich William auf meine Seite. »Asim. Du kannst wirklich nichts dafür. Das mit den Überwachungsaufnahmen hätte mir auch durch die Lappen gehen können.«

Ich schaute den blonden Jungen neben mir, dessen Augen die gleiche Farbe hatten wie meine, fragend an.

William erzählte mir kurz, was sie rausgefunden hatten, als ich mit Mae auf der Suche nach ihrer Festplatte gewesen war: »Asim hat vorhin alte Überwachungsaufnahmen überprüft. Hätten wir das früher getan, hätten wir gewusst, dass van de Boers vor zwei Wochen sein Haus leer räumen ließ.«

Eine hochgezogene Braue war mein einziger Kommentar und Ausdruck meines Ärgers. Im Moment war ich wirklich in sehr nachgiebiger Stimmung.

Fröhlich rieb ich meine Nase an Simons Flanke, der mich daraufhin mürrisch anschaute. Menschliche Liebesbekundungen waren nicht so sein Ding. Es sei denn, es war noch ein Salatblatt mit im Spiel.

»Daan van de Boers ist nicht irgendein kleiner Sammler«, sprach William weiter. »Er hat die besten Kontakte in die Kunstszene. Vor allem in die illegale. Würde mich nicht wundern, wenn er irgendwie Wind von unserer Aktion bekommen hätte.«

»Unsere Quellen sind loyal. Da quatscht niemand«, verteidigte sich unser pakistanischer Freund.

»Das sagt ja auch keiner«, warf ich ein. »Jetzt komm mal wieder runter und hake deinen Fehler ab. Was passiert ist, ist passiert. Jetzt müssen wir sehen, dass wir die Sache wieder auf die Reihe kriegen.«

Schweigend senkte Asim seinen dunklen Lockenkopf.

»Wir haben eine Menge Fragen gestellt, bis wir rausgefunden haben, in wessen Besitz sich der Perserteppich heute befindet.« Ich nickte zu Williams Worten. »Wir waren in Teheran im Museum. So etwas fällt nun mal auf. Vielleicht hat van de Boers deshalb Wind von der Sache bekommen.«

»Du meinst, er lässt die Tatorte der Verbrechen seines Vaters immer noch überwachen?«, seufzte Asim.

»Ehrlich, das ergibt alles keinen Sinn«, gab ich zu. »Selbst wenn dieser Kunsthändler so paranoid wäre – und ich gehe mal davon aus, dass er das wegen seiner illegalen Geschäfte durchaus ist –, wie sollte er uns denn erkennen? Niemand weiß, was wir machen. Wir sind als einfache Kunststudenten in den Iran gereist. Völlig unauffällig.«

»Mhm. Und wenn ihn jemand bedroht hat?« William ließ nicht locker. »Er hat bestimmt jede Menge Feinde. Man macht sich beim Handel mit illegalen Kunstgütern ganz schön die Hände schmutzig. Da bleibt das ein oder andere kleben. Und mit Sicherheit ist er dem einen oder anderen ganz schön auf die Zehen getreten.«

»Und du glaubst, unser Job war einfach nur schlechtes Timing?«, wollte Asim wissen. Sein ruhiger, skeptischer Ton brachte mich auf die Palme, obwohl ich zugeben musste, dass er einen wunden Punkt traf. Der Zufall wäre wirklich zu groß gewesen.

»Der Typ hat seit 2003 mit Artefakten aus dem geplünderten irakischen Nationalmuseum in Bagdad so viel verdient, dass er mit einem Bruchteil des Geldes heute das ganze Land kaufen könnte. Man munkelt, dass er mit dem sogenannten Islamischen Staat zusammenarbeitet und kostbare Bücher vertickt, die sie aus der historischen Bibliothek von Mossul geklaut haben. Vielleicht musste einer seiner reichen Käufer die Beute wieder zurückgeben, weil er bei den Regierungsbehörden auf dem Radar aufgetaucht ist«, versuchte ich irgendwie Licht in die Sache zu bringen.

»Das sind eindeutig zu viele ›Vielleichts‹«, brummte William missmutig.

Asim dagegen schwieg auffällig. »Ich denke, es ist ganz einfach. Er hat Feinde, das stelle ich gar nicht infrage. Aber kommen die wirklich aus der illegalen Kunsthandelsszene?«

Wir bogen in die Sportstraat ein und liefen unter einem Torbogen hindurch. Im zweiten Haus auf der linken Seite lag die Wohnung, in der Lord Peter auf uns wartete.

»Spuck's schon aus«, ermunterte ich Asim, seine Gedanken mit uns zu teilen.

»Ist nur so ein Gefühl«, murmelte er. »Als unsere Intercom abbrach, habe ich alles Mögliche versucht, um sie wieder in Gang zu bringen. Aber die Software, die mich jedes Mal aus meinem eigenen Programm geschmissen hat, war nicht normal.«

»Du bist nicht normal«, versuchte ich Asim zu ärgern. Doch wenn er in dieser nachdenklichen Stimmung war, gelang es mir nie, ihn aus seiner Gedankenwelt zu holen. Es war, als würde er einen Dialog mit sich selbst führen.

»Der Quellcode des Angreifers war einmalig. Ich hab so was noch nie in Aktion gesehen. Es kursieren lediglich Gerüchte, dass solche Programme existieren.«

»Na, irgendjemand muss die Gerüchte doch in die Welt gesetzt haben. Und dieser jemand hat bestimmt gute Informationen dazu«, meinte ich.

Asim nickte bedächtig, öffnete unsere Haustür und ließ William eintreten. Als ich ebenfalls an ihm vorbeigehen wollte, hielt er mich am Arm fest und sah mir in die Augen.

»Dieser Code spielt auf Geheimdienst-Niveau«, sagte er leise. »Da hat nicht einfach mal ein kleiner Hacker eine Software geschrieben. Das ist richtig hohe Schule. Cat, wir haben keine Idee, worum es hier wirklich geht. Ich hab ein komisches Gefühl im Bauch.«

Hatte Asim etwa Angst?

»Du hast Hunger. Das ist alles«, beruhigte William seinen Freund. »Bei so einer Aktion haut es einem das Adrenalin nur so um die Ohren. Und wenn es vorbei ist, dann braucht der Körper wieder Energie, und die holt er sich über Nahrung. Ergo meldet dein Gehirn das Signal zur Nahrungsaufnahme.«

»Echt jetzt – ›Ergo‹? Ich wusste gar nicht, dass du so gebildet bist«, neckte ich William, während wir die warme Wohnung betraten. Meine Ratte war uns allen vorangesprintet. Wenn Simon etwas von Nahrungsaufnahme hörte, dann gab's für ihn kein Halten mehr.

»Sag mal.« William beugte sich neugierig lächelnd zu mir. »Willst du uns nicht in dein kleines Geheimnis einweihen?«

Ich schaute ihn fragend an. »Was meinst du?«

»Ich meine das Mädchen, mit dem du die Rutschpartie durch die Eimerkette unternommen hast. Kenne ich sie? Sie kam mir irgendwie bekannt vor.«

Asim drehte sich abrupt zu mir um. »Da war noch jemand im Haus? Und du sagst keinen Ton?«

»Es war Mae!«, beantwortete Lord Peter seine Frage und winkte uns in die geräumige Wohnküche.

Asim verschlug es vor Überraschung die Sprache.

Ich warf mich auf die alte Biedermeiercouch, dass die Sprungfedern unter dem blau-weiß gestreiften seidenen Bezug nur so quietschten. »Seine Lordschaft, der Allwissende. Wie haben Sie das jetzt wieder rausbekommen?«

»Ich habe mir die Aufnahmen der Straßenkameras näher angesehen, die Asim angezapft hat. Ihre roten Haare sprangen mir förmlich ins Gesicht. Und ich hoffe, dass du uns sagen kannst, liebe Catherine, was Mae Dreisten dort zu suchen hatte.«

Oh, oh, Lord Peter hatte meinen vollen Vornamen ausgesprochen. Er war sauer. Die Lage war ernst.

»Keine Ahnung.«

»Hast du sie gefragt?«, stichelte William, während er im Hängeschrank über der Spüle mit der Folie von Simons Crackerverpackung knisterte.

»Ha, ha. Selten so gelacht. Natürlich hab ich sie gefragt! Aber ihre Antwort hat mich nicht wirklich überzeugt.«

»Wie war die denn?« Lord Peter wurde langsam ungeduldig. »Und lass dir bitte nicht jedes Wort einzeln aus der Nase ziehen.«

»Angeblich hat Daan van de Boers Nacktfotos von ihr in die Hände bekommen. Er hat sie auf einer Festplatte gespeichert, die in seinem Haus versteckt sein sollte. War sie aber nicht. Wir haben nichts gefunden, bis auf einen Bodensafe, der auch leer war.« Ich zuckte mit den Schultern.

»Klingt doch plausibel. Warum denkst du, dass sie gelogen hat?« William setzte sich auf einen Stuhl am Küchentisch.

»Ich weiß nicht. So ein Bauchgefühl. Sie war so übertrieben sauer, weil sie die Festplatte nicht gefunden hat und …«, murmelte ich und bekam den Gedanken langsam zu fassen.

»Was?«, drängte Asim mich.

»Lass sie ausreden!«, kam es unisono von William und Seiner Lordschaft.

»Mae muss das Haus über den Haupteingang betreten haben. Wenn sie auf meinem Weg reingekommen wäre, dann hätte ich sie gehört. Ich stand ja direkt im Wohnzimmer unter dem Dachboden. Die Männer von der Security haben nichts gemerkt.« Bedächtig ließ ich die hektischen letzten Minuten im Haus des Kunstsammlers Revue passieren. »Sie hat was davon erzählt, dass ich mir keine Sorgen machte sollte, die Männer in der Zentrale würden nichts von uns mitbekommen. Und dann meinte sie noch, ich soll mich nicht wundern, dass unsere Intercom ausgefallen ist. Alles wäre in Ordnung. In diesem Moment habe ich keine Fragen gestellt. Ich habe ihr einfach geglaubt und geholfen, denn das hätte sie mit Sicherheit auch für mich getan. Jetzt erst, wo ich darüber rede, macht mich ihr plötzliches Auftauchen schon stutzig. Ich meine, wie wir wissen, ist es praktisch unmöglich, die Alarmanlage von Daan van de Boers zu überlisten. Aber sie und ihre Freunde haben es geschafft. Da stellt sich ja schon die Frage, warum sie solch einen Aufwand für ein paar Nacktfotos betreibt. Ich dachte immer, bei den It-Girls gehört so etwas mittlerweile dazu. Wer regt sich heute noch darüber auf?«

»Das stützt meine Beobachtung über die Klasse derjenigen, die das Sicherheitssystem des Kunsthändlers geknackt und mich ausgesperrt haben«, stimmte Asim mir zu.

»Nur bringt uns das alles im Moment nicht weiter. Das Einzige, was wir wissen, ist, dass van de Boers sein Haus ausgeräumt hat und der Teppich verschwunden ist«, räumte Lord Peter ein. »Wir wissen nicht, wohin er die Sachen aus seinem Haus gebracht hat oder wo er sich selbst befindet. Es gilt erst einmal, Informationen zu sammeln und dann einen neuen Plan zu machen. Ich werde ein paar Anrufe tätigen. Mal sehen, ob ich etwas über Mae oder diese ominöse Festplatte herausbekommen kann. Versucht, noch ein paar Stunden zu schlafen, bevor wir abreisen!« Mit diesen Worten verließ Seine Lordschaft die Küche und ging in sein Schlafzimmer.

Asim klappte seinen Laptop auf. »Ich kriege jetzt garantiert kein Auge zu. Irgendwas muss sich doch finden lassen, das erklärt, was heute schiefgelaufen ist.« Voll konzentriert spielte er wieder eine kleine Melodie auf der Tastatur.

William saß immer noch auf seinem Stuhl und fütterte Simon wortlos aus der Hand mit Crackern und Salat.

Ich gammelte auf dem Sofa vor mich hin und zählte die Risse in der Ölfarbe an der Decke. Ich kam auf zehn. Im Moment war ich zum Nichtstun verdammt. Dann konnte ich auch ebenso gut duschen und mich umziehen.

Das warme Wasser lief über meinen Kopf. Ich stand regungslos unter der Regendusche und dachte nach. Okay, der Teppich war verschwunden, zusammen mit dem gesamten Hausrat von Daan van de Boers, aber das hieß ja nicht, dass wir ihn nicht wieder aufspüren konnten. Schließlich war er nicht verbrannt oder so was. Ja, es war ein Rückschlag und unser Klient mit Sicherheit nicht glücklich über den Stand der Dinge, aber hey, das Museum war froh, dass sich überhaupt jemand um die Rückführung des einzigartigen Stücks kümmerte. Wenn auch nicht auf strikt legalem Weg. Offiziell schien der Teppich nicht zu existieren. Niemand hatte ihn nach seinem Verschwinden vor fast vierzig Jahren zu Gesicht bekommen.

Ich schäumte meine Haare ein und hielt den Kopf wieder unter den Regenstrahl. Der Seidenteppich, den wir aus den Händen des Kunsthändlers stehlen und wieder an seinen Ursprungsort zurückbringen wollten, war extrem alt und extrem wertvoll. Die Safawiden hatten ihn im 16. Jahrhundert in Isfahan, dem damaligen Zentrum der Zunft des Teppichknüpfens, gefertigt. Er zeigte Motive aus der Schlacht um al-Qadisiya, einer Erzählung aus dem »Schahnameh«, dem »Buch der Könige«. Der Teppich war damit einer der ältesten, die sich bis 1979 im Besitz des Museums befunden hatten. Ein unscharfes Foto und das Gerücht, dass Daan van de Boers' Vater den Teppich in die Hände bekommen hatte, waren die einzigen Hinweise auf seine Existenz. Und allein damit war es uns gelungen, ihn aufzutreiben. Über Sofie, meine ehemalige Hehlerin, hatten wir herausgefunden, dass Daan van de Boers alle Kunstgegenstände und Artefakte, die er illegal in die Finger bekommen hatte, in seinem Haus in Amsterdam lagerte. Was somit auch auf den Teppich zutreffen musste. Doch es war unmöglich, legal in das Haus zu kommen. Selbst Seiner Lordschaft war es nicht gelungen, unter dem Vorwand, einen lange verschollenen Matisse erwerben zu wollen, einen Termin bei van de Boers zu erhalten. Es schien uns, als schotte sich der Mann komplett ab. Aber wir würden nicht lockerlassen. Schließlich hatten wir dem Leiter des iranischen Museums und Freund Seiner Lordschaft das Versprechen gegeben, den Teppich auf jeden Fall wieder zurückzubringen. Wir würden unseren Auftrag erfüllen, alles andere wäre doch gelacht!

Ich öffnete die Glastür der Kabine und sofort überfiel mich ein kalter Schauer. Schnell griff ich mir mein Badehandtuch und hüllte mich darin ein. Mit der rechten Hand wischte ich den Spiegel frei und schaute mir ins Gesicht. Meine Augenfarbe changierte in den violetten Farbbereich, was bedeutet, dass ich wütend war. Und das war ich. Mein Team hatte sich nach allen Seiten abgesichert. Außer uns wusste nur der Kontaktmann vom Museum über den Job Bescheid. Aber er wusste nicht, wen wir berauben wollten. Das machte alles überhaupt keinen Sinn, es sei denn …

»Wer sagt eigentlich, dass *unsere* Aktion aufgeflogen ist?« Nur ins Badetuch gehüllt stand ich im Türrahmen der Küche und tropfte den Boden voll.

Asims verblüfftes Gesicht erschien über dem Monitor und Williams Arm blieb in der Luft stehen, den Cracker für Simon noch in der Hand.

»Was meinst du?«, wollte Asim wissen, wobei er sich sichtlich bemühte, seine Augen nicht über meinen Körper wandern zu lassen.

»Wir waren nicht die Einzigen, die in das Haus in der Prinsengracht eingebrochen sind! Was, wenn nicht *wir* einen Fehler gemacht haben? Es gibt nur fünf Menschen, die von unserem Job wussten.«

»Und eine Ratte!«, unterbrach mich William und grinste dümmlich.

»Und eine Ratte, sorry, Simon«, antwortete ich. »Van de Boers kann von unserem Vorhaben nichts mitbekommen haben. Und wenn, warum hat er dann alles ausgeräumt und nicht nur den Teppich verschwinden lassen? Aber wir haben keine Ahnung …«

»… was mit Maes Einbruch ist«, vollendete Asim mal wieder meinen Gedankengang, wobei auch er merkwürdig lächelte.

»Was ist? Warum grinst ihr so grenzdebil?« Ich sah an mir herunter und bemerkte, dass das Badetuch ins Rutschen gekommen war. »Oh Mann, ihr seid so unreif!« Ich machte kehrt und warf mich schnell in eine Bluejeans und ein schwarzes Longshirt.

Plötzlich hörte ich, wie William seinen Onkel zu sich rief. Die Jungs waren auf etwas gestoßen. Ich beeilte mich. Als ich die Küche betrat, klappte Asim gerade sein Notebook zu.

»Ich hab alle uns bekannten Decknamen von van de Boers gecheckt und bin in den Unterlagen eines Rotterdamer Speditionsunternehmens fündig geworden. Zeitgleich mit der Aktion des Umzugswagens hat van de Boers einen Container auf einem Schiff angemietet, und dieses hat mit all seinen Sachen den Hafen in Richtung Singapur verlassen.«

»Singapur! Gibt es da nicht eine Freihandelszone mit dem größten begehbaren Tresor der Welt? Gebaut von einem Schweizer Unternehmen und uneinnehmbar!?« Ich stieß einen leisen Pfiff aus.

Asim nickte resigniert.

»So ein Containerschiff braucht ungefähr drei Wochen bis nach Singapur. Das gibt uns Zeit«, suchte diesmal William nach dem Sonnenstrahl.

Ich sah ihn an und grinste. »Wir könnten das Schiff auf offener See überfallen. Ich wollte mich schon immer mal aus einem Helikopter abseilen.«

»Die Ladung befindet sich auf der ›Emma Mærsk‹. Ein Schiff dieser Größe kann bis zu 18 000 Container an Bord nehmen. Viel Spaß dabei, den einen zu finden. Und da wäre noch das kleine Problem mit der Crew, die wegen möglicher Piratenangriffe mittlerweile mehr als gut ausgerüstet ist. Willst du, dass die uns über den Haufen schießen?«

»Mann, Asim, du kannst einem aber auch jeden Spaß verderben. Mach dich locker. Was wäre das Leben ohne eine Herausforderung?«, versuchte ich die Jungs aufzuheitern. In Wahrheit sah selbst ich schwarz. Der Job war nämlich gerade absolut aussichtslos geworden.

Aber, na ja. Wenn es einfach wäre, dann würde es ja jeder machen.

»Wir sind das beste Team unter der Sonne. Wer, wenn nicht wir, kann den Job stemmen?« Ich klatschte in die Hände. »Lasst uns loslegen.«

Lord Peter lachte. »Das machen wir. In London. Jetzt sollten wir erst einmal unsere Spuren verwischen und verschwinden. Unser Zug geht um 9:34 Uhr ab Amsterdam Central Station. Asim, du kümmerst dich zu Hause um alle neuen Informationen zum Teppich. William, du bekommst heraus, wer oder was Mae wirklich ist und insbesondere für wen sie arbeitet. Ich werde meine Kontakte ebenfalls zu allen Themen ausquetschen.«

»Und was mach ich?«

»Cat, du hältst dich einfach bereit.«

Es heißt, wenn man aus einem Labyrinth hinausfinden will, muss man einfach seine rechte Hand an eine Wand legen und beim Durchlaufen ständig den Kontakt halten. Wenn das mal auch auf mein Gehirn zuträfe!

»Du hältst dich einfach bereit«, echote es zwischen meinen Gehirnwänden.

Ich war so was von bereit, bereiter ging es gar nicht.

Seit vier Tagen!

Und was passierte?

Nichts.

William, Asim und Lord Peter hatten alle Hände voll zu tun. Und ich?

Ich hatte das Hausboot bis in die hinterste Ecke geputzt.

Ich hatte den Pub meiner Tante Jasmin auf Hochglanz gewienert, bis sie mich rausschmiss.

Ich hatte mich mit Sofie getroffen. Zum vorerst letzten Mal, denn in einer Woche trat meine ehemalige Hehlerin ihren neuen Job im Vorstand einer Versicherung in New York an. Seit ich mich Lord Peters Team angeschlossen hatte, machte ich sowieso keine Einbrüche auf eigene Rechnung mehr.

Ich hatte versucht, mich mit alten Freunden zu verabreden. Aber die meisten waren voll ausgelastet mit ihrer Ausbildung. Und mal ehrlich, wie oft konnte ich mit Ethan in einer Bar versumpfen?

Für mein Ausdauertraining hatte ich jeden Morgen meine zehn Bahnen in der Schwimmhalle gedreht, war zweimal im Parcours-Stil durch halb London gerannt und hatte meinen Partner im Boxstudio mit meinen Selbstverteidigungsübungen auf die Matte geschickt.

Gerade saß ich in einem dieser amerikanischen Holzsessel mit den breiten Armlehnen auf der Terrasse meines Hausbootes und versuchte, die milde Londoner Herbstluft zu genießen. Aber das Warten brachte mich an den Rand des Wahnsinns.

Was den Stressfaktor betrifft, ist mein Job wie jeder andere. Der Trick ist, die richtige Balance zwischen Action und Ruhe zu finden. Klingt ziemlich erwachsen, oder? Aber Ruhe war das Letzte, was ich mir wünschte. Das gab mir zu viel Zeit nachzudenken. Zu viel Zeit, über das Rätsel meiner Herkunft nachzugrübeln und mich zu fragen, warum Lord Peter mir verschwieg, dass wir verwandt waren.

Die Idee, mehr über meine Familie im Allgemeinen und meine Mutter im Speziellen herauszufinden, war immer noch nicht mehr als das: eine Idee. Seit zwei Monaten wusste ich, dass meine Mutter mit großer Wahrscheinlichkeit noch lebte. Obwohl mein Vater, der einem Terroranschlag in der Londoner Tube zum Opfer gefallen war, und meine Tante J. mich immer glauben ließen, dass sie tot wäre. Und dann war ich in Lord Peters Haus auf den Gegenbeweis gestoßen. Die Akte, die mir im wahrsten Sinne des Wortes in die Hände gefallen war, belegte es schwarz auf weiß: Ich war Williams Halbschwester. Und da ich meinen Vater kannte, lag es auf der Hand, dass meine Mutter seine Mutter sein musste. Meine Mutter war demnach Lord Peters Schwester, von der dort festgehalten war, dass sie vor etwas mehr als sechzehn Jahren ein Kind geboren hatte, das sofort dem Vater übergeben worden war. Der Name der Mutter tauche weder in der Geburtsurkunde oder sonst einem offiziellen Schreiben auf. Mehr stand dort nicht.

Ich streckte meine Beine aus und sah den kleinen Wellen des Regent's Canal zu, wie sie ans Ufer schlugen. Träge floss das Wasser vor sich hin und nur manchmal wurde es von einem vorbeifahrenden Boot aufgewühlt. Die Sonne wärmte mein Gesicht und ich schloss die Augen.

Meine Mutter war also noch am Leben. Schön. Aber was wollte ich mit dieser Erkenntnis anfangen?

Es ist eine Sache, sich selbst zu schwören, dass man etwas unbedingt tun will. Aber es ist eine andere Sache, diese theoretische Überlegung auch in die Tat umzusetzen. Tief in mir drin musste es etwas geben, das mich davon abhielt, mich meiner Mutter zu stellen.

Dabei konnte es doch eigentlich fast nicht einfacher sein. Ich musste nur Lord Peter oder William erzählen, dass ich zu ihrer Familie gehörte. Das würde doch nichts zwischen uns ändern, oder?

Ich konnte mir das noch so sehr einreden. Wenn ich ehrlich zu mir war, dann würde es natürlich sofort etwas ändern. War das der Grund, warum auch Seine Lordschaft dieses Geheimnis noch immer für sich behielt? Keiner von uns konnte die Konsequenzen erahnen, die es hätte, wenn die Wahrheit offen herauskam. Und außerdem, warum hatte meine Mutter in all den Jahren nicht versucht, Kontakt zu mir aufzunehmen? Warum musste ich den ersten Schritt tun? Meine Gedanken drehten sich so schnell im Kreis, dass mir schwindlig wurde.

Ich öffnete wieder die Augen. Das alles brachte mich keinen Schritt weiter. Das Thema musste ich erst einmal vertagen. Ich griff mir eine Colaflasche, öffnete knackend den Schraubverschluss und nahm einen tiefen Schluck. Die Sonne strahlte mir in die Augen und brachte mich zum Blinzeln.

»Nich 'n bisschen früh für den harten Stoff?«, rief Carol und winkte lachend zu mir hinüber. Normalerweise trank ich außer Tee nur Wasser. Koffein und Zucker wirkten sich eher verheerend auf mich aus. Ich wurde so hibbelig, dass man mich irgendwann von der Wand kratzen musste, bildlich gesprochen.

Ich hob meinen Daumen vor die Augen und tat so, als würde ich den Stand der Sonne prüfen: »Nö. Willste auch eine?«

Das ließ sich meine neue Nachbarin nicht zweimal sagen. Carol war vier Jahre älter als ich und stammte ursprünglich aus Denver. Sie war nach London gekommen, um sich die Luft einer Weltstadt um die Nase wehen zu lassen. Seit drei Wochen sittete sie das Hausboot von Bernie, der für die kommenden zwei Jahre die Metro-Shuttlebusse durch Manchester lenkte.

Ich mag die Art der Amerikaner. Sie kommen immer gleich auf den Punkt. Der gemeine Engländer ist eher subtiler. Er fällt nicht mit der Tür ins Haus, sondern dreht erst mal verbal vier Runden um den Block.

»Lässt es heute ruhig ausklingen, oder?« Carol setzte sich auf die Reling, während ich schnell die Treppe ins Boot hinunterstieg und eine Flasche für sie aus dem Kühlschrank nahm.

»Zu ruhig nach meinem Geschmack«, rief ich nach oben. Ich gab ihr die Flasche und ließ mich wieder in meinen Stuhl fallen.

»Wo ist denn deine bessere Hälfte?«

»Simon? Der macht die Uferbegrünung unsicher.« Ich nickte in die Richtung, in die mein bester Freund nach seinem Mittagsschläfchen verschwunden war.

»Ich find das toll. Eine Ratte als Haustier wäre bei mir in Denver unvorstellbar.«

»Dabei sind die auf zwei Beinen viel gefährlicher.«

Carol lachte schallend. »Aber die übertragen keine ansteckenden Krankheiten.«

»Da wäre ich mir nicht so sicher«, gab ich trocken zurück.

»Punkt für dich.« Carol malte mit ihrem rechten Zeigefinger einen Strich in den Himmel. »Und was machst du da gerade?«, wollte meine Nachbarin dann wissen und nickte in Richtung meines iBooks.

»Suchen.«

»Oh Mann, ihr Engländer seid echt anstrengend«, seufzte Carol theatralisch. »Bis ihr mal mit der Sprache rausrückt, ist die Sonne untergegangen.«

»Das liegt wohl eher an eurem Unvermögen an gesellschaftlicher Konversation«, zog ich die Amerikanerin mit meiner gestelzten Sprache auf, die mir prompt den Ball auf ihre sarkastische Art zurückwarf:

»Machen wir ›kulturelle Unterschiede‹ daraus. Wir wollen doch die Political Correctness nicht verletzten.« Amüsiert kniff sie ein Auge zu.

Wir lachten wieder und stießen unsere Flaschenböden aneinander.

»Wie läuft's eigentlich bei dir?«, wollte ich von Carol wissen.

»Oh, ganz gut. Übermorgen fange ich mein Praktikum bei Allies und Morrison an.«

»Sitzen die nicht mit ihrem Architekturbüro in der Southwark Street?«

»Ja, direkt bei der Tate Modern. Ist das nicht super? Da kann ich meine Mittagspausen im coolsten Museum der Stadt verbringen.«

»Mittagspausen? Wovon träumst du nachts? Das ist ein Praktikum. Da hast du keine Pausen«, versuchte ich Carol zu ärgern und gleichzeitig mein Grinsen zu entschuldigen, das mir im Gesicht stand. Denn der Grund dafür war eine schöne, sehr private Erinnerung an das Museum und ein ganz bestimmtes Bild, das sich durch meine Schuld nicht mehr im Besitz des Hauses befand. »Aber ich gratuliere dir trotzdem. Bei Allies und Morrison eine Stelle zu ergattern, war bestimmt nicht so einfach. Du musst richtig gut sein.«

»Ach, na ja, ich geb mein Bestes, und das hat diesmal gereicht.« Carol zuckte mit den Schultern. Das Understatement einer echten Londonerin hatte sie mittlerweile schon ganz gut drauf. Aber ich sah, dass sie sich über mein Kompliment freute.

»Wie sieht's denn bei dir aus? Man sieht dich ewig nicht und dann bist du wieder tagelang zu Hause. Arbeitest du im Schichtdienst?«

Ich trank einen Schluck Cola, um Zeit zu gewinnen. Ich konnte ihr ja schlecht sagen, dass ich die Diebin in einem Team war, das gestohlene Kunstwerke und Artefakte illegal wiederbeschaffte, um sie den rechtmäßigen Eigentümern zurückzugeben. »Kann man so sagen. Im Moment jobbe ich so vor mich hin. Mach mal dies, mal das. Kellnern, Stadtführungen und so Zeug.«

»Und weiter?«

»Wie, weiter?«, fragte ich ungläubig. »Reicht das nicht?«

»Das reicht vielleicht, bis du zwanzig bist. Doch dann musst du dir was Reelles suchen. Etwas, womit du Geld verdienen kannst.«

»Kann ich doch.« Meine Stimme bekam einen ärgerlichen Unterton und das ärgerte wiederum mich.

»Nein«, entschuldigte sich Carol auch prompt. »So habe ich das nicht gemeint. Natürlich verdient man mit Kellnern gutes Geld. Aber das kannst du doch nicht dein ganzes Leben lang machen. Willst du keinen Beruf erlernen oder studieren?«

»Darüber habe ich noch gar nicht richtig nachgedacht. Ich wollte nach der Schule erst mal eine Auszeit nehmen und gucken, was sich so bietet. Ich bin einfach nicht der Typ, der sich in der Mühle weiter zermahlen lässt. Der jeden Tag geschniegelt und gestriegelt ins Büro in die City fährt und sich auf dem Heimweg noch gepflegt die Birne zusäuft. Ich bin lieber die, die von denen das Trinkgeld einstreicht.« Ich lachte kurz auf.

Carol nickte. »Kann ich verstehen, aber es gibt auch andere Jobs. Versteh mich nicht falsch. Ich will mich nicht in dein Leben einmischen oder besserwisserisch rüberkommen, aber meine Mutter schuftet schon ihr ganzes Leben in einem Diner. Das geht auf die Knochen, kannst du mir glauben. Wir hatten nie viel Geld, und wenn ich nicht ein Stipendium bekommen hätte, dann wäre ein Studium für mich nicht möglich. Und ich will studieren, denn dann bekomme ich einen besser bezahlten Job und meine Mutter kann sich endlich ausruhen.«

Carol war so stolz auf ihre Idee, dass ich mir meinen Kommentar, dass ihrer Mutter ihre Arbeit vielleicht Spaß machte, verkniff.

»Schon okay. Ich weiß, was du meinst. Nur, ich denke, ich hab noch ein bisschen Zeit, bis ich mich entscheiden muss. Und diese Zeit nehme ich mir einfach.«

Carol lachte laut auf. »Du bist so amerikanisch. Bist du sicher, dass deine Eltern Engländer sind?«

»Hundertprozentig sicher«, grinste ich.

Plötzlich piepte Carols Handy. Sie warf einen Blick in ihren WhatsApp-Account. »Hey«, meinte sie dann an mich gewandt. »Ein paar Freunde von mir treffen sich in der Stadt. Hast du Lust mitzukommen?«

»Damit ihr mich gemeinsam bearbeiten könnt? Nein, vielen Dank«, winkte ich ab und lächelte. »Außerdem muss ich nachher noch im Pub meiner Tante aushelfen. Ein anderes Mal.«

»Okay, aber versprich mir, dass du über meine Worte nachdenkst«, rief Carol mir schon vom Ufer aus zu.

Ich winkte ihr zum Abschied, nickte halbherzig und lächelte bei dem Gedanken daran, was sie für ein Gesicht machen würde, wenn ich ihr die Wahrheit erzählen würde.

Das Boot schaukelte leise, und eine Libelle verirrte sich auf meine Reling. Ihr schmaler Körper schimmerte in metallischen Blautönen, die mich an einen Ölfleck in einer Pfütze aus Regenwasser erinnerten. Lord Peters Klingelton zerriss die Stille, und meine erschreckte Bewegung schlug die Libelle in die Flucht.

»Seine Lordschaft wünschen!«, versuchte ich Vincent zu imitieren.

»Nicht schlecht«, hörte ich meinen Lieblingsbutler am anderen Ende der Leitung lachen. »Aber am Ende des Satzes müssen Mylady die Stimme leicht anheben, damit es eher wie ein Vorwurf klingt.«

»Oh. Sorry, Vinni. Ich wollte nicht …«

»Alles gut«, beschwichtige mich Vincent und kam dann zum Grund seines Anrufs. »Lord Peter lässt fragen, ob Sie zum Eaton Place aufbrechen könnten?«

»Sind Asim und William schon da? Geht's endlich los?«

»Asim ist bereits im Haus. Und soweit mich Seine Lordschaft ins Vertrauen gezogen hat, ist Master William mit einer wichtigen Mission in der Stadt unterwegs. Was Ihre zweite Frage anbetrifft, Mylady, sollten Sie diese besser Lord Peter persönlich stellen, denn er hat mich nicht davon in Kenntnis gesetzt, worum es bei Ihrem Treffen gehen wird.«

»Okay. Ich mach mich auf den Weg.« Ich legte auf und sah Simon gerade von seinem Spaziergang nach Hause trotten.

»Super Timing, mein Lieber.«

Herzhaft gähnend ließ Mae die Tür zu ihrem Loft ins Schloss fallen, schulterte ihre hellbraune Ledertasche und stieg die Treppe hinunter in den Innenhof der alten Schuhfabrik. Das dreigeschossige Gebäude glich seinen Nachbarn entlang der Caledonian Road wie ein Zwilling dem anderen – bis auf die breiten Sprossenfenster, die typisch für eine Werkshalle aus dem vorigen Jahrhundert waren. Glücklicherweise waren sie dem Renovierungswahn des Besitzers nicht zum Opfer gefallen, denn sie machten den Charme von Maes Wohnung aus, die sich über die gesamte zweite Etage erstreckte. Ein Stockwerk tiefer wohnte Jadoo, der ein paar Häuser weiter ein kleines indisches Restaurant mit angeschlossenem Café sein Eigen nannte. Im Erdgeschoss, hinter der großen Schaufensterfront, lag ein kleines aufstrebendes Architekturbüro.

Mae bog in Richtung U-Bahn-Station ab. Sie liebte ihren bunten Stadtteil. Die Menschen hier lebten von einem bescheidenen Einkommen und machten das Beste daraus. Es war sauber und ordentlich. Man grüßte sich, egal welche Hautfarbe oder Religion man hatte. Vor allem aber zog es so gut wie keine Touristen in diese Ecke, obwohl der Stadtteil eine Menge zu bieten hatte. Immerhin lagen hier außer zwei Gefängnissen das Heimstadion des FC Arsenal und das Sadler's Wells. Dieser Theaterkomplex war in aller Welt berühmt für seine exzellenten und gewagten Ballettaufführungen. Aus dem Tanz- und Opernensemble gingen das Royal Ballet und die English National Opera hervor.

Aber heute hatte Mae keinen Blick für ihre Umgebung. Tief in Gedanken stiefelte sie den Bürgersteig entlang. Noch immer quälte sie die Frage, warum Daan van de Boers' Amsterdamer Haus komplett leer gefegt gewesen war? Dass er dem Auftrag auf die Schliche gekommen war, war unvorstellbar. Außer ihr und ihrem Chef wusste niemand von der Aktion. Selbst ihre Kollegen aus dem Van waren nur instruiert gewesen, das Alarmsystem zu sabotieren. Diese Männer waren darauf geschult, keine Fragen zu stellen und schon gar keine zu beantworten.

»Selbst wenn«, knurrte Mae, »hätte es doch wohl gereicht, die Festplatte in Sicherheit zu bringen. Alle Räume besenrein auszuräumen, ist doch ziemlich übertrieben?«

Und dann waren da ja auch noch Cat und William.

Seit sie Lord Peter bei Cats Schnellkurs in puncto adlige Lebens- und Verhaltensweisen behilflich gewesen war, hatte sie das Team nicht aus den Augen gelassen und einiges Interessantes über sie in Erfahrung gebracht. In Maes Branche war Neugier das Haupteinstellungskriterium und letztendlich überlebenswichtig. Jeder Mensch in ihrer Umgebung galt als potenzielle Gefahr, bis ein vollständiges Dossier über sie oder ihn erstellt worden war.

Sie ahnte, dass Lord Peter, Asim und Cat mit dem Einbruch in Sansibar Drummonds Kunstsaal in Verbindung standen, der sich auf dem Ball des Lords ereignet hatte. So eine Aktion war einfach keinem anderen der Anwesenden zuzutrauen. Und dann war die Reiterstatue, die sich der alte Sansibar unrechtmäßig angeeignet hatte, auch noch wie durch ein Wunder in ihrem angestammten Tempel in Myanmar aufgetaucht. Das erzählte man sich zumindest lachend auf den Bürofluren ihres Arbeitgebers. Jeder nickte anerkennend über den Coup, aber niemand wollte herausfinden, wer ihn gelandet hatte.

Man wusste über die Machenschaften Lord Drummonds Bescheid, aber niemand traute sich, ihm das Handwerk zu legen. Der alte Mann kannte einfach zu viele Leichen in den Kellern ihrer Kollegen, mit denen er sie erpressen konnte.

Wahrscheinlich suchte das Team von Lord Peter bei Daan van de Boers ebenfalls nach einem geraubten Kunstgegenstand. Von der Existenz der Festplatte wussten die vier mit Sicherheit nichts. Zumindest bis zu dem Moment, als sie Cat davon erzählt hatte. Zum Glück war ihr diese Geschichte mit den Nacktfotos eingefallen.

Mae lächelte bei der Erinnerung an Cats überraschtes Gesicht und war noch immer erstaunt darüber, dass sie ihr ohne großes Gezeter geholfen hatte. Mae hatte nicht viele Freunde, jedenfalls keine richtigen. Aber Cat wurde zu einer Freundin. Und William war ein Freund. Mae schmunzelte bei dem Gedanken an seine nicht ungefährliche Rettungsaktion. Jetzt wusste sie jedenfalls auch, dass er zum Team gehörte. Wieder ein Punkt, den sie ihrer Akte hinzufügen konnte. Nur, aus welchem Grund Daan van de Boers so plötzlich verschwunden war, blieb ein Rätsel. Und sie hatte auch keinen Schimmer, wie sie ihrem Chef den erneuten Fehlschlag beichten sollte.

Seit mehr als einem Monat war sie nun schon hinter der Festplatte her. Ihr Chef hatte erfahren, dass Daan van de Boers sie an den Meistbietenden versteigern wollte. Das durfte auf keinen Fall geschehen. Also hatte er Mae darauf angesetzt. Zweimal schon war sie gescheitert. Den Einsatz in Amsterdam nicht mitgezählt. Bisher hatte der Mann, der sie nur für diesen Einsatz angefordert und mit dem sie noch nie zusammengearbeitet hatte, die Rückschläge mit einer gewissen Gelassenheit aufgenommen. Ob das so blieb? Schließlich mussten sie jetzt wieder ganz von vorne anfangen.

Mae seufzte und lief auf Jadoos kleines Café zu.

»Guten Morgen, meine Schöne. Heute schon so früh auf den Beinen?«

»Termine, Termine«, lächelte sie schwach und folgte ihrem Nachbarn ins Innere des kleinen Ladenlokals, das sich auf halbem Weg zwischen ihrer Wohnung und der U-Bahn-Station Caledonian Road befand.

Jadoo lief hinter die Theke. »Masala Chai, wie immer?«

»Selbstverständlich. Ohne ihn würde ich den Tag nicht überleben«, erwiderte Mae. »Kannst du ihn mir bitte im Becher mitgeben? Ich hab's heute ein bisschen eilig.« Mit einer fließenden Bewegung drehte sie ihre rote Mähne zusammen und stopfte sie unter eine Basecap. Unter ihrem grünen Armeeparka trug Mae ihren Lieblingsoverall aus blauem Jeansstoff. Die Hosenbeine steckten in hellbraunen Lederboots. Zu ihrem Termin würde sie diese Uniform mit Pumps aufpeppen, die farblich auf ihre Haarfarbe abgestimmt waren. Für jetzt aber wollte sie nicht zu viel Aufsehen erregen.

Jadoo schüttelte den Kopf. »Kann ich machen. Aber du solltest dir lieber die Zeit nehmen.« Er goss das hellbraune Getränk in einen Thermobecher. Der ganze Raum füllte sich mit dem exotischen Aroma von Kardamom und Zimt in warmer Milch mit schwarzem Tee.

»Ein anderes Mal. Ich verspreche es.« Dabei kreuzte Mae sicherheitshalber Mittel- und Zeigefinger der linken Hand hinter ihrem Rücken. Sie nahm das Getränk entgegen und zahlte.

»Stell den Becher einfach draußen aufs Fensterbrett, falls du spät nach Hause kommst.«

In der Tür drehte Mae sich noch einmal um und rief Jadoo einen Dank zu.

Langsam erwachte die Straße zum Leben. Die Läden öffneten ihre Türen und stellten ihre Auslagen auf den Gehweg. Mae nickte grüßend, lief weiter zur Tube und trank ab und zu einen Schluck von dem belebenden Tee.

Sie wollte gerade die Treppe zur Station hinuntergehen, als sie den Bettler sah, der sich hinter einem Mülleimer versteckt hatte. Für einen Wimpernschlag erschrak sie vor dem alterslosen Mann, der sein Gesicht hinter einem schweren Schal verbarg. Dann stellte sie ihren Teebecher ab und kramte in ihrer Tasche nach einer Pfund-Münze. Sie fand zwei und ließ sie in den Plastikbecher zu Füßen des Mannes fallen. Er nickte zum Dank. Sie war die Einzige, die dem Mann Geld gegeben hatte. Die anderen waren schnell an ihm vorbeigelaufen, den Kopf gesenkt. Als wäre Obdachlosigkeit eine ansteckende Krankheit, die man sich allein durch Blickkontakt zuziehen konnte. Und auch wenn dem nicht so war, so erinnerte es einen doch daran, wie kurz der Fallweg bis zum Boden der Gesellschaft war.

Mae schritt in den Tunnel zum Bahnsteig. Sie bemerkte nicht, dass der Obdachlose die zwei Pfund mit perfekt manikürten Fingern aus dem Becher klaubte. Unter dem dreckigen Mantel, den er zusammen mit dem Schal im Mülleimer entsorgte, kam ein feiner Trenchcoat zum Vorschein. Mit schnellen Griffen strich er seine Frisur glatt, setzte einen Hut auf und zog einen Aktenkoffer hinter dem Mülleimer hervor. Dann lief auch er zum Bahnsteig. Vier Meter von Mae entfernt blieb er stehen und wartete auf die Wagen der Piccadilly Line.

Langsam rollte der Zug ein. Die Türen öffneten sich mit einem schmatzenden Geräusch, als würde man eine Vakuumverpackung aufreißen. Niemand stieg aus. Alle stiegen ein.

Während sich die Einsteigenden auf die Sitzplätze stürzten, blieb Mae mit dem Rücken zu den anderen Reisenden stehen und vertiefte sich in das Werbeplakat vor ihrem Gesicht. Der Inhalt war ihr herzlich egal. Wichtiger war der schwarze Hintergrund, der das Schutzglas in einen perfekten Spiegel verwandelte. Aufmerksam durchsuchte sie das Abteil nach verdächtigen Personen oder Gegenständen. Verfolgungswahn hielt Menschen wie sie am Leben. Als sie keine Gefahren ausmachen konnte, entspannte sie sich ein wenig.

Sie zog den Schirm ihrer Basecap tiefer ins Gesicht und versuchte sich wieder mental auf ihren Termin vorzubereiten. Ihr Chef war alles andere als begeistert vom Verlauf des Amsterdam-Auftrags, denn das Zeitfenster für die Beschaffung der Daten wurden immer schmaler. Laut ihren Informationen sollte van de Boers' dunkle Auktion in einer Woche stattfinden. Zu wenig Zeit, um dort noch verdeckt jemanden einzuschleusen.

Mae schüttelte unmerklich den Kopf. Es schien so, als wüsste der Kunsthändler immer schon im Voraus, welchen Zug Mae plante. Jedes Mal, wenn sie ihre Falle zuschnappen lassen wollte, verschwand er zusammen mit der Festplatte von der Bildfläche.

Mae schaute wieder in ihren »Spiegel«. Beobachtete der Mann im hinteren Teil des Abteils sie? Er hatte seinen Blick einen Tick zu schnell gesenkt. Mae prägte sich sein Aussehen genau ein. Dunkle Haare, die im Nacken ein wenig zu lang waren. Ungefähr 1,75 Meter groß. Gepflegte Erscheinung. Der Trenchcoat von Burberry aus der vergangenen Saison war ihm etwas zu groß. Vielleicht hatte er abgenommen oder wollte nicht, dass sich sein Businessanzug zu sehr darunter abzeichnete? Und trotzdem war an ihm etwas, das Maes Alarmglocken klingeln ließ. Es war nicht sein Aussehen, sondern etwas in dem, wie er sich bewegte.

King's Cross St. Pancras wurde aufgerufen. Der Zug fuhr in den Bahnhof ein, hielt und die Türen öffneten sich automatisch. Mae schaute sich schnell um und drängelte sich zwischen den Einsteigenden hindurch nach draußen. Dabei murmelte sie immer wieder »Sorry«.

Sie ließ sich im Meer der Umsteigenden über die Treppen und durch die Gänge bis zur Circle Line treiben und wartete am Gleis auf den kommenden Zug. Während sie so tat, als würde sie ihr Smartphone studieren, beobachtete sie die Menschen in ihrer Umgebung. Nichts Auffälliges!

Sie roch und spürte die typische Welle abgestandener Luft, die ein herannahender Zug vor sich herschob, wie ein unsichtbares Startzeichen für die Menge auf dem Bahnsteig, sich in einer Vorwärtsbewegung in Richtung Bordsteinkante zu drücken. Mae stieg als Letzte in den Wagon ein. Schmatzend schloss sich die Tür in ihrem Rücken. Sie blieb, wo sie war, und schaute sich die Menschen an. Alles wie gehabt. Frauen und Männer, in leichte Mäntel oder Jacken gehüllt, unter denen sich Kostüme oder Anzüge verbargen, die typische Bürouniform. Zwischen ihnen der ein oder andere Student in Jeans und Lederjacke, so wie der Typ, der gelangweilt auf den Streckenplan über seinem Kopf starrte. Sein Gesicht war halb von der Kapuze eines Hoodies und halb hinter einem gepflegten Bart verborgen. Der Rucksack hing ihm über einer Schulter. Seine Haltung drückte eine gespielte Lässigkeit aus und genau das war es, was Mae missfiel: gespielt.

Moorgate. Wieder verließ Mae den Zug. Wieder eine neue Strecke: Northern Linie. Wieder die Menschen im Wagon beobachten.

Eigentlich hätte Mae fast direkt von der Caledonian Road bis nach Vauxhall Station durchfahren können. Aber sie hörte auf ihre Alarmglocken und wählte die umständlichere Route.

Nächster Halt. Aussteigen. District Line. Umschauen. Niemand Verdächtiges, und doch ging dieses Gefühl nicht weg. Der Typ dahinten? Blonde Haare, glatt rasiert, lässiger Sweater über Bluejeans und Rucksack. Der Rucksack? Schwarzes Leder wie tausend andere auch. Keine Sticker oder Aufnäher oder sonst etwas, das ihn einzigartig machte. Doch etwas war in der Haltung des Mannes.

Victoria Station. Dasselbe Wechselspiel. Diesmal hielt sich Mae hinter dem lässigen Kerl. Er lief durch die verzweigten Röhren des Bahnhofs, den drei Linien kreuzten, und blieb am Gleis der Victoria Linie Richtung Brixton stehen. Zwei bullige Männer in nachtblauen Anzügen bauten sich rechts und links neben dem Studenten auf und musterten ihn eindringlich. Ihrer Körperhaltung nach zu urteilen waren die beiden ausgebildete Sicherheitsleute, die in allem und jedem eine Gefahr vermuteten. Rucksäcke machten die Menschen in Zeiten hoher Terrorgefahr nervös.

Mae überlegte kurz, ob sie wieder an die Oberfläche auftauchen und ihren Weg zu Fuß zurücklegen sollte. Doch bevor sie den Gedanken zu Ende bringen konnte, fuhr der Zug ein und sie wurde von der Menge in den Waggon geschoben. Suchend sah sie sich nach dem Studenten und den beiden Männern um, konnte sie aber nirgends entdecken.

Mae hatte immer noch keine Idee, wie sie Cats Anwesenheit erklären sollte, falls die Sprache darauf kam. Sicher hatten die Techniker ihren Chef eingeweiht, dass sie neben der Alarmanlage des Hauses auch noch die externe Kommunikationsleitung eines anderen Teams hatten lahmlegen müssen. Aber außer ihr wusste keiner, wer dieses zweite Team gewesen war. Wenn sie es geschickt anstellte, dann konnte sie das vielleicht erst einmal einem ausländischen Geheimdienst in die Schuhe schieben. Oder sie fand eine andere Ausrede, denn etwas in ihr war der Überzeugung, dass Cat und William nicht ihren Auftrag torpedieren wollten, dass ihr Zusammentreffen reiner Zufall gewesen war. Und für einen Zufall würde sie ihre Freunde nicht über die Klinge springen lassen. Nicht, bis sie nicht genau wusste, was für ein Spiel Daan van de Boers spielte.

Mae stieg an der nächsten Haltestelle aus und verließ in Vauxhall endlich das Labyrinth der U-Bahn. Wieder über der Erde blieb sie an der Ampel stehen und wartete, bis der Autoverkehr an ihr vorbeigerollt war. Sie schaute auf das Gebäude auf der anderen Seite, das direkt am Ufer der Themse

lag und von den Londonern liebevoll »Legoland« getauft
worden war.

Den Studenten, der sich hinter den Bussen an der Haltestelle versteckte, bemerkte sie nicht. Und ihm wiederum ent-
gingen die beiden Anzugträger, von denen einer ihm mit
einer unauffälligen Bewegung eine Spritze in den Hals stach.
Das Letzte, was er sah, war das Hauptquartier des Secret Intelligence Service, kurz SIS oder einfach MI 6.

Reflexartig schlug William nach der Wespe, die ihm in den
Hals gestochen hatte. Doch seine Hand schwang ins Leere.
Seine Beine gaben nach und er sackte in Sekundenschnelle
in sich zusammen. Bevor er auf dem Boden aufkam, spürte
er, wie zwei Männer ihm unter die Arme griffen und ihn zu
einem Minivan schleiften. Er landete hart auf einem hauch-
dünnen Teppichboden, der irritierenderweise nach Knob-
lauch roch.

Einer der beiden Männer setzte sich neben ihm auf die
Bank, der andere sprang auf den Beifahrersitz. Er hatte die
Tür noch nicht geschlossen, da rollte William hilflos in den
hinteren Bereich der Ladefläche und hörte das Quietschen
von schnell anfahrenden Reifen.

»Hey, nicht so hastig. Du kommst hier erst raus, wenn du
alles gesagt hast, was wir wissen wollen.« Der bullige Kerl
erhob sich von seiner Bank und zog William wieder zu sich
heran. Willenlos ließ er es über sich ergehen. Er war gar nicht
in der Lage, sich zu wehren. Seine Muskeln verweigerten

einfach ihren Dienst, egal wie laut sein Gehirn ihnen auch die Anweisung dazu gab. Was hatten ihm die Kerle da gespritzt?

»Keine Panik. Wir tun dir nicht weh. Nicht, wenn du uns sagst, was du vor dem Haus von Daan van de Boers zu suchen hattest und wer das Mädchen war, dem du zur Flucht verholfen hast.«

Doch statt eine Antwort zu geben, grinste William nur dümmlich vor sich hin. »Ihr hab' ja sooooo was von keeeeeine Ahhhhnung«, lallte er und wurde sofort von einem Schluckauf geschüttelt.

»Was hast du getan, du Idiot? Wie viel von dem Zeug hast du ihm gegeben?«, rief der Beifahrer seinem Partner über die Schulter zu.

»Die ganze Ampulle.« Die Antwort klang eher nach einer Frage.

»Verdammt. Du solltest nur die halbe aufziehen. Jetzt war alles umsonst. Aus dem kriegen wir nichts mehr raus, bis er das Zeug abgebaut hat.«

»Wie lange kann das dauern?« Schuldbewusst starrte der Mann auf William, der gerade die Geschichte erzählte, wie er als Vierjähriger auf dem Landsitz seines Onkels vom Fahrrad gefallen war und sich den Arm gebrochen hatte.

»Stunden, Tage? Ich hab keinen Schimmer. Aber nach dem Quatsch zu urteilen, den der Kerl labert, eher länger.«

»Soll ich weiter Richtung Osten fahren?«, wollte der Fahrer wissen.

Der Mann neben ihm seufzte schwer und fing an zu telefonieren. Nachdem er dem Teilnehmer am anderen Ende die

Lage erklärt hatte, hängte er auf und beantwortete die Frage mit einem Ja.

»Wir laden ihn dort ab und verschwinden. Der Boss will, dass wir zu ihm nach Singapur kommen.«

Jedes Problem beinhaltet seine eigene Lösung. Ich halte von diesem neurolinguistischen Programmierungsquatsch überhaupt nichts. Der Mensch funktioniert nicht wie eine Maschine. Wer das glaubt, hat wirklich ein Problem.

Mae betrat das zehngeschossige Bollwerk, dessen Vorderfront aus Sandstein und grünen Glasflächen eher den Eindruck eines Las-Vegas-Casinos vermittelte. Besonders wenn die Sonne schien. Seit 1995 residierte hier der Auslandsgeheimdienst Secret Intelligence Service. Seit jenem Jahr also, in dem die Arbeit des SIS vom Parlament durch den Intelligence Service Act erstmals auf eine gesetzliche Grundlage gestellt worden war – mehr als 80 Jahre nach seiner Gründung als Military Intelligence, Section 6 des Inlandsgeheimdienstes MI 5. Im Übrigen gab dieses Gesetz dem Außenminister das Recht, jedem Mitarbeiter des SIS Immunität zu gewähren, sollte er in Ausübung seiner Pflicht eine Straftat begehen. Das schloss selbst einen Mord ein.

Mae aber hatte nicht vor, mit einer Lizenz zum Töten in die Fußstapfen eines James Bond zu treten. Nachdem sie die Sicherheitsschleusen passiert hatte, eilte sie zielstrebig auf den Fahrstuhlbereich zu. Der überirdische Teil des Gebäudes war in unterschiedliche Bauklötze aufgeteilt. Daher auch der Spitzname Legoland. Hier befanden sich vor allem die Verwaltung, die allgemeine Personalabteilung, unterschiedliche Sportbereiche, ein Restaurant und weniger sensible Büros des

Geheimdienstes, alle mit dreifachverglasten, schusssicheren Fensterscheiben.

Mae stieg in den Lift und gab ihre persönliche Kombination in das Zahlenfeld ein. Als sich die Kabine in Bewegung setzte, hob sich ihr Magen ein wenig an. Sie war allein. Die digitale Anzeige der Etagen blieb in diesem unterirdischen Bereich immer gleich. Niemand wusste, wie viele Ebenen es hier gab und ob wirklich ein Tunnel unter dem Fluss bis zum Parlament führte. Wer sich in diesem Teil des Geheimdienstes bewegte, verfügte über eine hohe bis sehr hohe Sicherheitsfreigabe für Informationen und Materialen des SIS, oder er arbeitete für jemanden in dieser Position. Mae tauschte ihre Boots gegen die Pumps, nahm die Basecap ab und schüttelte ihr Haar, bis die Locken leicht auf ihre Schultern fielen. Sie blieb mit unbewegter Miene stehen und wartete, bis der Körperscanner, der hinter den Spiegeln der Kabine angebracht war, seine Überprüfung beendet hatte.

Die Lifttüren schoben sich auf und Mae trat in einen Gang, dessen Neonlampen das Tageslicht zu imitieren versuchten. Die Türen waren zwar nummeriert, aber es gab keine Hinweise darauf, was sich hinter ihnen verbarg. Maes Schritte hallten wie Schüsse von den Wänden zurück. Sie blieb vor einer Tür im hinteren Bereich des Flurs stehen und klopfte.

»Kommen Sie rein, meine Liebe!«

Mae trat ein und schloss die Tür. »Gordon, wie geht es Ihnen?«

»Sehr gut, meine Liebe, sehr gut. Bitte nehmen Sie Platz.« Der Mann hinter dem Schreibtisch wies Mae mit einer Handbewegung den Stuhl davor zu. Er selbst stand nicht auf.

Er hob nicht einmal den Blick von der Akte, die er gerade vorgab zu studieren.

Mae schaute auf die kahle Stelle in der Mitte des Kopfes ihres Führungsoffiziers und fragte sich, ob sie einen Londoner Buchmacher finden würde, bei dem sie eine Wette abschließen konnte, wie lange er überhaupt noch Haare hätte. Sie setzte sich.

»Nun.« Der Mann mit dem Decknamen Gordon klappte die Akten zu und schob sie auf die rechte Seite seines leeren Schreibtisches.

»Nettes Büro«, begann Mae mit lockerer Stimme den Small Talk. »Neu?«

Der Mann sah sich amüsiert über seine randlose Brille in dem schmucklosen engen Raum um. »Es wird bestimmt nicht mein zweites Zuhause werden. Aber für das, was wir zu besprechen haben, können wir keine Mithörer gebrauchen.«

»Keiner ist vor Echelon sicher, nicht einmal der Geheimdienst«, lächelte Mae und spielte damit auf das weltweite Spionagenetzwerk an, das private und geschäftliche Telefongespräche, Faxe und das Internet abhört.

»Der Wanzendetektor hat jedenfalls nicht angeschlagen«, ließ sich Gordon auf den Schlagabtausch ein. »Allerdings wäre das im Moment nicht unser Hauptproblem, oder? Was ist in Amsterdam passiert?«

»Ich dachte, das könnten Sie mir sagen.« Mae lehnte sich in ihrem Stuhl zurück. Sie hatte spontan beschlossen, dass ein Angriff in diesem Fall die bessere Verteidigung wäre. »Haben Sie den Auftrag zweimal vergeben? Ich bin im Haus von Daan van de Boers auf ein anderes Team gestoßen.«

»Auf wen?«

Mae hob entschuldigend cool die Schultern. »Ich habe nicht die leiseste Ahnung.«

Gordon schien von ihrer Antwort nicht überzeugt. »Das ist schade!« Er beugte sich nach vorn und legte seine Unterarme auf der Schreibtischplatte ab, die Hände ineinander verschränkt. »Aber können wir davon ausgehen, dass sich das gesuchte Objekt nicht im Besitz der zweiten Partei befindet?«

»Davon kann der SIS mit Sicherheit ausgehen. Die Festplatte inklusive der Daten ist mit hoher Wahrscheinlichkeit noch in Daan van de Boers' Händen.«

Mit einer schnellen Bewegung stand Gordon auf, lief um den Schreibtisch herum und beugte sich bedrohlich zu Mae hinunter. »Wie kann ein anderes Team auf ihn aufmerksam geworden sein? Niemand außer uns weiß, dass er im Besitz dieser speziellen Informationen ist.«

Mae zuckte mit keiner Wimper. Kühl schaute sie den Mann an, dessen vierzig Pfund Übergewicht sich komischerweise in der Körpermitte sammelten. Das Gesicht mit der spitzen Nase war schmal und perfekt rasiert. Irgendwie erinnerte er Mae immer an einen Geier, vor allem, wenn sie in seine Augen schaute. »Sie wissen genauso gut wie ich, dass seine Arbeit als Kunsthändler nur noch Tarnung ist. Mittlerweile verdient Daan van de Boers Millionen von Dollar mit Daten und Informationen aller Art, die er illegal beschafft und an den Meistbietenden verkauft. Scheinbar wird er immer nachlässiger.«

Gordon schnappte kurz nach Luft. »Die Frage ist: Weiß dieses Team, was wir wissen?«

»Was wissen wir denn?« Mae überbetonte das Wort »wir« und versuchte, Gordon aus der Reserve zu locken. »Ich weiß nur, dass der SIS die Festplatte mit den Daten unbedingt in die Finger bekommen will, weil sie die nationale Sicherheit bedrohen.«

»Das sollte uns doch wohl reichen.«

»Ihnen vielleicht. Mir nicht, denn ich riskiere da draußen mein Leben.«

Gordon setzte sich wieder auf seinen Stuhl hinter den Schreibtisch. »Meine liebe Mae, ich kann Sie gut leiden. In den vergangenen Jahren haben Sie für meinen Vorgänger gute Arbeit geleistet. Und ich hatte gehofft, dass Sie das unter meiner Führung weiter tun würden.«

Maes Gesicht zeigte keine Regung.

Gordon lehnte sich mit einem tiefen Seufzer in seinem Stuhl zurück. »Diese Festplatte muss unbedingt in unsere Hände gelangen. Ich sage nicht zu viel, wenn ich verrate, dass die Zukunft des britischen Geheimdienstes davon abhängt.«

Beinahe wäre Mae die Frage rausgerutscht, warum der SIS dann ausgerechnet sie mit dem Job betraut hatte? Es gab weit erfahrenere Agenten im Dienst Ihrer Majestät. Es war klar, dass sie aus dem Mann außer diesen Plattitüden nichts weiter herausbekommen würde.

In diesem Moment begann Gordons Handy zu klingeln.

»Wenn Sie mich kurz entschuldigen würden?«

Mae verstand den Wink, erhob sich und verließ den Raum.

Ihr Rucksack, in dem sich ihr Smartphone im Aufnahmemodus befand, blieb unter Gordons Schreibtisch zurück.

»*Ich habe Ihnen doch gesagt, Sie sollen mich hier nicht anrufen!*«

...

»*Nein. Nur ein kleiner Rückschlag. Es läuft alles weiter wie geplant. Ich werde Ihnen die Festplatte aushändigen, sobald ich sie habe.*«

...

»*Ja, es wird nicht mehr lange dauern. Ich verspreche es Ihnen. Halten Sie einfach das Geld bereit. Sobald die vier Millionen auf meinem Offshore-Konto eingegangen sind, bekommen Sie die Ware.*«

...

»*Ein Problem? Nein, diese Mae Dreisten ist kein Problem. Wenn sie etwas ist, dann entbehrlich. Sobald sie mir die Platte übergeben hat, schalte ich sie aus. Niemand wird je erfahren, dass Sie sich im Besitz einer Software befinden werden, die jede Regierung und jedes Unternehmen auf diesem Planten in eine Marionette verwandelt.*«

...

»*Nein, ich melde mich bei Ihnen. Rufen Sie mich nicht mehr an, verstanden!*«

Auf dem Weg zum Eaton Place schlängelte ich mich mit meiner Vespa durch den Londoner Verkehr, vorbei an den roten Doppelstockbussen, den schwarzen Taxis und den zahllosen privaten Autos, die ihren Platz im Stau engagiert verteidigten. Weil das Wetter so sonnig gewesen war, hatte ich meine Route zu Lord Peters Stadthaus entlang der Themse gewählt. Aber

London ist nun mal London: die einzige Stadt auf der Erde, in der man alle vier Jahreszeiten an einem Tag erleben kann. Dieser machte mal wieder keine Ausnahme. Kaum hatte ich die Waterloo Bridge passiert, als die ersten Regentropfen auf mein Visier schlugen. Simon verschwand unter dem Deckel seines Transportkorbs, der am Lenker befestigt war.

Ich erhöhte mein Tempo und folgte dem Straßenverlauf in Richtung Vauxhall Bridge. Mittlerweile fielen die Tropfen so dicht, dass das andere Ufer der Themse vollständig vom Nebel verschluckt wurde. So gut ich konnte, wischte ich die Wassertropfen von meinem Visier und raste dabei an meiner Abfahrt vorbei. Mir blieb nichts anders übrig, als einen Zeitgenossen Marke Anwalt in seinem silbergrauen BMW X6 zu schneiden und beim Dolphin Square, die Spurvorgabe missachtend, auszubrechen. Siehe da: Er hatte tatsächlich eine Hupe und er wusste auch, wie man sie benutzte.

Als ich endlich den Hintereingang am Eaton Place erreichte, war ich komplett durchnässt. Noch bevor ich den Schlüssel ins Schloss stecken konnte, öffnete sich die Tür wie von Zauberhand. Diese Magie des Hauses hieß Vincent, Butler und bester Freund von Lord Peter Charles Michael William Haversham der Vierte, Baron von Leonwood Castle.

Zur Begrüßung schlugen wir unsere Fäuste gegeneinander.

»Mit Verlaub, Mylady.« Vincent bestand trotz meiner Proteste auf seinem Running Gag, mich immer wieder mit ›Mylady‹ anzusprechen. »Sie sehen aus wie eine nasse Ratte! Nichts für ungut, Simon.« Er nahm meinen Freund aus seiner Transportbox und setzte ihn sich auf die Schulter. Vincent war wie ein knochiger Leuchtturm von zwei Meter Höhe und damit über dreißig Zentimeter größer als ich. Simon freute sich über die Aussicht.

»Ich verschwinde mal schnell im Bad und leg mich trocken«, brummte ich nur und trottete den Flur entlang zum Eingangsbereich des Hauses. Unter meinen Füßen bildeten sich kleine Pfützen, die leise schmatzten, wenn sich die Sohlen meiner Nikes von den glasierten Steinfliesen lösten.

»Seine Lordschaft und Asim warten bereits im kleinen Salon auf Sie. Ich bringe Ihnen ein paar frische Sachen.«

»Okay«, bedankte ich mich.

Für Notfälle hatten wir alle eine Tasche mit Klamotten, Ausweispapieren und Geld am Eaton Place geparkt. Ich zog mich um und lief zu Lord Peter und Asim. Hoffentlich hatten sie gute Nachrichten.

»Hey. Wie sieht's aus?« Die Basaltplatte des Couchtisches lag begraben unter Papieren und Blaupausen. Ich zog eine davon hervor und brachte damit den Berg ins Wanken. »Was ist das?«

Asim schaute kurz auf die Nummer am unteren Rand des Blattes. »Das ist die Eingangshalle des Tresors im Singapurer Freihandelshafen.«

»Wie bist du darangekommen?« Ich war überrascht.

»Das war Lord Peter.«

»Danke für das Kompliment«, meinte er und schaute vom Laptop hoch, der auf seinem Schoß lag. »Ich hab ein paar Quellen angezapft. Aber die Pläne sind nicht besonders aktuell.«

Ein Stempel wies das Datum des Jahres 2009 aus.

»Ist das ein Problem?«, wollte ich wissen.

»Vielleicht nicht«, antwortete Asim. »Das Problem ist eher, dass wir es nicht wissen.«

»Wir wissen eine Menge nicht«, winkte ich leichthin ab. Mein Spruch war lustig gemeint, aber keiner lachte.

»Ich finde einfach keine Informationen über den Tresor, die nicht sowieso frei verfügbar sind.« Lord Peter klappte den Computer zu und warf resigniert die Hände in die Luft. »Das wird kein Zuckerschlecken. Jede einzelne Halle dieses riesigen Tresors gleicht einem Hochsicherheitstrakt mit meterdicken Mauern aus Stahlbeton, in die nicht einmal eine Panzerfaust ein kleines Loch sprengen könnte. Das Gebäude ist mit seinen Sonnenkollektoren, einer Isolationshülle und einem Recycling-Kreislauf völlig autonom. Jede Änderung der Temperatur von 20 Grad oder der Luftfeuchtigkeit, die immer bei 55 Prozent gehalten wird, löst sofort einen Alarm aus. Außerdem gibt es in allen Böden Vibrationsdetektoren, die nachts eingeschaltet sind. Kunsthändler können ihre Angebote interessierten Käufern nur in speziellen fensterlosen Räumen via Videokonferenz präsentieren, denn Besucher haben keinen Zutritt. Ein Regelwerk aus Codes und Nummern gewährleistet maximale Anonymität. Lediglich die Mitarbeiter vom Zoll und von ausgewählten Speditionen kommen wenigstens bis in die Lobby des Freihandelslagers, wo sie dann die Skulptur ›Käfig ohne Grenzen‹ von Ron Arad bewundern können.«

»Das Fort Knox für Kunstwerke legaler und illegaler Herkunft«, beendete Asim Lord Peters Monolog.

»Na und?«, hielt ich dagegen. »Nicht mal ein Stützpunkt der US-Army ist uneinnehmbar, auch wenn dort die Goldreserven der USA gelagert sind.«

»Dein positives Denken in allen Ehren.« Seine Lordschaft lächelte matt. »Aber was stimmt dich bei der Erwähnung von Fingerabdruckscannern, Zahlenfeldern für Passcodes und Vibrationsfeldern so optimistisch?«

»Dass bisher noch kein System existiert, das ich oder, besser gesagt, das wir nicht überwinden konnten.«

»Schön, aber das, was Lord Peter aufgezählt hat, sind nur die Sicherheitsvorkehrungen, die allgemein bekannt sind.«

»Dann müssen wir uns eben die Sache vor Ort genauer ansehen«, sagte ich.

Leise öffnete sich die Tür und Vincent schob einen Teewagen ins Zimmer, vollbeladen mit Sandwiches und dem belebenden Lieblingsgetränk der Engländer. Simon saß im unteren Fach des Wagens und ließ sich ein Salatblatt schmecken. Vincent nickte mir kurz zu und verschwand sofort wieder aus dem Zimmer. Ich griff mir ein dreieckiges Gurkensandwich und biss herzhaft hinein. Erst jetzt merkte ich, was für einen Hunger ich hatte.

Asim stellte sich zu mir und schenkte sich Tee ein. »Also. Rekapitulieren wir mal. Wir wissen, dass Daan van de Boers vor mehr als zwei Wochen einen Container auf einem Schiff gemietet hat, das nach Singapur unterwegs ist. Was heißt, dass es dort in den nächsten Tagen eintreffen wird.«

»Wir gehen davon aus, dass sich seine Kunstsammlung in diesem Container befindet«, ergänzte Lord Peter nachdenklich.

»Was mich beunruhigt, ist die Tatsache, dass im Moment keiner meiner Kontakte auch nur das Geringste über die Kunstsammlung sagen will. Wir wissen nicht, in welches

Wespennest wir da stechen. Ganz offensichtlich hat dieser Händler mehr Dreck am Stecken, als wir ahnten«, gab Asim zu bedenken.

»Wollt ihr etwa aufgeben?« Ich konnte es nicht glauben und schnappte empört nach Luft. »Nachdem wir Laith versprochen haben, den Teppich zurückzubringen? Und wenn irgendwelche dubiosen Europäer sich solche Schätze unter den Nagel reißen und sie in noch so vielen Hochsicherheitskästen in Singapur lagern, schaue ich nicht tatenlos zu!«

»Nein, nein«, beruhigte mich Lord Peter. »Von Aufgeben ist keine Rede. Aber wir dürfen nichts überstürzen und müssen alles genau bedenken.«

»Es liegt doch auf der Hand, dass hier irgendwas parallel geschieht, von dem wir keine Ahnung haben.« Asim schaute mich herausfordernd an.

»Was?«

»Hast du uns wirklich alles erzählt, was im Haus los war?«, wollte er wissen.

»Ich hab euch alles gesagt, was ich weiß. Das Haus von Daan van de Boers war komplett leer geräumt. Da war nichts mehr.«

»Dass Mae anwesend war, hattest du aber vergessen zu erwähnen, bis William danach gefragt hat«, sprang Lord Peter Asim zu Hilfe.

»Wirklich gar nichts? Kein Hinweis?« Ich spürte Asims durchdringenden Blick.

»Nein«, meinte ich leicht angesäuert und wurde dann doch nachdenklich. »Na ja. Da war schon was.« Lord Peter, der sich ebenfalls am Teewagen bedient hatte, machte es sich mit seinem Teller auf der Couch mit Blick auf die Fensterfront des Salons bequem.

Asim blieb neben mir stehen. Beide warteten auf meine Erklärung.

»Okay«, gab ich nach. »An der Wand im Wohnzimmer war ein Graffito. Erst dachte ich, es wäre ein fest installiertes Kunstwerk, so wie der Banksy auf Leonwood Castle, aber dafür ist van de Boers nicht der Typ. Er ist Händler und eine Wand mit einem Kunstwerk kann man schwer aus dem Haus reißen, um es zu verkaufen.«

Lord Peter und Asim nickten zustimmend.

»Und dann geschah etwas Merkwürdiges. Als der Lichtstrahl meiner Kopflampe auf das Graffito fiel, verschwand ein Teil davon.«

»Was für ein Bild war es?« Neugierig beugte sich Seine Lordschaft vor.

»Es war die Grinsekatze. Und ich muss sagen, das Graffito kam der Originalzeichnung von Sir John Tenniel sehr nahe.«

»Und lass mich raten. Genau wie in dem Buch ›Alice im Wunderland‹ blieb von der Katze nur das Grinsen übrig, als sie sich auflöste?«

»Ja. Genau!«

»Was hat das zu bedeuten?«, wollte Asim wissen.

»Das bedeutet, dass Daan van de Boers uns verhöhnt. Er wusste, dass jemand hinter ihm her war und hinterließ diesen Hinweis.« Ein anerkennendes Lächeln überzog Lord Peters herbe Gesichtszüge. »Wenn wir uns sicher sind, dass er nichts von unserem Vorhaben ahnte, dann führt die Spur unweigerlich zu deiner mysteriösen Freundin Mae.«

»Apropos Mae«, sagte ich. »Hat William schon etwas über sie herausgefunden?«

Asim, Lord Peter und ich sahen uns an.

»Wo steckt er überhaupt?«, fragte Asim, und in seiner Stimme schwang Sorge mit. »Er ist ja oft unpünktlich, aber jetzt ist er schon über eine halbe Stunde zu spät.«

»Er wollte zur gleichen Zeit hier sein wie ihr.« Lord Peter klang beunruhigt.

Ich schnappte mir mein iPhone und wollte gerade seine Nummer wählen, als an der Vordertür des Eaton Place aus heiterem Himmel die Hölle losbrach.

TRACK: 06
TITLE: STORYTELLER

Ich mag es, wenn jemand eine gute Geschichte erzählt. Doch was einem manchmal aufgetischt wird, grenzt schon eher an den berüchtigten Kanonenritt des Barons von Münchhausen.

Die Klingel gab einen schrillen Dauerton von sich. Wenn Vincent nicht schnell die Tür öffnete, würde diese noch eingetreten werden. Doch nach dem ersten Schreck schlug mein Herz wieder normal. Die Polizei konnte es schon mal nicht sein. Scotland Yard klopfte eher ruhig und zivilisiert an eine Tür in Belgravia.

Simon kletterte alarmiert an meinem Hosenbein hinauf und suchte Schutz an meinem Hals. Asim aktivierte eine App auf seinem Smartphone, mit der er die Sicherheitskamera am Haupteingang anwählen konnte.

»Es ist Mae!«, rief er überrascht aus, genau in dem Moment, als sie höchstpersönlich in den Salon gestürmt kam.

»Hilfe. Ich brauche eure Hilfe.« Völlig außer Atem fiel Mae auf die Couch. »Oh! Sandwiches. Kann ich eins haben? Ich hab den ganzen Tag noch nichts gegessen.«

Vincent, der kurz nach ihr das Zimmer betreten hatte, machte ihr sofort einen Teller bereit und füllte auch eine Tasse mit belebendem Tee.

»Du bist ja total durch den Wind«, bemerkte ich, denn Mae ließ alle Manieren, die sie mir selbst beigebracht hatte, fahren und machte sich ausgehungert über das Sandwich her.

»Bist du auf den Dingern hierher gerannt?« Ich zeigte auf die zehn Zentimeter hohen Pumps, die farblich zu ihren Haaren passten.

»Gut beobachtet«, antwortete Mae völlig ungerührt. High Heels sind mörderisch, nicht nur auf eine Weise. Aber wenn sich eine jederzeit in diesen Dingern formvollendet bewegen konnte, dann meine Freundin.

Asim schob schnell die Unterlagen auf dem Tisch zusammen. Doch Maes Blick waren sie offenbar nicht entgangen.

»Ihr glaubt, dass van de Boers seine ganzen Sachen nach Singapur verschifft hat?«, fragte sie.

»Wie kommst du darauf?« Asim tat ahnungslos.

»Ich kenne die Blaupausen«, beantwortete sie seine Frage. »Wir haben die gleichen.«

»Wer ist ›wir‹?«, mischte sich Seine Lordschaft in das Gespräch ein. »Bevor wir dir etwas sagen, bist du uns erst einmal eine Erklärung schuldig. Du brichst in Daan van de Boers Haus ein …«

»Und das mehr als professionell«, setzte Asim hinzu.

»… du wirst von seinen Sicherheitsleuten verfolgt und verschwindest – mit Cats Hilfe wohlgemerkt –, ohne eine Spur zu hinterlassen. Deine Social-Network-Aktivitäten geben vor, du wärst die ganze Zeit in Paris gewesen. Nach dem Vorfall bist du tagelange nicht zu erreichen. Und jetzt stürmst du in mein Haus und bittest uns um Hilfe?«

Trotz der fordernden Worte klang Lord Peters Stimme freundlich und höflich wie immer. Seine Gelassenheit war wirklich bewundernswert. Ich an seiner Stelle wäre nicht so cool. Aber ich hatte ja auch nicht mehr als fünfzig Jahre Upper-Class-Ausbildung genossen, deren oberstes Gebot es war, jede noch so menschliche Gefühlsregung vor sich und der Öffentlichkeit zu verbergen.

Ein wenig hatte ich dann aber doch gelernt. »Ich gieße uns mal allen noch einen Tee ein. Am besten setzen wir uns.«

Lord Peter nickte anerkennend zu mir hinüber und nahm Mae gegenüber auf der zweiten Couch Platz. Asim setzte sich neben ihn. Bisher hatten wir drei wie ein Tribunal vor Mae gestanden. Eine Position, die einen Menschen vielleicht einschüchtert, aber ihn nicht unbedingt zum Reden bringt. Wenn man Informationen braucht, sollte man sich auf Augenhöhe begegnen.

Ich versorgte alle mit frischem Tee und gesellte mich zu Mae, die ihre Schuhe ausgezogen und es sich auf der Couch bequem gemacht hatte. Nachdem sich die erste Aufregung gelegt hatte, kletterte Simon von meiner Schulter und tippelte zu Mae, um sie zu begrüßen. Er gab ihr ein Rattenküsschen auf die Wange und rollte sich dann in ihrem Schoß zusammen, um ein kleines Nickerchen zu machen.

Schweigend beobachteten wir ihn. Seine Ruhe färbte auf uns ab.

»Okay. ›Wir‹, das sind zwei Techniker, mein Führungsoffizier und ich«, sprach Mae die Wahrheit kurz und schmerzlos aus. Es war wie ein Pflaster abreißen. Der Schreck war schnell vorbei.

Bei dem Wort »Führungsoffizier« zog Asim seine rechte Augenbraue hoch und ich stieß einen leisen Pfiff aus.

Lord Peters Miene dagegen blieb völlig ungerührt. »SIS?«

Mae nickte. »Ja. Ich arbeite seit meinem sechzehnten Lebensjahr für den Secret Intelligence Service.«

»Aber …«, hauchte ich erschreckt und hoffte, dass ich nicht annähernd so dumm aussah wie Asim, dessen Unterkiefer vor Überraschung heruntergefallen war. »Damals warst du in Indien!«, rief ich aus. »Oder zumindest hast du das behauptet.«

»Das war ich auch. In dem Punkt habe ich nicht gelogen.«

»Genau genommen hast du uns nie belogen. Wir haben dich nur nie hinterfragt«, meinte Lord Peter ungerührt.

»Was die Frage nahelegt, was schlimmer ist. Zu lügen oder etwas zu verschweigen«, nickte Mae und streichelte Simon.

»Das kommt darauf an, in welcher Beziehung man zueinander steht.« Lord Peters Stimme war so scharf, dass man locker Glas damit hätte schneiden können.

Mae hob ihre Hände in die Luft, als wollte sie sich ergeben. »Frieden?«

»Einigen wir uns auf einen Waffenstillstand. Du möchtest unsere Hilfe. Im Gegenzug musst du uns ein paar Fragen beantworten.« Lord Peter schaute Asim, der gerade etwas einwenden wollte, mahnend an. »Ich sage nicht, dass wir nicht selbst in der Lage wären, alle Informationen zusammenzutragen, aber zunächst möchte ich deine Version der Geschichte hören. Vielleicht kannst du uns darüber aufklären, warum alle unsere Kontakte plötzlich mauern, wenn es um Daan van de Boers geht?«

Mae machte ein zerknirschtes Gesicht. Ich beobachtete sie genau. Spielte sie uns was vor oder war ihre Emotion echt? Schwer zu sagen. Doch im Zweifelsfall schlage ich mich auf die Seite einer Freundin.

»Das tut mir leid«, sagte sie. »Es ist wahrscheinlich meine Schuld, dass Ihre Freunde nicht mehr helfen wollen.«

»Wie das?«, mischte ich mich in die Unterhaltung.

Mae schaute mich ernst an. Dann wanderte ihr Blick zu Asim und Seiner Lordschaft. »Jeder, der van de Boers hilft, wird vom SIS als Staatsfeind eingestuft, und glaubt mir, das will keiner.«

»Staatsfeind? So ein Aufwand wegen eines Kunsthändlers?« Asim konnte es nicht fassen.

»Weil er mehr als das ist, nicht wahr?«, warf ich ein. »Du hast etwas gesucht, was so klein ist, dass es locker in den Bodensafe von der Größe eines iPad passt.« So langsam ging mir ein Licht auf. Ich kam nur noch nicht dahinter, was es erhellte.

Mae nahm einen Schluck Tee. Simon, der wie ein Seismograf für negative Schwingungen war, mochte die sich ausbreitende Stimmung überhaupt nicht. Menschen vom Streiten abzuhalten, war für ihn ein aussichtsloses Unterfangen. Er zog Harmonie eindeutig vor. Mit gesenktem Schwanz verließ er unbeachtet den Salon.

»Ja, seit ein paar Jahren haben sich Daan van de Boers' Geschäftsinteressen auf den Handel mit Informationen verlagert. Der Kunsthandel dient ihm als Tarnung. Seine Kunden erhalten nur noch Fotos von den Kunstwerken per Mail. Was an sich nicht weiter verwunderlich ist. Aber wir haben durch Zufall festgestellt, dass die Fotodateien sehr viel größer sind, als sie es normalerweise sein müssten.«

»Steganografie«, unterbrach Asim Maes Redefluss. »In den Bilddateien sind Daten versteckt, die nur mit einem speziellen Code entschlüsselt werden können, den der Adressat bereits besitzt. So transportiert van de Boers die Informationen, ohne dass ein Außenstehender Verdacht schöpfen würde, geschweige denn die Informationen abgreifen kann. Eine ziemlich elegante Art.«

»Oh, ich erinnere mich. Das ist eine total spannende Sache. Die haben in der französischen Widerstandsbewegung im Zweiten Weltkrieg auf diese Weise Nachrichten ausgetauscht. Vor aller Augen setzten sie völlig normale, absolut unauffällige Texte in die Zeitung. Wenn man aber aus dem Text beispielsweise jedes zehnte Wort herausgenommen hat, konnte man die Nachricht entschlüsseln«, ergänzte ich, stolz auf das, was ich aus dem Unterricht im Kopf behalten hatte. »Und letztens habe ich gelesen, dass man auch Bücher dafür verwenden kann. Man codiert den Text einfach, indem man die Seitenzahl aufschreibt, dann die Zeile und welches Wort in dieser Zeile gemeint ist. Auf dem Zettel sind dann nur Zahlen zu sehen, mit denen Fremde nichts anzufangen wissen.«

»Das ist ja ein schöner Ausflug in die Geschichte«, meinte Asim leicht angesäuert. »Aber was hat das alles mit unserer zu tun?«

»Der SIS ist zufällig auf van de Boers' neue Aktivitäten gestoßen und seitdem hinter ihm her, aber niemand kam jemals nah genug an ihn heran. Irgendwann hatte Eliza die Idee, mich mit der Kontaktaufnahme zu betrauen.« Mae schmunzelte.

Lord Peter beugte sich neugierig vor. »Eliza Manningham-Buller?«

»Ja, die Baroness ist, wie ihr bestimmt wisst, so was wie die graue Eminenz des Inlandsgeheimdienstes MI 5. Sie hat ihn fünf Jahre geleitet. Sie war es auch, die auf die Idee kam, mich zu rekrutieren. Zuerst wollte sie mich im MI 5 haben, doch man kam zu dem Schluss, dass ich im Ausland für die Regierung von größerem Nutzen wäre. Ich war ja schon im Internat in Bombay angemeldet.«

»Verstehe ich nicht. Du bist doch ein It-Girl. Was hast du mit Spionage zu tun?« Ich wollte es immer noch nicht glauben.

»Die Idee ist so simpel wie genial«, beantwortete Lord Peter meine Frage. »Ein prominentes It-Girl wird auf jede Party eingeladen und kann ungehindert hinter die Kulissen schauen. Je bekannter, desto begehrter in der High Society. Auch die Geheimdienste gehen mit der Zeit.«

»Und ich dachte immer, Spione agieren im Dunkeln.«

»Das stimmt im Prinzip auch«, meinte Mae an mich gewandt. »Und je heller die Scheinwerfer auf mich gerichtet sind, desto besser kann ich im Schatten arbeiten. Der Fake mit Paris hat schließlich auch bei euch geklappt, oder? Übrigens nennt man uns jetzt Influencer. It-Girl ist ein bisschen von gestern.«

Ich nickte. Das war wirklich ein guter Schachzug.

»Man beschloss, mich in den Auslandsgeheimdienst zu stecken. Ich reiste durch die Welt, knüpfte Kontakte und sammelte Informationen, die beim Schutz unserer britischen Einrichtungen im Ausland halfen. Für die Öffentlichkeit wurde ich ein Mädchen, das keine Modenschau und Party auslässt. Ich lernte Gott und die Welt aus der Mode- und Kunstszene kennen und erhielt ungehinderten Zugang zu allen Bereichen. So traf ich auch Daan van de Boers und hängte mich an seine Fersen. Es ist erstaunlich, wie butterweich solche Typen werden, wenn man ihnen Honig ums Maul schmiert. Sie sind süchtig nach Bestätigung.«

»Und dass du jung bist und super aussiehst, hat wahrscheinlich auch nicht geschadet.« Asim lächelte.

»Bestimmt nicht«, lachte Mae auf. »Für solche Leute bin ich eine Trophäe, die nichts im Hirn hat. Aber unterschätzt zu werden, ist nicht die schlechteste Variante, um unter dem Radar zu fliegen.«

»So bist du also mit van de Boers in Kontakt gekommen«, meinte Lord Peter. »Aber ich nehme nicht an, dass du wirklich Nacktfotos aus seinem Haus stehlen wolltest.«

»Nein. Das war eine Notlüge, die ich mir habe einfallen lassen, damit Cat mir hilft. Ich konnte dir nicht die Wahrheit sagen. Das war einfach nicht der richtige Augenblick dafür. Und ich wusste da noch nicht, was ich jetzt weiß.« Mae sah mich entschuldigend an.

»Und was weißt du jetzt?«, wollte ich wissen und nickte gleichzeitig zum Zeichen, dass ich ihre Entschuldigung annahm.

»Mein Führungsoffizier, mit dem ich das erste Mal zusammenarbeite, will mich über die Klinge springen lassen, sobald ich die Festplatte habe.«

Lord Peter sah Mae eindringlich an. »Bedeutet das, was ich denke, dass es das bedeutet?«

Mae presste ihre Lippen so stark aufeinander, dass sie weiß wurden, und nickte stumm.

»Er will dich tatsächlich umbringen?«

Asim und ich zogen pfeifend die Luft ein. Das war ein starkes Stück. Für mich war die Frage, ob wir Mae helfen würden, eindeutig geklärt. Ich schaute zu Asim hinüber, der seinen Blick schnell senkte.

»Van de Boers hat sich geschäftlich umorientiert«, ging Mae mechanisch zur Tagesordnung über. »Er erweiterte sein Geschäftsfeld um Wirtschaftsspionage im Bereich Informationstechnologie. Er handelt mit Daten. Wir haben Hinweise darauf erhalten, dass er in den Besitz besagter Festplatte gekommen ist, die er über eine illegale Auktion an den Meistbietenden verkaufen soll. Natürlich streicht er dabei eine satte Provision ein.«

»Und ihr habt keine Ahnung, was sich auf dem Datenträger befindet?« Asim konnte seine Neugier kaum zügeln.

»Nein. Aber vor einem Jahr gelang ihm ein ähnlicher Coup mit brisanten Daten über die Hackerangriffe auf das Netz der deutschen Bundesregierung, die scheinbar die Generalprobe für weitere Angriffe auf ausländische Regierungen waren. Auch in diesem Fall fungierte van de Boers als Mittelsmann, der den Verkauf organisiert hat. Zum Glück sind uns die Informationen dieses Deals in die Hände gespielt worden. Seitdem beschattet ihn der SIS noch intensiver, denn bis dahin war der Mann nur als fragwürdiger Kunsthändler auf unserem Radar.«

»Scheiße«, murmelte Asim, der wohl am besten von uns allen die Tragweite dessen verstand, was Mae gerade gesagt hatte. »Dann arbeitet er mit den Russen zusammen?«

»Es sieht alles danach aus«, bestätigte Mae. »Und wir nehmen an, dass sie dabei sind, eine Armee von Bots aufzubauen.«

Asims Augen wurden groß. »Nicht dein Ernst.«

»Redest du von den Teilen, die Donald Trumps Wahl in den USA beeinflusst haben, indem sie automatisiert Tweets für ihn absetzten?«

Mae nickte traurig. »Genau, Cat. Vielleicht habt ihr davon gelesen, dass zwei Wissenschaftler des Londoner University College mehr als 350 000 Bots aufgespürt haben. Unsere Experten nehmen an, dass diese im Vorfeld der Brexit-Entscheidung die Meinungsmache in den sozialen Medien forciert haben. Im Moment sind sie inaktiv. Sie können aber jederzeit wieder ihre Arbeit aufnehmen.«

»Und ihr vermutet, dass van de Boers mit von der Partie ist?«, wollte Lord Peter wissen.

»Ja«, nickte Mae bedächtig. »Sollten diese Bot-Armeen funktionieren, kann er Informationen abgreifen, wie und wo er will. Er kann Menschen um Geld erpressen oder, was noch schlimmer wäre, um Gefallen, die sie ihm tun sollen. Stellt euch vor, er bringt einen Banker auf diese Art dazu, ihm Insiderwissen weiterzugeben. Damit könnte er die internationalen Finanzgeschäfte in seinem Sinne manipulieren. Wir müssen versuchen ihn zu stoppen, bevor es zu spät ist. Deshalb war ich in seinem Haus in Amsterdam. Die Geschichte mit Edward Snowden soll unserem Informanten zufolge gegen den Inhalt der Festplatte nur ein leichtes Schneegestöber sein.«

»Aber warum brauchst du jetzt uns dafür?«, stellte ich die naheliegende Frage. »Mit den Möglichkeiten, die dir der SIS bietet, können wir nicht mithalten. Mal abgesehen davon erhöhen wir unser eigenes Risiko beträchtlich, wenn wir dich mit ins Boot holen.«

»Ich denke, das erklärt sich wohl von selbst. Als ich hörte, was mein Boss mit mir vorhat, war klar, dass er auf eigene Rechnung arbeitet. Ich schätze, er hat einen Deal mit jemandem gemacht und will ihm die Festplatte verkaufen, sobald ich sie ihm übergeben habe. Da ich nicht weiß, wer im SIS mit meinem Führungsoffizier unter einer Decke steckt, kann ich im Augenblick keinem trauen. Außer jemand völlig Außenstehendem. Also euch. Eliza ist vor ein paar Jahren aus dem Dienst ausgeschieden. Sie ist zwar noch gut informiert, aber nicht so gut, dass es mir helfen würde. Außerdem will ich sie nicht in Gefahr bringen.« Sie sah jedem Einzelnen von uns in die Augen. »Und dann gibt es da noch den Grund, dass auch ihr hinter dem miesen Kunsthändler her seid. Ich weiß nicht, um was es dabei geht. Aber unsere Interessen verbinden sich hier wohl. Wir alle wollen etwas zurückholen, was Daan van de Boers nicht gehört.«

»Der Feind meines Feindes ist mein Freund«, sprach Asim das alte Sprichwort aus, das auch mir in den Sinn gekommen war.

Asim und ich schauten abwartend auf Lord Peter. Es war seine Entscheidung, was und wie viel er von unserer Mission preisgeben wollte.

Er erwiderte unseren Blick und holte sich unser stummes Einverständnis.

»Wir wollen van de Boers einen unbezahlbaren Perserteppich abnehmen, den sein Vater vor mehr als 30 Jahren aus dem Teppichmuseum in Teheran gestohlen hat. Er war ein unersetzbarer Bestandteil der ständigen Ausstellung, die sich mit der mehr als 3500 Jahren alten Tradition und Geschichte der Teppichkunst beschäftigt. Und wenn wir unseren Job gut machen, dann bringen wir ihn wieder nach Hause.«

Maes Augen leuchteten auf. »Das ist wirklich fantastisch. Ich verspreche euch, ich tue alles, was ich kann, damit ihr euren Teppich bekommt.«

Bevor Lord Peter etwas erwidern konnte, klingelte es schon wieder Sturm an der Vordertür.

Diesmal ließ der Gast Vincent seine Arbeit machen.

»Ihre Mutter, Lady Philomena Haversham, Baronin von Leonwood Castle, wünscht Sie zu sprechen, Mylord.«

Lord Peter stand auf, straffte seine Haltung und ließ sich nicht anmerken, ob der Besuch ihn überraschte.

»Ihr kommt sicher kurz ohne mich klar. Mae, wir helfen dir unter der Bedingung, dass du dich unserem Team vorbehaltlos anschließt. Asim und Cat werden dir erzählen, was wir bisher herausgefunden haben, und es versteht sich von selbst, dass niemand außerhalb dieser vier Wände davon auch nur ein Sterbenswörtchen erfahren wird.«

Lord Peter betrat leise die Bibliothek. In der dunklen Atmosphäre des Raumes sah er seine Mutter am Fenster stehen. Ihr kerzengerader Rücken und die straff nach hinten gedrückten Schultern strahlten eine Energie aus, die ihm einen kalten Schauer durch den Körper jagte. In ihrem Alter (das sie vage mit »Mitte 70« angab, wenn wirklich jemand die Dreistigkeit besitzen sollte, sie danach zu fragen) war sie immer noch so eigensinnig und selbstsüchtig wie an dem Tag, als sie ihn geboren hatte. Lord Peter wusste, dass sie die meiste Zeit in diversen Schönheitssalons verbrachte, die es hervorragend verstanden, ihr Aussehen zu konservieren. Trotz aller Eitelkeit erstrahlte ihr kurzes Haar in einer grauen Wasserwelle. Seine Mutter verachtete jede Frau, die ihr Alter mit offensichtlich gefärbten Haaren zu kaschieren versuchte.

Ihre Kleidung stammte nicht von der Stange, sondern aus den Händen der besten Designer der Stadt. Da sie nie ein Stück zweimal trug, würde dieses klassische violette Kostüm nach ihrem Besuch im Schrank des Ankleidezimmers verschwinden und nie wieder das Sonnenlicht sehen.

Lord Peter seufzte leise. Ihm war nicht wohl bei diesem unangekündigten Besuch seiner Mutter. Er passte nicht zu ihr. Genauso wenig wie ihre zahlreichen Anrufe.

»Mutter! Wie schön, dich zu sehen«, begrüßte er sie endlich und seine Stimme klang völlig emotionslos. »Was führt dich her?« Er beugte sich zu der hageren Frau hinab, die ihn und seine Schwester auf die Welt gebracht hatte, und gab ihr zur Begrüßung einen leichten Kuss auf die rechte Wange.

Lady Haversham nahm die Geste ungerührt entgegen.

»Nimm doch Platz. Ich habe Vincent gebeten, uns einen Tee zu servieren.«

Wie auf Kommando öffnete sich leise die Tür und der Butler rangierte den Teewagen ins Zimmer.

Das Anbieten von Tee war in Lord Peters Familie zu einem Ritual verkommen, das nicht mehr als Zeichen der Ehrerbietung galt. Es war zu einer Floskel geworden, die in Wirklichkeit keinerlei Bedeutung hatte. Das Wort »Tee«, auf eine bestimmte Weise ausgesprochen, hieß in Wahrheit, dass man ein Thema nicht mehr besprechen wollte. Und eine Einladung zum »Tee« bedeutete bei seiner Mutter nichts anderes, als die Möglichkeit, Menschen auf eine abschätzende Weise näher unter die Lupe zu nehmen, ohne dass diese es bemerkten.

»Wenn der Berg nicht zum Propheten kommt, dann muss der Prophet eben zum Berg kommen. Heißt es nicht so?« Die herrische Stimme seiner Mutter holte Lord Peter wieder zurück in die Realität.

»So heißt es, Mutter. Ich finde das Bild nur nicht sonderlich passend. Ich weiß nicht genau, was du meinst.«

»Ich habe mehrmals in deinem Haus angerufen und um ein Treffen gebeten«, erklärte die alte Dame gebieterisch. »Du hast es aber nicht für nötig gehalten, mir zu antworten. Oder ist die Nachricht etwa nicht bei dir angekommen?«

Lord Peter sah, wie sich Vincents Rücken versteifte. Natürlich hatte sein Butler ihn informiert. Nur er selbst hatte absichtlich nicht darauf reagiert, obwohl er wusste, dass man seine Mutter nicht ignorieren konnte.

»Du kannst versichert sein, Mutter, dass Vincent jede Nachricht an mich weitergeleitet hat. Ihn trifft keine Schuld daran, dass ich mich nicht bei dir gemeldet habe.« Er stellte sich neben seinen Butler und nahm ihm die Kanne mit dem Tee aus der Hand. »Du kannst wieder in die Küche gehen, Vincent. Ich mach das hier schon.« Lord Peter wollte seinen Freund nicht weiter den Launen seiner Besucherin aussetzen.

Seine Mutter verzog keine Miene, als sie, immer noch vor dem Fenster stehend, die Tasse Tee entgegennahm.

Falls er einen Dank erwartet hatte, wurde er mal wieder enttäuscht.

»Wie dem auch sei«, räusperte sich Seine Lordschaft. »Was kann ich für dich tun?«

Ihre Ladyschaft ließ klirrend den Löffel durch ihre Tasse rotieren. Ein Zeichen dafür, dass etwas an ihr nagte. »Nun, ich wüsste gern, was mein Enkel mit dir in Amsterdam gemacht hat?«

Lord Peter stutzte für eine Millisekunde, ließ sich aber nichts anmerken. »Ich hatte dort geschäftlich zu tun. William wollte mich begleiten, sozusagen als eine Art Praktikum.«

»Ein Praktikum? Bei dir? Was soll er von dir lernen? William wird das Unternehmen seines Vaters übernehmen. Er wird Hedge-Fonds-Manager und kein Kunstsammler aus Langeweile.«

Das saß. Aber es traf Lord Peter lange nicht so wie ihre Ablehnung vor ein paar Jahren, als er seinen einträglichen, öffentlichkeitswirksamen Job als Anwalt für Menschenrechte aufgegeben hatte, um das Erbe seines Vaters zu verwalten.

»Er wird Menschen als Anlageberater davon überzeugen müssen, ihr Geld in Dinge zu investieren, die eine hohe Rendite versprechen. Kunstwerke sind solche Anlagen und sie werden immer lukrativer.«

»Er versäumt Vorlesungen.« Lady Haversham ging nicht im Geringsten auf das ein, was ihr Gegenüber argumentierte, aber das tat sie nie.

Lord Peter fragte sich erneut, was seine Mutter eigentlich wirklich von ihm wollte, und nahm hinter seinem Schreibtisch Platz. »Nun. Ich werde darauf achten, dass William die versäumte Arbeit nachholt, und versichere dir, dass so etwas nicht wieder vorkommen wird.« Den Hauch Verachtung im Bass seiner Stimme konnte und wollte Seine Lordschaft nicht verbergen.

Seine Mutter wusste, dass er log, und er wusste, dass sie es wusste. Sie stellte ihre Tasse auf dem massiven Mahagonischreibtisch ab, wobei der 43-karätige Diamant an ihrem Ringfinger einen gelben Schein auf das rotbraune Holz warf. Sie begann im Zimmer umherzulaufen.

»Ist das alles?«

»Nein! Um ehrlich zu sein, es gibt da noch etwas, worüber ich dich in Kenntnis setzen möchte.« Sie berührte das Leder der Bücher im Regal und tat so, als würde sie ein bestimmtes suchen.

Lord Peter folgte ihr mit seinen Augen und schwieg. Es brachte nichts, erneut nachzufragen. Seine Mutter ließ sich nicht von ihrem Kriegspfad abbringen.

»Dieses Mädchen …«, hörte er wieder die Stimme seiner Mutter, »… das neuerdings in deinem Haus ein und aus geht und das du meintest, als entfernte Nichte in unsere Gesellschaft einführen zu müssen, ist eine Betrügerin!«

Lord Peter war kurz davor, den Schluck Tee, der in seinem Mund war, über den Tisch zu verteilen. Aber er konnte sich gerade noch beherrschen. »Wie, bitte, kommst du darauf?«

»Lady Lilly Moorbach-Scheltenstein!« Der Gesichtsausdruck seiner Mutter war undurchdringlich, als wäre der Name bereits Erklärung genug.

»Ich verstehe nicht ganz!«, gab Lord Peter zu. »Hat sie etwa diese Behauptung über Catherine aufgestellt?«

»Du nennst sie beim Vornamen und Lilly ist begeistert von ihr! Seit dem Ball bei Sansibar redet sie von nichts anderem mehr. Als wäre diese Frau nicht schon enervierend genug, wenn sie stumm neben einem sitzt.« Aus jedem einzelnen Wort triefte Verachtung.

»Und Lady Lillys Freude an dem Mädchen lässt dich vermuten, dass sie eine Betrügerin ist?«

»Das ist der Stallgeruch.«

»Bitte was?«

»Peter Charles Michael William«, rief seine Mutter. »Wie kann man nur so dumm sein! Eine Betrügerin erkennt doch wohl ihresgleichen.«

Lord Peter, der innerlich lachen musste, meinte zu dieser Bemerkung nur: »Mutter, ich kann dir immer noch nicht folgen. Was bringt dich auf den Gedanken, dass Lady Lilly eine Betrügerin sein sollte?«

»Was für eine Frage! Sie ist eine Deutsche und färbt sich die Haare. Magenta.« Lady Philomena spuckte jedes einzelne Wort aus, als wäre es Seife. »Jetzt drängt mich Lilly auch noch dazu, dass ich diese Person in mein Haus einlade.«

»Na ja, sie ist schließlich eine Verwandte, wenn auch entfernt, denn als solche habe ich sie in unseren Kreisen vorgestellt.« Lord Peter konnte sich nicht mehr zurückhalten. Wenn seine Mutter wüsste, wie sehr diese Behauptung ins Schwarze traf, würde sie garantiert in Ohnmacht fallen. Zu ihrem Glück ahnte sie nichts von Cats wahrer Identität. »Ich mag Catherine, und wenn ich helfen kann, dann mache ich das gern.«

»Ich verstehe dich nicht. Du bist genau wie dein Vater!

Kaum hatte er seinen 50. Geburtstag hinter sich, fing er mit diesem philanthropischen Unsinn an.«

»Ich kann mich nicht erinnern, dass Vater je ein Menschenfreund war.«

»Du warst auf Reisen in den Kolonien.«

»Mutter, ich war in Kanada!«

»Sag ich doch. Aber das ist nicht der Punkt. Dein Vater hat mit seinen Gewissensbissen die ganze Familie in Gefahr gebracht! Seit er von deinem Großvater diese Unterlagen bekommen hatte, hat er sich verändert. Er hat unser Geld an Menschen verschwendet, deren Existenz er früher nicht einmal wahrgenommen hätte. Wenn ich nicht dazwischengegangen wäre, wäre unser Vermögen heute nur noch eine Erinnerung. Ich will nicht, dass du genauso handelst. Auch wenn ich die Hoffnung auf Enkelkinder und damit den Erhalt unseres Stammbaums aufgegeben habe, ist das kein Grund, unser Geld Fremden in den Rachen zu werfen.«

Lord Peter erhob sich entschlossen aus seinem Stuhl. Er wollte dieses unangenehme Treffen beenden. »Im Salon wartet noch ein Termin auf mich, Mutter. Es tut mir leid, aber wir müssen dieses Thema auf ein anderes Mal verschieben.« Der energische Ton in seiner Stimme erstickte jeden Widerspruch der alten Dame, als plötzlich die Tür aufgerissen wurde.

TRACK: 07
TITLE: UNHEIMLICHE BEGEGNUNGEN

Die meisten Menschen glauben, dass Dinge zu stehlen mein größtes Talent ist. Das stimmt nicht ganz. Menschenkenntnis ist viel wichtiger. Sie ist für alle Kriminelle überlebenswichtig. Und wie man sieht, hat diese Begabung bei mir bisher bestens funktioniert.

Nachdem Lord Peter den Salon verlassen hatte, füllte sich der Raum mit einer unheimlichen Stille. Asims Schweigen war so beredt, dass ich mich nicht länger beherrschen konnte. »Jetzt sag schon was!«

Asim zuckte die Schultern. »Was soll ich denn sagen?«

»Du bist überzeugt, dass ich euch hängen lasse, wenn ich habe, was ich will«, versuchte Mae seine Gedanken zu erraten.

Mein Partner schüttelte seine schwarzen Locken, und doch waren seinen dunklen Augen voller Zweifel. »Nein, das ist es nicht. Ich habe einfach keine Lust, ins Fadenkreuz der Geheimdienste zu geraten. Und nach allem, was du uns von van de Boers erzählt hast, ist diese Gefahr mehr als real.«

Nervös knabberte ich auf meiner Unterlippe herum und checkte mein Handy nach neuen Nachrichten. Nichts. »Mae braucht unsere Hilfe und wir ihre«, warf ich ein.

»Wer sagt, dass wir ihre Hilfe brauchen?« Asim weigerte sich immer noch, auf meine Argumente einzugehen. »Wir können auch allein in den Freihandelshafen von Singapur einbrechen. Das kriegen wir schon hin.«

»Du vergisst dabei nur, dass die Leute vom SIS über uns Bescheid wissen. Und Mae die Einzige ist, die uns bei diesem Problem helfen kann«, sprang ich meiner Freundin zur Seite und setzte eine SMS an William ab.

»Ist das wahr?« Asim schaute Mae mit einer Mischung aus Wut und Erschrecken an.

»Von mir weiß keiner beim SIS von euer Aktion gegen van de Boers. Aber ich kann mich nicht für die Techniker ver-bürgen, mit denen ich zusammengearbeitet habe. Sie werden garantiert in den kommenden Wochen einen vollständigen Bericht an meinen Führungsoffizier geben. Und die Mög-lichkeit, dass sie irgendwie Cat oder William identifizieren werden, können wir nicht ausschließen. Ich will euch nicht reinlegen, das dürft ihr mir glauben. Wenn ich euch hätte auffliegen lassen wollen, dann wäre in Amsterdam der richti-ge Augenblick gewesen.«

»Das ist ein Argument.« Ich schaute Asim über mein iPho-ne hinweg aufmunternd an und versuchte William erneut zu erreichen, diesmal über WhatsApp.

»Ich weiß nicht«, sträubte sich Asim weiter. »Sei mir nicht böse, Mae. Ich mag dich und ich vertraue dir. Aber das gilt nicht für den Verein, für den du arbeitest. Und ganz ehr-lich: Ich frage mich, ob du uns jemals alles gebeichtet hättest, wenn du nicht in diese Situation gekommen wärst.«

»Mit Sicherheit nicht«, gab Mae zu. »Und wie sieht es mit euch aus?«

»Diese Diskussion ist völlig unnötig«, mischte ich mich ungeduldig ein. »Wir alle haben Geheimnisse, von denen wir hoffen, dass niemand sie jemals erfahren wird. Außerdem hat

Lord P. entschieden, dass wir zusammenarbeiten, also werden wir das auch tun. Wir sind Freunde, und eine Freundschaft, in der jeder für den anderen einstehen will, muss so was doch aushalten können. Und damit Ende der Durchsage.«

Mae und Asim lachten leise über meinen Ausbruch, aber sie lachten mich nicht aus.

»Ich glaube, wir haben im Moment ein viel drängenderes Problem. Habt ihr irgendwas von William gehört? Er antwortet auf keine meiner Nachrichten.«

Wie auf Kommando holten Mae und Asim ihre Handys hervor und schauten nach. Aber auch bei ihnen war keine Nachricht von unserem Partner eingegangen.

»Soll ich jemanden anrufen und ihn orten lassen?«, bot Mae ihre Hilfe an.

»Nicht nötig«, winkte ich ab. »Asim hat uns allen so eine kleine Handy-Ortungs-App eingerichtet.«

Ich rief sie auf und klickte Williams Symbol an. Ein kleiner roter Punkt blinkte fröhlich vor sich hin. Allerdings gefiel mir die Ecke nicht, die der Punkt auf dem Stadtplan anzeigte. Osborn, Ecke Old Montague Street. »Whitechapel«, hauchte ich überrascht.

»East End? Nicht möglich«, bemerkte Mae. »Keine zehn Pferde würden William freiwillig in diese Ecke der Stadt bringen.«

Das ehemalige Jagdrevier von Jack the Ripper war auch heute nicht unbedingt das Szeneviertel eines Mitglieds des englischen Hochadels.

»Das heißt nur, dass Williams Handy sich dort befindet. Nicht, dass auch er sich im East End aufhält«, versuchte Asim unsere Angst zu mildern. Vergeblich, Mae und ich starrten ihn bestürzt an.

»Ich meine, vielleicht ist ihm das Teil gestohlen worden …«

»Nichts für ungut, Asim. Aber wenn das wahr wäre, dann sollten wir den Dieb ins Team holen. Denn wer den besten Trickdieb der Stadt austrickst, der wäre bei uns gut aufgehoben.«

Der kleine rote Punkt sendete weiter sein hypnotisches Signal. An-Aus-An-Aus.

»Es bewegt sich nicht von der Stelle. Wir müssen was unternehmen. Ich geh zu Lord P. und sag ihm Bescheid, dass ich mich auf den Weg mache. Ihr könnt bitte unauffällig herumtelefonieren. Vielleicht hat ihn ja jemand gesehen.«

Ich sprang von der Couch auf und rannte aus dem Salon in Richtung Küche.

»Vinni, ich brauche meine Lederjacke und die Boots.« Vincent zuckte hinter der aktuellen Ausgabe des *Guardian* erschreckt zusammen, als ich in sein Allerheiligstes gestürmt kam.

»Ich hole Ihre Sachen sofort. Ist etwas passiert?«

»William ist zu spät und meldet sich nicht. Das ist nicht seine Art.«

»Nun«, wandte Vincent ein und nahm meine Lederjacke von einem Stuhl in der Nähe des warmen Ofens. »Sir William ist nicht immer der Zuverlässigste.«

»Mag sein, Vincent. Aber er hatte den Auftrag, mehr über Mae herauszufinden. Mae arbeitet, wie wir jetzt wissen, für den MI 6 und plötzlich bricht jeder Kontakt zu ihm ab. Ich denke, ein bisschen Panik dürfte angebracht sein.«

Entschlossen half mir Vincent in die Jacke. »Ich werde Seine Lordschaft sofort informieren.«

»Keine Sorge, das mache ich schon«, rief ich ihm über die Schulter zu und rannte hinüber zur Bibliothek.

»Nein, bitte! Miss Catherine«, hallte es hinter mir durch den Flur. »Bitte nicht.«

Lord Peter zuckte überrascht zusammen, als Cat plötzlich in die Bibliothek gestürmt kam.

Sie blieb im Türrahmen stehen und deutete einen leichten Knicks in Richtung seiner Mutter an. »Lady Haversham. Bitte entschuldigen Sie die Störung, aber ich muss dringend mit Seiner Lordschaft sprechen.«

Lord Peter sah zu seiner Mutter hinüber, die erstaunlicherweise niemals die Fassung verlor.

»Das ist noch lange kein Grund, nicht formell durch den Butler des Hauses angekündigt zu werden.« Verächtlich scannte die alte Frau das Mädchen mit den raspelkurzen Haaren, das in Jeans und einem Pullover, dessen Arme dreimal umgekrempelt waren, vor ihr stand.

»Es ist wirklich wichtig«, entgegnete Cat.

Lord Peter lehnte sich innerlich zurück, um sich den Schlagabtausch anzusehen.

»Papperlapapp. Für gutes Benehmen muss immer Zeit sein.«

»Mit Verlaub, nicht in diesem Fall.« Cats Stimme kippte vor Aufregung und Lord Peter lief schnell zu ihr.

»William reagiert auf keine Nachricht. Ich habe sein Handy geortet. Es ist in Whitechapel«, flüsterte Cat ihm zu.

»East End?« Nun schwang auch in Lord Peters Stimme Besorgnis mit.

»Der Verlauf zeigt, dass das Handy in den vergangenen drei Stunden seinen Standort nicht verändert hat. Da stimmt was nicht! Wenn ich mich beeile, bin ich in zwanzig Minuten in der Osborn Street.«

»Da müsstest du fliegen. Bis Whitechapel brauchst du mindestens vierzig Minuten. Gut, mach dich auf den Weg. Aber geh kein Risiko ein. Wir können es uns nicht leisten, auf dem Radar der Polizei aufzutauchen.«

»Keine Sorge. Ich weiß, was ich tue.«

Das war Lord Peter durchaus bewusst. Er hatte das Nummernschild an Cats Vespa gesehen, das mit einer feinen Schicht Glitzerlack überzogen war. Sollte sie mal in eine Tempofalle geraten, dann wäre auf dem Foto nur ein heller Balken zu sehen.

»Melde dich, sobald du was weißt.«

»Mach ich«, versprach ihm Cat.

»Lady Haversham«, nickte sie seiner Mutter zu, um sich zu verabschieden. Erstaunt bemerkte Lord Peter, wie der alten Frau die Gesichtszüge für den Bruchteil einer Sekunde entglitten, und er glaubte, einen Funken des Erkennens in ihren Augen zu sehen.

Cat war schon fast durch die Tür, als sie sich noch einmal umdrehte.

»Lord Peter?«

Seine Lordschaft schüttelte das Hirngespinst weg.

»Ja?«

»Kümmern Sie sich bitte um Simon. Er muss hier irgendwo im Haus sein. Ich möchte ihn nicht mitnehmen und hab auch keine Zeit, ihn zu suchen.«

»Keine Angst. Das mache ich gern.«

Cat rannte zum Hinterausgang, und als er die Tür ins Schloss fallen hörte, wandte sich Lord Peter wieder seiner Mutter zu.

»Wer ist dieser Simon?« Lady Haversham konnte es auf den Tod nicht ausstehen, etwas nicht zu wissen.

»Ihre Ratte«, antwortete Seine Lordschaft und überlegte schon mal vorsorglich, wo er das Riechsalz liegen hatte.

Haltung bewahrend erhob sich Lady Philomena aus dem Sessel und straffte ihre Schultern.

»Nun. Ich werde dein Haus jetzt verlassen. Und du begleitest mich zur Tür. Ich möchte schließlich nicht von einem wilden Tier angefallen werden und deinem Diener traue ich nicht über den Weg. Ich weiß, dass er mich nicht leiden kann.«

Lord Peter ließ diesen Vorwurf unwidersprochen im Raum stehen, denn diese Abneigung beruhte auf Gegenseitigkeit.

Die Verabschiedung an der Haustür fiel kurz und emotionslos aus.

Nachdem der Wagen aus Lord Peters Sichtfeld verschwunden war, drehte er sich um und lief zurück in die Bibliothek. Er trat auf das Bücherregal auf der rechten Seite seines Schreibtisches zu und kippte den zweiten Band der philosophischen Schriften Platons leicht an. Mit einem leisen Klicken öffnete sich neben ihm eine kleine Tür, hinter der eine Bar versteckt war. Er goss sich zwei Finger breit des teuren Johnny Walker Blue in ein geeistes Glas und leerte es in einem Zug.

Der Alkohol brannte in seiner Kehle, aber Seine Lordschaft verzog keine Miene.

Normalerweise hatte er sich immer gut im Griff, wenn seine Mutter einen ihrer giftigen Pfeile abschoss. Aber die Bemerkung zum Thema Enkelkinder hatte ihm hart zugesetzt. Zum ersten Mal in seinem Leben war es ihm nur mit knapper Mühe gelungen, seine Beherrschung nicht zu verlieren. Er unterdrückte den stechenden Schmerz in seiner Brust beim Gedanken an Catherine Burke. Er wollte sich ja nicht einmal selbst eingestehen, dass er zu feige war, sie als seine Nichte anzuerkennen. Wie konnte er dann den Rest seiner Familie damit konfrontieren, dass Cat mit ihnen blutsverwandt war?

Lord Peter goss sich noch ein Glas ein und stellte sich vor das Fenster, aus dem seine Mutter vor ein paar Minuten geschaut hatte. Er sah die Touristen, die seine Straße entlangschlenderten, aber er nahm sie nicht wahr.

Lord Peters Gedanken richteten sich in die Vergangenheit. Zu der Zeit, als seine Schwester für ganze sechs Monate aus seinem Leben verschwunden war. Zugegeben, er war damals als Anwalt pausenlos im Ausland unterwegs gewesen und hatte nur wenig Kontakt zu der so viel Jüngeren gehabt. Aber dass damals etwas Ungewöhnliches geschah, war auch ihm nicht verborgen geblieben. Danach gefragt hatte er jedoch nie. Sollte er es jetzt tun und das Risiko eingehen, dass seine Schwester diese traumatische Erfahrung erneut durchleben würde? Sie stand seit jeher unter der Fuchtel seiner Mutter und konnte sich nie daraus befreien. Auch wenn er kurz vor ihrem Verschwinden den Eindruck hatte, dass sie dabei war, sich zu verändern. Da schien etwas gewesen zu sein, für das sie kämpfte, und heute wusste er auch, was es gewesen war: Cat!

Er trank einen Schluck und spielte mit dem rauchigen Geschmack auf seiner Zunge. Sosehr er sich auch wünschte, seiner Schwester von Cat zu erzählen und Cat von seiner Schwester, er war sich nicht sicher, was er damit heraufbeschwören würde. Im Moment war sein Plan, Cat auf eine andere Weise in seiner Nähe zu behalten. Ihm blieb immer noch die Hoffnung, dass ihm mit der Zeit eine Lösung einfallen würde, mit der er niemanden verletzte.

Wie versprochen heizte ich die Strecke zurück, die ich vor nicht ganz drei Stunden in die Gegenrichtung gefahren war.

Über ein Headset in meinem Helm, das mit meinem iPhone verbunden war, wählte ich immer wieder Williams Handy an. Doch er antwortete nicht. Der leuchtende Punkt auf dem Stadtplan, der direkt auf das Visier meines Helms projiziert wurde, zeigte, dass sich das Handy immer noch an Ort und Stelle befand.

Kurz hinter Tower Hill bog ich links ab und steuerte in die Osborn Street hinein. Ich parkte meine Vespa vor einem Pub namens *The Archer* und sah mich aufmerksam in der Straße um.

Keine Spur von William oder jemand anderem, der mir bekannt vorkam. Ich schob meinen Helm über den Arm und lief auf die Kreuzung zur Old Montague Street zu. In einem Radius von 200 Metern musste sich William befinden. Besser gesagt sein Handy. Klingt nicht nach viel, aber in diesem Labyrinth aus Häusern und Hinterhöfen waren 200 Meter eine verdammt große Fläche, die ich durchkämmen musste.

Eine Gruppe Mädchen, jünger als ich, lief an mir vorbei. Sie gackerten und diskutierten laut, welchen Haarschnitt eine von ihnen sich verpassen lassen sollte. Zwei Häuser weiter befand sich ein Friseur, den die Mädels stürmten. Ich sah ihnen nach, irgendwie froh, dass ich mir über Frisuren keine Gedanken machen musste. Mir reichte eine gute höhenverstellbare Haarschneidemaschine. Ich ging nur zum Friseur, wenn mir nach einer neuen Haarfarbe war, aber auch das war im Moment nicht drin. Violette Haare waren Lord P.s Meinung zufolge nicht sehr angebracht, wenn man den Strafverfolgungsbehörden ein Schnippchen schlagen wollte. Also blieb ich bei dem eher langweiligen Braunton, der mir von Natur aus gegeben war.

Als das letzte Mädchen durch die Salontür verschwunden war, fiel mein Blick auf ein Hinweisschild zu einem Parkplatz, der 24 Stunden geöffnet war. Ich lief an dem Laden vorbei und bog dann nach rechts in die Einfahrt des Parkgeländes ab. Irgendwo musste ich ja meine Suche beginnen. Sollte sich ein Wachmann blicken lassen, dann täte ich einfach so, als würde ich einen Stellplatz mieten wollen. Entschlossen betrat ich das Gelände.

Auf den gekennzeichneten Flächen standen unterschiedliche PKW herum. Alle aus dem mittleren Preissegment. Ich war noch keine zehn Meter die Einfahrt hinuntergelaufen, als ich hinter einem grasgrünen Nissan Micra ein Paar Schuhe sah, in denen zwei vertraute Beine in Jeanshosen steckten.

»William!«, rief ich und rannte, ohne nachzudenken, um den Wagen herum.

»Cat?« William lag zusammengesunken an der Hausmauer. Er sah schrecklich aus. Seine blonden Haare standen wild durcheinander. Der Sweater war an den Armen zerrissen und die Bluejeans voller Schmutz.

»Was ist passiert?« Verwirrt versuchte er sich aufzurichten. Der Blick aus seinen Augen war leicht verschleiert.

»Das fragst du mich? Du liegst hier in Whitechapel hinter einem Auto.«

»East End?«, schrie William auf, wobei ich mir nicht sicher war, ob vor Schmerz oder Schreck über die Gegend, in der er sich befand.

Ich zog William hinter dem Auto vor und half ihm auf die Beine. Er zuckte bei jeder Bewegung zusammen.

»Warte!« Vorsichtig hob ich Williams Oberteil an.

»Hey. Wenn du meine Bauchmuskeln sehen willst, dann musst du mir vorher einen Drink spendieren«, protestierte er hustend.

»Ich lache später«, brummte ich. Als ich eine seiner Rippen berührte, zuckte William unwillkürlich zusammen. »Du musst ins Krankenhaus!«

»Nein, das geht nicht«, wehrte William ab.

»Du musst untersucht werden! Kannst du dich erinnern, wie du hier gelandet bist?«

William stützte sich auf meine Schulter und wir krochen im Schneckentempo Richtung Straße.

»Das Letzte, was ich genau weiß, ist, dass ich beobachtet habe, wie Mae ins Legoland ging. Dann dachte ich, mich hätte eine Wespe gestochen, und danach weiß ich nur noch, dass ich einen wilden Traum hatte, wie ich bei meinem Onkel vom Fahrrad gefallen bin und mir den Arm gebrochen habe.«

»Bist du allergisch gegen Wespenstiche?«

»Bisher nicht, nein.«

»Und du hast keine Ahnung, wie du hierhergekommen bist?« Wir schlurften auf den Friseursalon zu.

»Ich erinnere mich an die Ladefläche eines Wagens. Und an zwei Paar schwere Boots, die mir immer wieder in den Bauch traten.«

»Hast du was gehört?«

»Nur so viel wie ›… letzte Warnung‹, ›… wer ist das Mädchen‹, ›… wer sind deine Komplizen‹ und so was.«

»Warum hast du uns nicht über die Intercom kontaktiert?«

»Ich hab gedacht, ich brauch den Ohrstecker nicht. Konnte ja nicht ahnen, dass Mae zu verfolgen, lebensgefährlich werden könnte«, versuchte William einen Scherz, zuckte beim Lachen aber vor Schmerz zusammen. »Verdammt, die Kerle müssen mir eine Rippe gebrochen haben.«

»Dann lach jetzt mal ganz vorsichtig. Mae arbeitet für den SIS und soll van de Boers eine Festplatte mit hochsensiblen Daten für die Regierung abnehmen.«

Überrascht hielt William inne und schaute mich an. »Im Ernst? Woher weißt du das?«

Wir standen an einer Hausecke und atmeten kurz durch.

»Von ihr selbst. Sie ist vorhin am Eaton Place aufgetaucht und hat uns um Hilfe gebeten.«

»Das glaub ich jetzt nicht. Warum sollte sie ausgerechnet uns um Hilfe bitten, wenn ihr die Power eines ganzen Geheimdienstes zur Verfügung steht?«

»Hab ich mich auch erst gefragt. Aber ihr Führungsoffizier hat vor, sie auszuschalten, sobald er die Festplatte in Händen hält. So, wie es aussieht, ist das Schwein im Alleingang hinter den Informationen her und will sich damit eine goldene Nase verdienen.«

Schwerfällig ließ sich William auf das Fensterbrett des Friseurladens fallen.

»Kannst du noch?«, fragte ich besorgt.

»Ja, ja. Ich kann nur nicht glauben, was du mir gerade erzählt hast. Wenn das stimmt, dann stecken wir auch bald in ganz großen Schwierigkeiten. Es sei denn, wir können den Kerl schneller ausschalten als er uns.«

Ich schluckte schwer und setzte mich neben William. »So hab ich das noch gar nicht gesehen.«

»Du dachtest: Wir bündeln unsere Kräfte mit denen einer Freundin, weil beide Parteien die gleiche Zielperson haben. Und wenn wir unseren Teppich haben und Mae ihre Festplatte, dann klatschen wir uns einfach ab und jeder geht wieder seiner Wege.«

»Falsch gedacht?«, hauchte ich.

»Gott, Cat. Dafür liebe ich dich. Du versuchst immer das

Gute in allem zu sehen. Versteh mich nicht falsch. Ich denke nicht, dass Mae uns hängen lassen wird. Aber für ihren Boss kann selbst sie nicht die Hand ins Feuer legen, oder?«

»Und was machen wir jetzt?«

»Das Spiel mitspielen. Wir brauchen einander. Eine Frau wie Mae, mit ihrer Ausbildung und ihren Verbindungen, macht unseren Auftrag leichter. Aber gleichzeitig sollten wir wachsam sein.«

Er tastete seine Hosentaschen ab. »Hast du mein Handy gesehen?«

»Nein«, erwiderte ich verwundert. »Hast du es nicht bei dir?«

»Ich weiß nicht. Ich bin ganz durch den Wind. Wo ist mein Rucksack?«

»Welcher Rucksack?«

»Den muss ich wiederfinden, unbedingt. Da sind alle meine Kostüme drin. Die dunkelhaarige Perücke, die Basecap und das Anzugjackett.« William machte Anstalten aufzustehen, doch ich hielt ihn zurück. »Wahrscheinlich ist dein Handy auch im Rucksack. Warte hier. Ich sehe mal, ob ich ihn finden kann.«

Ich nahm mein iPhone, aktivierte die Kurzwahl für Williams Nummer und horchte angestrengt. Und tatsächlich! Im hinteren Bereich des Parkplatzes, auf Höhe der Mülltonnen, ertönten die ersten Takte eines Klaviers und einer Violine. Mit einem Grinsen im Gesicht steuerte ich auf den Song »Fighter« zu. Neben dem Container lehnte der Rucksack, aus dem mittlerweile die energiegeladene Stimme Christina Aguileras hallte. Ich verstand es als Kompliment, dass William ausgerechnet dieses Lied als meine Erkennungsmelodie ausgewählt hatte.

Schnell nahm ich Williams Sachen an mich und lief zu ihm zurück.

»Meinst du, wir können fahren?«

»Ich krall mich in deinen Rücken, wird schon gehen.«

Ich nahm den zweiten Helm aus dem kleinen Koffer am Hinterrad und stopfte an seiner Stelle den Rucksack hinein. Danach setzte ich ihn William vorsichtig auf den Kopf. »Lass das Visier oben, falls du kotzen musst.«

Er grinste einfach nur schief. Dann schwang ich mich auf den Motorroller und wartete, bis William fest im Sattel saß. Langsam fuhr ich an und wir nahmen Fahrt auf.

Doch anstatt in Richtung Eaton Place abzubiegen, wählte ich die andere Richtung.

»Wo willst du hin?«, schrie mich William an.

Ich tat so, als hätte ich nichts gehört. Denn mein Ziel war die nächste Notaufnahme in der Gegend, das Royal London Hospital. Schon hielten wir vor dem riesigen Gebäude, das den Charme eines Gefängnisses verströmte.

»Was hast du vor? Es geht mir gut.«

»Du musst dich durchchecken lassen. Dein Onkel würde mir sonst den Kopf abreißen.«

Eine Stunde später saß ich immer noch im Wartezimmer. William war schon eine lange Zeit bei der Untersuchung. Meine Laune befand sich im Keller. Notaufnahmen und Hospitäler waren nichts für mich. Sie machten mich krank. Ein Gefühl der Hilflosigkeit, das in Apathie und Hoffnungslosigkeit umschlug. Ich spürte es direkt körperlich. Der Umstand, dass ein paar Meter von mir entfernt mein Bruder lag, der nicht ahnte, dass er mein Bruder war, ließ meinen Magen verkrampfen. William hätte tot sein können. Er hätte mich verlassen, ohne zu wissen, dass er es tat.

Ich kämpfte die aufsteigenden Tränen zurück. Sentimentalität war nicht mein Ding.

Der Warteraum hatte sich immer mehr gefüllt. Die meisten blätterten lustlos in einer der alten Zeitschriften. Bis auf einen Mann. Er war vor ein paar Minuten hier angekommen und hatte sich direkt mir gegenüber an die Wand gesetzt. Sein Gesicht blieb die ganze Zeit über völlig ausdruckslos. Nur seine dunklen Augen scannten den Raum und alles, was sich darin befand. Er trug legere Kleidung, eine schwarze, normal geschnittene Jeans und darüber einen dunkelblauen Pullover. Die Schuhe, unerträgliche Mokassins in dunklem Blau mit einer schwarzen Troddel, sahen völlig neu aus. Bei näherer Betrachtung machten alle seine Sachen diesen Eindruck. Seine stocksteife Haltung bekam selbst nach all der Wartezeit keine Risse. Irgendwie hätte er besser in einen schwarzen Anzug gepasst, mit einem verkabelten Hörgerät im Ohr.

Mit einem Mal fiel mir siedend heiß ein, dass ich meinen Intercom-Hörer bei Lord Peter gelassen hatte. Ich hatte dem Team zwar über unsere abhörsichere Messenger-App mitgeteilt, dass ich William gefunden hatte und wir im Krankenhaus waren, aber irgendwie hätte ich mich mit einer direkten Verbindung wohler gefühlt. Besonders jetzt, wo dieser merkwürdige Typ aufgetaucht war.

Verdammt.

Und noch mal verdammt!

Durch das Fenster beobachtete ich, wie eine Polizeistreife auf dem Parkplatz hielt. Zwei uniformierte Bobbys stiegen aus und liefen auf den Eingang der Notaufnahme zu. Keiner der beiden Männer wirkte, als würde er medizinische Hilfe brauchen. Jedenfalls keine körperliche. Sie blieben an meiner Vespa stehen und studierten sie eingehend.

Mist, Mist, Mist.

Nervös blinzelte ich zum Tresen hinüber. Eine Schwester telefonierte und schaute dabei hinunter auf die Tischplatte. Eine zweite stand mit dem Rücken zum Wartezimmer und sortierte scheinbar Akten in einem Schrank.

Meine Chance!

Ich erhob mich von dem harten Plastikstuhl und schlenderte hinüber zu den Behandlungsräumen. Falls jemand fragen sollte, suchte ich die Toiletten. Aber es fragte niemand. Es achtete noch nicht einmal jemand auf mich. Nur der komische Mann folgte mir mit seinen Augen. Ich bekam wieder so ein diffuses Gefühl im Magen. Als sich die automatischen Türen am Eingang öffneten, verschwand ich hinter einer Ecke.

»William?«

»Hier.«

Ich schob den Vorhang zur Seite.

»Der Arzt war gerade da. Eine angeknackste Rippe, mehr nicht. Aber ich muss noch auf die Blutuntersuchung warten. Er meint, meine Reflexe sind zu langsam. Er kann sich das nicht erklären, weil ich ja laut deiner Aussage nichts eingeworfen habe.«

»Dann müssen meine Reflexe für uns beide reichen. Los, zieh dich an. Die Schwester hat die Bobbys informiert.«

»Deine Geschichte, dass du meine Schwester wärst und zwei Hooligans dich überfallen haben und ich heldenhaft dazwischengegangen bin, war auch zu überzeugend«, grinste William schief.

Ich half ihm in seinen Sweater, denn der Verband um seinen Oberkörper behinderte ihn ein wenig.

»Wäre ich nicht dabei gewesen, hätte ich es auch geglaubt«, kam es dumpf unter dem Wollgemisch hervor.

»Laber nicht rum. Mach schnell«, lenkte ich vom Thema ab. »Die sind gleich hier. Sie dürfen uns auf keinen Fall schnappen. Ich weiß nämlich nicht, wie ich mein getarntes Nummernschild an der Vespa erklären soll. Außerdem hab ich dich unter falschem Namen hier angemeldet. Wenn die deine Papiere überprüfen, müssten wir Lord P. einiges erklären. Und überhaupt, ich bin allergisch auf Polizisten. Ich kann nichts dagegen machen.«

Vielleicht drehte nur mein Verfolgungswahn durch. Vielleicht war der Mann einfach nur ein Mann. Vielleicht war die Polizei wegen einem ganz anderen Patienten hier. Doch ganz ehrlich – dieses Risiko wollte ich nicht eingehen.

Ich hörte, wie die Polizisten mit einer Schwester am Empfang sprachen. Durch den Haupteingang kamen wir also nicht weg. Was jetzt?

Ich trat auf den Flur und schaute mich nach einem alternativen Ausgang um. Fand aber auf die Schnelle keinen. Nur ein Hinweisschild zum Eingang für Liegendtransporte am anderen Ende des Hauses.

»Kannst du rennen?«

»Keine Chance.« William schüttelte den Kopf.

»Okay, dann muss es so gehen.« Ich schnappte mir einen Rollstuhl, der an einer Wand im Gang stand, und drückte William hinein.

»Was hast du vor?«

»Schön sitzen bleiben und still sein«, kommandierte ich, schnappte mir aus dem Abstellraum auf der anderen Seite des Flurs einen hellblauen Kittel und rannte mit dem Rollstuhl samt William los.

Am Ende des Flurs bog ich links ab, immer der Ausschilderung nach. Wir mussten ein Stockwerk tiefer. Die Treppe fiel aus. Also warteten wir auf den Fahrstuhl.

Die Türen öffneten sich, und ein Pfleger, der ebenfalls einen Patienten im Rollstuhl bei sich hatte, schaute mich fragend an.

»OP?«

»Äh, nein. Magnetresonanztomografie.«

»Der Kernspin für die MRT steht im Keller. Da musst du den anderen Aufzug rufen.«

»Ich weiß«, versicherte ich dem Mann, dem immer mehr Fragezeichen im Gesicht standen. »War nur ein Versehen.« Woher hätte ich, bitte schön, auch wissen sollen, dass es hier unterschiedliche Lifte gab?

»Und warum trägst du eigentlich OP-Kleidung? Die musst du …«

Ich konnte den Rest nicht mehr hören, weil sich die Türen des Fahrstuhls zum Glück endlich schlossen.

»Verdammt.« Ich drückte den Rufknopf des anderen Lifts.

»Bleib ruhig. Wir schaffen das schon. Nur cool bleiben.«
William legte seine Hand auf meine, die den Griff des Rollstuhls umklammerte.

Endlich kam der Fahrstuhl! Ich schob William hinein und er drückte auf die Kelleretage. Dort empfing uns ein geordnetes Chaos aus rotierenden Blaulichtern, lauten Kommandostimmen, Schmerzensstöhnen, klappernden Tragen und Sanitätern im konzentrierten Ausnahmemodus. Anscheinend hatte es einen schweren Verkehrsunfall mit vielen Verletzten gegeben. Ärzte rannten mit wehenden Kitteln an uns vorbei. Sie mussten die Treppe genommen haben.

»Cat, was ist los? Wir müssen nur noch die Rampe runter. Mach schon, bevor uns jemand bemerkt!«

Aber ich konnte mich nicht bewegen. Die Befehle meines Gehirns kamen nicht mehr bei meinen Muskeln an. Falls es überhaupt Anweisungen gab. Wie ein Kaninchen vor der Schlange stand ich einfach nur da. Mein Gehirn spielte die Fernsehbilder von den Terroranschlägen ab, bei denen mein Vater gestorben war. Ich hörte die verzweifelten Rufe der Menschen, roch die geschmolzenen Sitze in der U-Bahn und schmeckte den Ruß von verbrannter Kleidung … und …

William gab mir eine Ohrfeige. Er war auf den Beinen und zog mich die Rampe hinunter auf die Straße. Ich ließ mich von ihm zum Taxistand schieben.

»In dem Zustand setze ich mich nicht zu dir auf die Vespa«, hörte ich meinen Bruder wie durch Watte reden. »London, Belgravia, Eaton Place«, rief er dem Fahrer vom Rücksitz aus zu.

Dieser hatte uns skeptisch durch den Rückspiegel beäugt. Erst als er die Adresse hörte, entspannte er sich wieder.

»Zum Glück haben mir die Typen meine Brieftasche gelassen. Komischer Überfall, echt.« William schüttelte leicht den Kopf und sah mich von der Seite fragend an. »Geht's wieder?«

Ich nickte.

»Was war denn los?«

Ich zuckte nur mit den Schultern und drehte mein Gesicht von William weg. Häuser, Menschen und Bäume rauschten an mir vorbei. Ich bekam die Szene im Krankenhaus nicht aus dem Kopf. Seit ich sieben Jahre alt war, fragte ich mich, wie die letzten Minuten im Leben meines Vaters verlaufen waren. Die Polizisten hatten meiner Tante J. versichert, dass er sofort gestorben war. Aber war das auch die Wahrheit gewesen oder nur eine Beruhigungsfloskel für die Angehörigen? Wer konnte mir das sagen? Das eben Erlebte hatte meine Ängste und Gedanken wieder an die Oberfläche geschwemmt. Wie eine ausgewachsene Panikattacke fegten sie einfach über mich hinweg. Ich konnte nichts dagegen machen. Am liebsten hätte ich mich in die Arme meines Bruders geschmissen und einfach nur geweint. Aber wie hätte ich ihm das erklären sollen?

Eines Tages vielleicht.

Irgendwann einmal, womöglich.

Die ganze Fahrt über schwiegen wir. William bezahlte den Taxifahrer und klingelte an der Vordertür des Eaton Place.

Vincent öffnete. »Master William!« Er war sichtlich erleichtert, uns zu sehen.

William schob mich ins Haus. »Ich weiß nicht, was mit dir ist, Cat.« Er stand direkt vor mir und sah mir in die Augen. »Aber wir müssen da jetzt reingehen und uns um den Job kümmern. Meinst du, du kriegst das hin?«

Ich atmete tief ein. »Alles klar. Es geht mir gut. War nur ein kleiner Aussetzer.«

Williams Blick wurde weich. »Wenn du über den ›Aussetzer‹ reden willst …«

»Master William und Miss Cat sind angekommen«, hörten wir Vincent uns bei Seiner Lordschaft ankündigen.

William nickte mir aufmunternd zu und ich atmete tief durch, bevor ich den Salon betrat.

Bei allen Jobs, die ich bisher durchgezogen habe, waren die Grenzen zwischen Gut und Böse glasklar. Doch je tiefer ich in das Geschäft eintauche, desto milchiger wird das Glas, und plötzlich sind da Grautöne, die ich nicht einordnen kann.

»Onkel Peter, Asim, Mae! Na, ist die ganze Holland-Gang wieder beieinander.« William breitete zur Begrüßung die Arme aus, als wollte er alle Anwesenden auf einmal umarmen.

»Hört sich an, als wären wir die ›Oceans 12‹«, lachte Asim laut, und beide Jungs schlugen ihre Fäuste gegeneinander. »Wie geht es dir? Was ist passiert?«

»Kann mich nicht an viel erinnern. Ich hab Mae bis zum Hauptsitz des SIS verfolgt und dann gingen plötzlich die Lichter aus.« William lief auf Mae zu, die sich scheinbar nicht von ihrem Platz bewegt hatte, seitdem ich gegangen war, und ließ zwei Pfundstücke in ihre Hand gleiten.

Ihr helles Lachen erfüllte den Raum. »Du warst der Obdachlose! Ich fasse es nicht. Super Verkleidung!«

»Nicht wirklich. Du warst unaufmerksam, sonst wäre dir aufgefallen, dass meine Klamotten nicht stanken und meine Hände sauber waren, denn das hätte nicht zu dem Businessoutfit gepasst, das ich trug, als ich dir in die Bahn folgte.«

Mae nickte anerkennend. »Ich habe dich nicht gesehen.«

»Doch, dir ist der Student mit dem Rucksack aufgefallen. Der steckte in dem Aktenkoffer, den ich im Wagon stehen gelassen habe, als du die Strecke gewechselt hast.«

Maes Augen wurden immer größer, je länger William sprach.

»Tja, und dann hat mich Cat gefunden und ins Krankenhaus gebracht«, schloss er. Was danach geschehen war, verschwieg William, und ich war ihm dankbar dafür.

»Was hat der Arzt gesagt?«, mischte sich Lord Peter in das Gespräch ein.

»Eine Rippe ist angeknackst und das Zeug, das die Typen mir verabreicht haben, wird wohl noch eine Weile in meinem Kreislauf rumspuken. Aber ansonsten geht es mir gut. Bis auf die Tatsache, dass ich keine Ahnung habe, wer mich überfallen hat.«

Wie auf Kommando schauten wir alle auf Mae.

»Woher soll ich wissen, wer es auf William abgesehen hat? Ich habe ja nicht mal bemerkt, dass er mir gefolgt ist.«

»Kannst du es rauskriegen?«, fragte Asim angriffslustig.

Wortlos griff Mae nach ihrer Tasche und zog ihr Handy hervor. Sie stand auf und wollte gerade zur Tür gehen, als Lord Peter sie aufhielt. »Es wäre mir lieber, wenn du das Gespräch in unserer Anwesenheit führen könntest.«

Wenn Mae diese Bitte überraschte, zeigte sie es nicht. Sie gab eine Nummer ein und legte den Finger auf ihre Lippen, zum Zeichen, dass wir leise sein sollten. Wir anderen hielten den Atem an. »Hier ist Agent 39 458. Bitte verbinden Sie mich mit 475, danke.«

»Gott, ist das aufregend«, raunte mir William ins Ohr. Ich stieß ihm in die Seite. Als er schmerzhaft das Gesicht verzog, entschuldigte ich mich sofort bei ihm. Aber er lächelte nur, weil er mich reingelegt hatte.

»Hi, Chris. Mae hier. … Ja, danke. Es geht mir gut. Ich brauche eine Auskunft über eine Festsetzungsanordnung von Gordon. … Kann ich dir nicht sagen. Ich weiß nicht, um wen es geht. Nur dass der Auftrag von heute stammt. … Nein? Du kannst keinen finden. Okay, danke. … Ja, das hilft mir weiter. Grüß deine Frau und die Kinder.« Mit diesen Worten unterbrach sie die Leitung.

Enttäuscht seufzten wir auf.

»Dann wissen wir jedenfalls erst einmal, dass es keine Männer des SIS waren, die dich entführt und verhört haben«, brachte Lord Peter das Positive der Situation auf den Punkt.

»Bliebe noch Daan van de Boers«, bemerkte ich. »Ich frage mich nur, was er damit bezwecken wollte.«

»Informationen«, antwortete Mae und steckte ihr Handy wieder ein. Sie wirkte zufrieden, denn sie hatte gerade bewiesen, dass wir ihr vertrauen konnten. »Bei solchen Aktionen geht es immer darum, aus der Person herauszupressen, was sie weiß.«

»Ich hab nichts gesagt.« William hob die Hände zu seiner Verteidigung in die Höhe. »Allerdings wissen sie jetzt alles darüber, wie ich mir als Kind den Arm gebrochen habe.«

Mae schaute ihn belustigt fragend an.

»Er war vier und das Fahrrad viel zu groß für ihn«, klärte Lord Peter sie auf.

»Dann haben sie dir bestimmt zu viel von dem Zeug verpasst. Sie konnten dir keinen sinnvollen Satz mehr entlocken. Wahrscheinlich haben sie dich deshalb einfach im East End abgeladen.« Wissend nickte Mae zu William hinüber.

»Was für ein Glück«, entgegnete dieser.

»Aber nur, bis du morgen die Kopfschmerzen spürst.«

Erlöst lachten wir alle über Maes Bemerkung und ließen das Thema fallen.

»Sind wir schon in Singapur? Ich meine, so rein planungstechnisch?«, brachte ich das Gespräch auf unseren Auftrag zurück und setzte mich zu Mae aufs Sofa.

»Wir sind noch nicht mal aus diesem Haus raus, geschweige denn aus London«, griff Seine Lordschaft meinen Vergleich knurrig auf.

Ich zog fragend eine Augenbraue in die Höhe.

»Asim und Mae können sich nicht einigen«, war seine Antwort.

»Das stimmt nicht ganz. Ich will nur wissen, was es mit dieser Festplatte auf sich hat. Ich bin nicht heiß drauf, mir von irgendeiner Doppel-Null den Kopf wegpusten zu lassen, wenn ich nicht einmal genau weiß, wofür.«

»Und ich kann dir die Frage nicht beantworten.« Maes Stimme kippte vor Ärger fast über. »Auch wenn du mich noch so oft fragst. Ich hab euch alles erzählt, was ich weiß.«

»Keine Ahnung, was dein Problem ist, Kumpel. Aber wir sind ein Team, keine Demokratie. Hier kann zwar jeder seine Bedenken einbringen, was du scheinbar zur Genüge getan hast, aber am Ende entscheidet der Chef, was gemacht werden muss. Und der Chef ist nun mal Seine Lordschaft.« William trank einen Schluck Tee, der ihn sichtlich munter werden ließ.

Asim schien immer noch nicht zufrieden und ich bekam Angst, dass er uns womöglich abspringen könnte, nachdem William ihm das mit der Demokratie vor den Latz geknallt hatte. Ich wollte gerade etwas sagen, als Simon mit einem

Satz auf die Basaltplatte des Couchtisches sprang. Er war in den Salon gekommen, ohne dass einer von uns ihn wahrgenommen hatte. Alle starrten ihn an.

Er kroch in den Blätterhaufen. Das Papier raschelte.

»Will er spielen?« Lord Peter sah mich fragend an.

Plötzlich tauchte Simon wieder auf. Zwischen den Zähnen hielt er die unscharfe Fotografie des Perserteppichs und warf sie uns vor die Füße.

Das betretene Schweigen im Raum war ohrenbetäubend.

Da musste erst eine Ratte kommen, um uns mit der Nase auf das zu stoßen, was wirklich wichtig war.

Asim erwachte als Erster aus seiner Schockstarre. »Das Containerschiff wird in wenigen Tagen in Singapur eintreffen. Nach der Ankunft wird der Inhalt des Containers von einer speziellen Sicherheitsfirma direkt auf das Gelände des Freihafens und in den Tresor gebracht. Hier fällt ein Überfall flach. Es werden zu viele und vor allem schwer bewaffnete Männer den Transport überwachen«, erklärte er.

»Ja, ein Blutbad ist einfach nicht unser Stil!«, warf William ein.

Asim ignorierte ihn. »Einen Überfall auf See können wir ebenfalls vergessen. Wir haben weder die Ausrüstung noch die Manpower für so eine Aktion. Selbst wenn Mae uns einen Helikopter besorgen könnte. Wer von uns sollte den fliegen?«

»Ich könnte es versuchen«, bot sich William freiwillig an, nur um von uns böse angeschaut zu werden.

»Damit bleibt uns also nur der Einbruch in den am besten gesicherten Tresor der Welt, um an den Teppich und die Festplatte zu kommen«, konstatierte ich.

»Gut und schön. Aber selbst wenn wir da reinkommen: Wie sollen wir mit einem so großen Teppich unerkannt wieder aus dem Gebäude herauskommen?« Maes Frage war nicht von der Hand zu weisen.

»Wir könnten die Zollbeamten bestechen, die das Objekt bewachen?«, schlug William vor.

Lord Peter schüttelte den Kopf. »Das wird nicht funktionieren. Die Republik Singapur achtet sehr darauf, dass ihre Beamten hervorragend entlohnt werden. Eben um Bestechung vorzubeugen.«

»Erst mal müssen wir nach Singapur einreisen. Dafür brauchen wir Eins-a-Tarnidentitäten«, gab ich zu bedenken.

»Cat und ich könnten wieder als Studenten nach Singapur einreisen. So wie wir auch im Iran waren«, schlug Asim vor. »Lord Peter?«

Seine Lordschaft schaute nachdenklich in die Runde.

»William und Mae. Ihr werdet als junges Ehepaar mit einem anderen Flug als Cat und Asim einreisen. Du spielst den Hedge-Fonds-Manager William Huxseley, der seinen neuen Job dort antreten will. Und Marie Elisabeth Huxseley, kurz Mae, begleitet dich. Ihr beide kennt euch schon so lange und gut, dass diese Tarnung kein Problem sein sollte!«, bestimmte Seine Lordschaft.

Ich war immer wieder erstaunt darüber, wie schnell und präzise Lord Peters Gehirn arbeitete. Zwar war ich im Erfinden von Geschichten aus dem Stegreif auch nicht schlecht. Aber Seine Lordschaft schlug mich um Längen.

»Cat, du und Asim werdet als Studenten der Zoologie mit Schwerpunkt Ornithologie in den Stadtstaat fliegen, um dort eure Forschungen zum Elfenblauvogel zu beenden«, fuhr er fort.

In Williams Gesicht breitete sich ein fettes Grinsen aus.

»Sag's nicht. Denk es noch nicht mal«, warnte ich ihn.

»Ich mein ja nur, Vögel und so …«

Asim und ich schauten uns an und verdrehten die Augen. Wir waren ein Team und kein Liebespaar.

»Gute Idee, aber wie kriege ich Simon in den Flieger?«, lenkte ich das Thema wieder in sichere Bahnen. In diesem Moment betrat Vincent leise den Salon, um neue Sandwiches zu bringen.

»Das wird allerdings ein Problem«, meinte Lord Peter nachdenklich.

»Wenn Eure Lordschaft den Einwand erlauben. Sie könnten Simon in einem Privatflugzeug mitführen«, gab der Butler zu bedenken.

»Noch besser: in einem diplomatischen Flieger«, spann William den Faden aufgeregt weiter. »Die werden nicht kontrolliert!«

»Ich kontaktiere Laith. Er wird uns dabei sicher helfen können. Danke, Vincent.«

»Okay«, mischte sich nun auch Mae ein. »Wir sind alle im Land. Wie wäre es, wenn die Eheleute Huxseley, blutjunge Besitzer einer exquisiten Kunstsammlung, einen Raum im Freihandelshafen anmieten wollen, weil sie noch auf der Suche nach einem geeigneten Haus in Singapur sind?«

Wir kamen richtig in Fahrt.

»So könnt ihr Informationen einholen, an die wir von außen niemals kommen würden«, stimmte Asim ihrer Idee freudig zu. »Allerdings werdet ihr euch garantiert nicht unbeaufsichtigt darin bewegen können. Das wird Cats Part werden.«

»Kannst du dich nicht reinhacken oder einen anderen technischen Zauber anwenden?«, versuchte William seinen Freund ein bisschen aufzuziehen.

Doch der ging nicht darauf ein und schüttelte ernst den Kopf. »Die haben dort ein völlig autarkes System. Keinerlei Verbindung zur Außenwelt.«

»Wir könnten ein Handy als Trojaner reinschmuggeln, mit dem du über das Internet Zugriff auf die Sicherheitssysteme bekommen kannst«, überlegte Mae laut.

»Geht nicht«, schüttelte Asim bedauernd den Kopf. »Die Wände sind aus Stahlbeton, die schirmen jedes Signal ab. Egal ob von innen oder außen. Ich muss schon einen externen Verstärker besorgen, damit wir über unsere Intercom in Kontakt bleiben können. Ein weiteres externes Signal, wie von einem Handytrojaner, würde den Sicherheitsleuten schnell auffallen und brächte uns in Gefahr. Wir brauchen einen Insider, da führt kein Weg dran vorbei.«

»Ich könnte mich durch den Lüftungsschacht einschleichen. Das sollte kein Problem sein«, schlug ich vor. Bisher war mein Part bei dem Job noch ziemlich unberücksichtigt geblieben.

»Gute Idee«, sprang mir Lord Peter zur Seite. »Wir konzentrieren uns zuerst auf Cat, die sich über den Schacht Zutritt zum Tresor verschaffen wird. Mae und William bleiben in Bereitschaft. Ich werde die beiden als Chauffeur begleiten und du, Asim, koordinierst den Ablauf von deinem Van aus.«

»Mach ich. Aber ich kann mir keine WLAN-Verstärker, Monitore, und den Rest vom Equipment in den Koffer packen.«

»Können wir das Material auf anderem Wege nach Singapur schaffen, mit meinem Privatflugzeug vielleicht?«, wollte Seine Lordschaft wissen.

»Passt da ein Van rein?«, lächelte Asim.

»Ich denke nicht«, gab Lord Peter ebenfalls lächelnd zurück.

»Ist auch nicht nötig«, winkte Asim ab. »Ein guter Freund von mir hält sich gerade in Vietnam auf. Der kann uns einen Wagen mit kompletter Ausstattung besorgen. Ich müsste ihn nur vorher abholen. Die Software und die Daten, die ich brauche, werde ich alle in meiner Cloud parken und muss sie dann nur noch auf den Rechner ziehen, wenn wir in Singapur sind. Alles easy!«

»Okay«, klatschte ich vor Vorfreude in die Hände. »Den Rest für den Einbruch müssen wir vor Ort abchecken. Allerdings wäre da noch das klitzekleine Problem eines drei Meter langen Teppichs und dessen Transports.«

Mit einem leisen Räuspern zog Vincent unsere Aufmerksamkeit auf sich. »Ich hätte da einen Vorschlag. Während Ihres Aufenthalts in Singapur findet dort eine Segelregatta statt. Seine Lordschaft sind ein hervorragender Segler, wenn mir das Kompliment gestattet ist, und Sie könnten mit einem Boot daran teilnehmen …«

»… und damit bringen wir den Teppich außer Landes«, beendete Lord Peter die Idee seines Butlers. »Und wenn Sie uns begleiten, lieber Freund, fahren wir direkt den iranischen

Hafen Bandar Abbas an. Wo Laith seinen Teppich in Empfang nehmen und ihn auf dem Landweg wieder ins Museum bringen kann. Nur, wie bringen wir meine Segelyacht rechtzeitig von Swansea Marina nach Singapur?«

»Nun«, meinte Vincent, »wenn Eure Lordschaft sich erinnern, hatten wir Lady Moorbach-Scheltensteins Enkelin die Yacht für ihre Reise nach Madagaskar leihweise überlassen.«

»Stimmt«, rief Lord Peter überrascht aus. »Das war ungefähr vor einem Monat. Ist Mildred immer noch dort?«

»Ist sie, und sie will ihren Aufenthalt sogar noch verlängern«, nahm William Vincent die Antwort ab. »Wir whatsappen.« Er zuckte entschuldigend die Schultern, als sich alle Augenpaare fragend auf ihn richteten.

»Ihre Mannschaft kann die Yacht nach Singapur bringen«, entschied Seine Lordschaft. »Und wir werden Mildred natürlich für die Unannehmlichkeiten angemessen entschädigen.«

»Ich lass mir was einfallen. Aber eine Halskette von Cartier geht immer«, nahm William den Vorschlag seines Onkels auf.

»Wow. Es ist wirklich spannend, wie schnell ihr Ideen und Pläne entwickelt. Macht Spaß. Aber wie kommt ihr an die gefälschten Papiere?« Mae richtete sich auf. »Wenn ihr wollt, kann ich euch die besorgen.«

»Danke, Mae. Aber wir haben Pässe auf Vorrat. Der Typ, der sie angefertigt hat, ist ein Genie als Fälscher, und die dazugehörigen Lebensläufe hat Asim für uns gebastelt«, meinte ich und schaute Asim an. »Darf ich Catherine Billingsley sein? Bitte.« Ich konnte es kaum erwarten, dass es endlich losging.

Asim lachte und nickte. »Den Ausweis für dich, Mae, kann ich heute Abend besorgen. Es ist besser, wenn das alles über uns läuft. Wenn du über deinen Laden einen bestellst, läuten bei deinem Boss noch die Alarmglocken.«

Das leuchtete Mae ein und sie stimmte zu.

»Also gut!« Lord Peter erhob sich schwungvoll. »Dann mal an die Arbeit. Vincent bucht eure Flüge für morgen. Mae und William starten als Erste. Packt eure Sachen und schlaft euch noch mal richtig aus.« Ein helles Pling unterbrach seine Rede. »Siehe da. Laith hat sich gemeldet.« Lord Peter öffnete die Mail. »Das passt ja hervorragend. Der französische Wirtschaftsminister weilt gerade in London und fliegt mit seinem Privatjet weiter nach Singapur. Er hat noch zwei Plätze für uns frei und auch kein Problem mit unserem vierbeinigen Freund.«

Aufbruchsstimmung machte sich breit.

»Alles klar, dann sehen wir uns morgen«, meinte ich zu Asim. »William, Mae, guten Flug, und wir sehen uns in Singapur.«

»Bis dann, Cat«, verabschiedete sich William von mir und streichelte Simon, der wieder auf meiner Schulter Platz genommen hatte, liebevoll über den Rücken.

»Guten Flug, mein Kleiner«, schloss sich Mae lächelnd an. »Und danke, dass du für mich eingetreten bist, Cat!«

»Kein Ding«, winkte ich ab. »Hättest du auch für mich getan.«

Asim verabschiedete sich schnell in die Runde und verschwand dann in seinem Zimmer. Er musste dringend seinen Freund kontaktieren und hatte noch viel zu tun.

»Ich werde unsere Koffer packen, wenn Eure Lordschaft mich nicht mehr brauchen«, verabschiedete sich Vincent. »Guten Flug, Cat, und ich werde gut auf Simon aufpassen.«

»Das weiß ich doch«, antwortete ich tapfer, obwohl mein Magen sich verknotete. Mein bester Freund würde für ein paar Tage von mir getrennt sein. Ihm schien das allerdings nicht sonderlich viel auszumachen. Er gab mir einen Nasenstupser und kletterte fröhlich auf Vincents Arm.

»Na dann«, nickte ich Lord Peter zu. »Ich muss noch meine Vespa aus East End holen und dann bei meiner Tante im Pub vorbeifahren. Sie will Dringendes mit mir besprechen, was nicht warten kann. Bis Singapur.«

»Bis Singapur. Das wird ein hartes Stück Arbeit.«

»Sie haben das beste Team der Welt zusammengestellt. Wir rocken das! Wer sollte uns schon aufhalten.«

»Daan van de Boers' Männer?«

Das verschlug mir für einen Moment die Sprache. Doch dann gewann mein Optimismus wieder die Oberhand. »Keiner außer den Anwesenden in diesem Raum weiß, was wir vorhaben. William hat dichtgehalten. Wir sind vorsichtig. Wie soll uns Daan van de Boers auf die Spur kommen?«

Lord Peters Blick umwölkte sich und die schmalen Falten um seinen Mund wurden einen Tick tiefer. »Ist nur so ein Gefühl.«

»Bitten Sie Vincent um ein Sandwich. Dann geht es bestimmt wieder weg.« Lachend verabschiedete ich mich und fuhr mit der U-Bahn zurück zum Krankenhaus.

TRACK: 09
TITLE: HÖLLENTRIP

»Eine Reise von tausend Meilen beginnt mit einem einzigen Schritt.« Auch wenn der chinesische Philosoph Lao Tse wahrscheinlich um einiges klüger war als ich, muss ich ihm widersprechen. Jede Reise beginnt mit einem einzigen Schritt, egal, wie lang sie ist.

Ich war erst sehr spät aus dem Pub meiner Tante J. herausgekommen. Wir hatten uns fast im Streit voneinander verabschiedet. Fast nur deshalb, weil wir uns nach dem Tod meines Vaters geschworen hatten, niemals so auseinanderzugehen. Doch ich war aufgewühlt und hatte die ganze Nacht keinen Schlaf gefunden.

33 000 Fuß hoch in der Luft und noch mehr als 12 000 Meilen von Singapur entfernt, fand ich immer noch keine Ruhe. Asim, der sich neben mir in den bequemen Sessel der Etihad Airlines gekuschelt hatte, schnarchte schon leise vor sich hin.

Ich lehnte mich, so gut es ging, in den Sitz des Fliegers und starrte aus dem Bullauge. Wir schwebten auf einem strahlend weißen Wolkenteppich, über dem die Sonne ihr gleißendes Licht ausschüttete. Hier oben, in 10 000 Metern Höhe, war das Wetter immer schön.

Für diesen einen kurzen Augenblick schien auch die gestrige Nacht weit weg.

Die Schwester meines Vaters war nach seinem Tod der einzige Fixpunkt in meinem Leben gewesen. Ich glaubte und vertraute ihr mit geschlossenen Augen. Und doch hatte ich gestern erfahren, dass mich dieser Mensch seit Jahren hinterging.

Tante J. war im Nachlass meines Vaters auf Briefe gestoßen. Briefe, die meine Mutter ihm bis kurz vor meiner Geburt geschrieben hatte. Und sie hatte mir nie etwas von diesen Briefen erzählt. Nicht nur das, sie hatte mich immer in dem Glauben gelassen, dass meine Mutter tot sei. Ja, sie nicht einmal wüsste, wer diese Frau gewesen wäre.

Obwohl, eigentlich war da immer mein Gefühl, dass Tante J. auf die Fragen nach meiner Mutter ausweichend reagiert hatte. Diese Ahnung bestätigte sich, als sie mir gestand, dass sie meinem Vater einmal versprochen hatte, nie ein Wort über meine Mutter zu verlieren. Doch jetzt fühlte sie sich nicht mehr an das Versprechen gebunden, denn ich war selbstständig und alt genug, um mir selbst ein Bild zu machen. Sie war sich sicher, dass das im Sinne ihres Bruders wäre.

Und dann gab sie mir die Briefe, die mit den Initialen A. A. gezeichnet waren – den Initialen meiner Mutter – und erzählte mir die Geschichte meiner Eltern. Was Tante J. nicht ahnte – weil ich ihr das wiederum nicht anvertraut hatte – war, dass ich genau wusste, für wen diese Initialen standen: Lady Alexandra Anne Beatrix Enid Catherine Forsythe, geborene Haversham.

Meine Mutter war eine sehr stille, bildschöne, blonde junge Frau, die als 18-Jährige von ihrer Familie mit einem zehn Jahre älteren Manager mit politischen Ambitionen verheiratet worden war. Meine Eltern trafen sich auf einer Vernissage des Londoner Bildhauers Damian Crossworth. Sie verliebten sich auf der Stelle ineinander. Etwas, das ich mir bei meinem

Vater nur schwer vorstellen konnte. Ich kannte ihn als einen Mann, der nicht unbedingt zu spontanen Reaktionen neigte. In meiner Erinnerung war er ein ernster und nachdenklicher Mensch gewesen. Aber vielleicht hatte ihn das alles, was mit meiner Mutter passiert war, erst zu dem gemacht?

Wenn ich Tante J.'s Worten glaubte, dann war mein Vater vor meiner Geburt ein sehr fröhlicher, kluger und ungezwungener Mann gewesen. Ein Mann, der mit seinen dunklen Augen in einem markant-kantigen Gesicht und einer durchtrainierten Figur einfach umwerfend aussah und jede Frau der Stadt hätte haben können. Aber er suchte sich ausgerechnet diese aus.

Auf die ersten Briefe folgten heimliche Treffen der beiden in Crossworths Atelier, der zu einem guten Freund der beiden geworden war.

Als ich Tante J. fragte, warum sie mir nach der langen Zeit doch die Wahrheit sagte und mir die Briefe gab, war ihre Antwort nur, dass ich nun alt genug wäre, um zu verstehen, was damals passiert war. Nachdem ich die Briefe gelesen hätte, wäre sie sicher, dass ich ihr Handeln verstehen würde. Es kostete mich alle Kraft, meine Tante nicht zu verdammen. Und ich weiß beim besten Willen nicht, wie ich nach dieser Nacht auf der Couch in meinem Hausboot gelandet war, ganz zu schweigen vom Weg zum Flughafen. Die letzten zwölf Stunden hatte ich wie in Trance verbracht.

Tante J. hatte gut reden. Sie entledigte sich einfach dieser Bürde und ließ mich damit allein. Es sei meine Entscheidung. Ich könne die Briefe ja auch einfach verbrennen. Dabei wusste sie genau, dass es nie so einfach war. Jetzt brannten mir die

Briefe ein Loch in den Rucksack, den ich als Handgepäck mit ins Flugzeug genommen hatte.

Mein Blick glitt über die weißen Wolken, die friedlich unter uns hinwegzogen.

»Darf ich Ihnen etwas zu trinken anbieten?«

Ich musste wohl ziemlich heftig zusammengezuckt sein, denn die Stewardess entschuldigte sich sofort.

»Kein Problem«, meinte ich. »Könnte ich vielleicht eine Cola haben?«

»Selbstverständlich.« Sie goss mir ein Glas voll. »Möchten Sie später Fisch, Rind oder das vegane Menü essen?«

»Gar nichts, vielen Dank.«

»Sind Sie sicher?«, erkundigte sich die Flugbegleiterin besorgt. »Das wird ein langer Flug.«

Ich schüttelte trotzdem verneinend den Kopf. Sie lächelte professionell und bediente die anderen Gäste, die nicht schliefen.

Ich stellte die Cola auf den schmalen Klapptisch, der an der Rückenlehne des Sitzes vor mir befestigt war, und schaute aus dem Fenster. Beim Start in Heathrow hatte es geregnet. Jetzt strahlte die Sonne.

Aber über den Wolken scheint immer die Sonne und der Himmel ist von einem Azurblau, wie man es vom Boden aus nur an wirklich klaren Sommertagen zu sehen bekommt. Das Flugzeug schien auf der Wolkendecke zu schweben, und ich verlor jedes Gefühl für Geschwindigkeit und Zeit.

Als wäre es hochexplosives Nitroglyzerin, nahm ich den Packen aus dem Rucksack heraus und öffnete ihn vorsichtig.

Mit zitternden Händen faltete ich den ersten Brief meiner Mutter auseinander und begann ihn zu lesen.

Die Handschrift war auf seltsame Art verspielt und gleichzeitig zurückhaltend. Aber vor allem war sie klar und leicht zu lesen.

Schon in den ersten Zeilen spürte ich die tiefen Gefühle, die meine Mutter für meinen Vater hatte. Je weiter ich las, desto enger wurde die Welt um mich herum. Die Worte meiner Mutter sogen mich immer tiefer in sich auf und zeigten mir eine einsame junge Frau, die dazu erzogen worden war, alles für ihre Familie zu tun. Bis zur Selbstaufgabe. Oder nicht?

Begierig verschlang ich einen Brief nach dem anderen. Und immer deutlicher trat auch eine Frau zum Vorschein, die ihr Leben unter dieser Glasglocke, die finanzielle Sicherheit und die Achtung der Gesellschaft, die von ihrer Familie auf sie abstrahlte, niemals aufgeben würde. Sie war eindeutig in meinen Vater verliebt, aber Liebe wurde daraus nie.

Dann wurde meine Mutter schwanger: mit mir! Ein Umstand, den sie vor niemandem verbergen konnte. Sie vertraute sich ihrer Mutter an. Lady Philomena, ergänzte ich in Gedanken.

Ab diesem Moment konnte mein Vater nur noch zusehen, wie meine Mutter immer weiter in einer Welt verschwand, zu der er keinen Zutritt hatte. Zuerst überlegte meine Großmutter scheinbar, mich dem Ehemann meiner Mutter als Kuckuckskind unterzuschieben. Doch das war wohl nicht möglich. Dann blieb nur die Option, die Schwangerschaft abzubrechen.

Wie hilflos muss sich mein Vater gefühlt haben? Ich konnte mir keine Vorstellung davon machen. Aber etwas musste passiert sein, denn ich war ja hier. Ein einziges Mal hatte meine Mutter gegen ihre Familie und ihre Erziehung rebelliert – um mir das Leben zu retten.

In ihrem letzten Brief an meinen Vater teilte sie ihm in geschäftlichen Worten mit, dass sie in einem Kloster an der schottischen Küste weit im Norden des Landes auf die Geburt warten würde. Ganze sieben Monate! Sobald ich auf der Welt wäre, würde mich Lady Philomena persönlich nach London bringen und an meinen Vater übergeben.

Danach brach scheinbar jeder Kontakt zwischen meinen Eltern ab. Auch nach dem Tod meines Vaters, von dem meine Mutter gehört haben musste, versuchte sie nie, mich zu finden.

Für einen kosmisch unbedeutenden Augenblick waren die Welten meiner Eltern kollidiert, bevor sie sich wieder voneinander entfernten. Wie zwei Billardkugeln, die gegeneinanderschlugen und dann in unterschiedliche Richtungen auseinanderstoben. Jeder für sich kehrte in seine Welt zurück.

Mir blieb im wahrsten Sinne des Wortes die Luft weg. Ich stand kurz vor einer ausgewachsenen Panikattacke. Und damit kannte ich mich wirklich aus. In den letzten neun Jahren hatte ich gelernt, mit solchen Momenten zu leben. Am Anfang, gleich nach dem Tod meines Vaters, hatte mich immer wieder diese lähmende Angst überfallen, die jede Bewegung unmöglich macht. Bei der die Welt um einen herum zu implodieren scheint und man nur noch darauf wartet, dass das eigene Herz ein letztes Mal schlägt. Mit der Zeit lernte ich, mich dieser Angst zu stellen. Ich begriff, dass ich jede Sekunde, jede Minute, jeden Tag einen Schritt nach dem anderen gehen musste, um von dieser Angst wegzukommen.

Meditieren half.

Ich atmete tief ein und schloss die Augen.

Das Papier glitt auf meinen Schoß und Tränen rannen über mein Gesicht.

Ich fragte mich, ob meine Tante die Briefe jemals gelesen hatte. Wenn ja, dann verstand ich, warum sie mich all die Jahre im Unklaren über meine Mutter gelassen hatte.

Was für eine Ironie!

Alexandra Anne Forsythe, geborene Haversham, wollte mich nicht in ihrer Familie willkommen heißen, und nun kam ich einfach durch die Hintertür in ihr Leben.

Die Briefe verunsicherten mich. Sie hatten mir mehr Fragen als Antworten gebracht. Denn was sollte ich jetzt bitte schön tun?

Wollte ich diese Frau wirklich kennenlernen?

Ich starrte aus dem Fenster des Flugzeugs. Der friedliche Ausblick verhöhnte mich. Ich würde keine Entscheidung treffen. Nicht hier. Nicht jetzt.

Meine Tränen trockneten langsam. Asim zuckte im Schlaf, und seine leichte Decke rutschte ihm von den Schultern.

Vorsichtig verstaute ich die Briefe im Rucksack und deckte Asim wieder zu. Dann zog ich meine Schuhe aus, rollte mich in meinem Sessel zusammen. Den Rest des Flugs verschlief ich.

»Aufwachen! Du musst aufwachen. Wir sind gelandet.«

Verwirrt und mit zugeklebten Augen versuchte ich wieder zu mir zu finden.

Asim kramte seine Tasche aus dem Gepäckteil über unseren Sitzen, während sich eilige Passagiere an ihm vorbeiquetschten.

»Los, komm, Cat. Ich will hier raus.«

Ich schälte mich aus dem Sitz, schulterte meinen Rucksack und stampfte hinter Asim her, der bereits in der mannshohen Gangway Richtung Hauptgebäude des Changi Airport verschwunden war.

»Nur keine Eile«, murmelte ich. »Wir sehen uns am Gepäckband wieder.«

Als ich die Halle betrat, zog ich meine Lederjacke enger um meinen Körper. Die ersten Koffer drehten auf den Laufbändern, die aussahen wie der Rücken eines Gürteltieres, einsam ihre Runden. Asim stand direkt unter einer Neonlampe und starrte auf das Display seines iPhones. Keine Ahnung, ob es am Licht lag, aber sein Gesicht hatte die Farbe von überlagertem Hüttenkäse.

»Alles in Ordnung?« Ich trat neben ihn. »Wir sollten besser noch was essen, bevor wir in die Wohnung im Sunshine Gardens fahren. Mir ist auch ganz flau im Magen von dem stundenlangen Flug. Außerdem würde ich mir gern ein bisschen die Beine vertreten … Asim …? Hey. Erde an Asim!«

Statt einer Antwort starrte mich Asim nur fassungslos an. Ich bekam es mit der Angst zu tun.

»Was ist passiert? Jetzt spuck's schon aus. Oder muss ich einen Arzt rufen?« Trotz der Klimaanlage, die den Flughafen auf gefühlte Frosttemperaturen runterkühlte, brach mir der Schweiß aus.

»Asim, echt jetzt. Du machst mir Angst.« Ich legte meine Hand auf den Arm, mit dem er das Handy hielt.

»Paul ist überfallen worden. Er braucht meine Hilfe!«

»Wer ist Paul?« Zugegeben, das war jetzt nicht die beste Bemerkung in so einer Situation. Doch die Frage purzelte einfach aus meinem Mund, ohne vorher vom Gehirn gecheckt worden zu sein.

Asim schaute durch mich hindurch. »Er ist der beste Freund, den ich je hatte. Er ist wie ein Bruder. Wir …« Seine Stimme brach. »Ich bekomme einfach keine Verbindung zu ihm.« Er schlug auf das Handy ein. »Sein Hilferuf kam vor einer Stunde, als wir noch in der Luft waren. Und nun ist Totenstille.«

»Keine Panik jetzt. Vielleicht ist sein Akku leer oder er hat gerade kein Netz, so wie wir vorhin.«

»Sein Satellitentelefon ist aus.«

»Okay, das macht die Sache schwieriger. Aber es ist nicht aussichtslos. Von wo hat sich Paul zuletzt gemeldet?«

»Ich weiß, dass er sich in der Nähe von Ho-Chi-Minh-Stadt befindet.«

»Er ist dein Kontakt, der das Equipment für uns besorgen wollte?«

»Ja. Aber das ist nicht der Hauptgrund, warum ich mir Sorgen mache.«

»Das habe ich damit auch nicht gemeint«, erwiderte ich und wünschte, ich hätte den Gedanken nicht laut ausgesprochen.

148

»Wir müssen den nächsten Flug nach Vietnam nehmen.«
Asim griff sich seinen Rucksack, der gerade an uns vorbeifuhr,
und rannte voraus in die Abflughalle.

»Warte, wir können doch nicht einfach …«, hechtete ich
ihm hinterher, nachdem auch ich mir meinen Rucksack geschnappt hatte.

»Ich fliege auf jeden Fall. Dich kann ich nicht zwingen,
aber ich könnte vielleicht deine Hilfe brauchen. Genau wie
Paul.«

Ach verdammt, Asim kannte mich zu gut. Ich würde ihn
nie im Stich lassen. »Was machen wir mit Lord Peter?«

»Ich rufe ihn von unterwegs an und sage ihm, was los ist.
Aber ohne den Van und die Computertechnik können wir
ohnehin nicht weitermachen. Und dafür brauche ich Paul.«

»Na, dann los! Auf nach Vietnam!«

Hätte ich gewusst, wie halsbrecherisch es werden würde,
hätte ich die Klappe gehalten. Der Spruch »Sei vorsichtig mit
deinen Wünschen, sie könnten in Erfüllung gehen« bewahr-
heitete sich schneller, als mir lieb war.

»Würdest du mir jetzt bitte mal sagen, was wir hier eigentlich machen?«, schrie ich in das kleine Mikrofon vor meinem
Mund und versuchte den Krach zu übertönen. In meinem
Kopfhörer knisterten atmosphärische Störungen. So hörte
sich Asims Schweigen in einem CH-53 aus den 1970er-Jah-
ren an, der zwanzig Meter über den Bäumen eines südostasiatischen Dschungelgebietes schredderte.

Eine halbe Stunde nach unserer Landung in Ho-Chi-Minh-Stadt hatten wir diesen Transporthubschrauber in militärischem Tarngrün bestiegen.

»Weiß Lord Peter schon von der Aktion?«

Noch immer keine Antwort. Vielleicht hatte ich einen Wackelkontakt in meiner Leitung? Ich kontrollierte das Kabel und den Stecker, der im Boden verankert war. Im Inneren des Hubschraubers war es so laut, dass man mit dem Piloten und den Insassen nur über eine interne Leitung kommunizieren konnte.

»Wir fliegen zu Paul. Bu, der Pilot, hat mir gemailt, dass er hier im Dschungel auf uns wartet«, hörte ich jetzt endlich eine Stimme, die wie die von Asim klang.

Das war nicht wirklich eine Antwort auf meine Frage, aber ich war froh, dass es anscheinend ein Lebenszeichen von Asims Freund gab. Wir überflogen einen dichten Teppich von so sattem Grün, wie ich es noch nie in meinem Leben gesehen hatte. Es waren die fruchtbaren Felder des Mekong-Delta, die das Volk der Khmer im sechsten Jahrhundert nach Christus den Flüssen abgetrotzt hatte. Unsere grobe Richtung war das Südchinesische Meer.

Plötzlich drosselte der Pilot die Geschwindigkeit. »Zeit, euch fertig zu machen. Wir haben die Zielkoordinaten gleich erreicht. Aber wir können in dem Gebiet nicht landen. Die Gurte hängen hinter euch.«

Verwirrt schaute ich zu Asim. Was meinte Bu damit?

Asim legte sich das Geschirr um den Oberkörper und schloss die Schnallen vor seiner Brust. »Mach schon, Cat. Wir haben nicht viel Zeit.«

»Das ist jetzt nicht dein Ernst! Wir sollen uns aus dem Hubschrauber abseilen? Geht's noch?« Ich hoffte mal, dass die Panik in meiner Stimme gut zu hören war.

»Das hast du dir doch gewünscht, oder?« Über meinen Kopfhörer konnte ich Asims Grinsen genau hören.

»Ja, aber nicht ohne gründliche Vorbereitung.«

»Mach dich locker!« Mit diesen Worten klinkte Asim meinen Karabinerhaken in die Führungsschnur über der Tür des Hubschraubers. Hatte er gerade meinen Satz für ihn gegen mich verwandt?

Der Copilot öffnete die Ausstiegsluke, hob den Daumen zur Alles-klar-Geste und schob mich an die Luft.

»Das ist *mein* Spruch!«, schrie ich in den Wind. Keiner konnte mich hören, denn das Headset hatte ich zurücklassen müssen.

Der CH-53 stand völlig still in der Luft. Die Rotoren wirbelten die Blätter der Bäume unter mir durcheinander. Ganz ehrlich: Ich hatte Schiss, denn ich wusste nicht, was mich da unten erwartete.

Ich trudelte durch die Blätterdecke auf eine kleine Lichtung zu. Ein junger Mann in Tarnuniform zog an meinen Beinen und hielt mich dann fest im Arm. Er löste das Seil, das sofort wieder zwischen den Bäumen verschwand.

»Hi, Cat. Ich bin Paul. Schön, dich endlich kennenzulernen.«

Zur Antwort präsentierte ich Paul, den ich noch nie in meinen Leben gesehen hatte, meinen offenen Mund. Im Moment war ich einfach nur froh, überlebt zu haben.

Bis hier zumindest.

Wie ein Profi seilte sich Asim kurz nach mir ab. Dann verschwand mit dem Seil auch der Hubschrauber schratternd im blauen Himmel über dem Mekong-Delta.

Während Asim und Paul sich zur Begrüßung umarmten, schaute ich mich um. Der Blätterwald um die Lichtung herum war dichter als die Menschenmenge in der Rushhour der Londoner U-Bahn. Was, bitte schön, hatte eine Großstadtpflanze erster Güte in der tropischen Wildnis verloren? Hier gab es Tiere, von denen ich wahrscheinlich noch nie was gehört hatte. Kleine Insekten oder Spinnen, die mich innerhalb von Sekunden töten konnten. Und ich war nicht mal gegen Malaria geimpft, verdammt. »Wo sind wir?«

»Der nächste Ort hier in der Nähe ist Soc Trang. Kommt. Wir müssen noch ein ganzes Stück mit dem Boot fahren.« Paul wandte sich zum Gehen.

Ich bin kein Schisser. Ich komme mit jeder Situation klar. Das ist ganz normal, wenn man für alle Eventualitäten einen Plan hat. Aber hier hatte ich keinen Plan! Ich hatte noch nicht mal Informationen.

Ich stand wortwörtlich im Wald.

Und darum rührte ich keinen Muskel.

»Cat?« Asim drehte sich nach mir um. »Was ist los? Komm!«

»Nicht, bevor mir nicht jemand sagt, was hier gespielt wird. Und ja, mir ist klar, dass das kindisch ist, weil ich aus diesem Dschungel niemals allein wieder rausfinde. Aber wir sind ja wohl ein Team und …?«

»Tut mir leid, wirklich. Nur, Cat, können wir das bitte im Boot besprechen? Wir haben keine Zeit.« Das Flehen in Pauls Stimme bewirkte, dass ich mich in Bewegung setzte.

Er lief voran und bahnte uns einen kleinen Pfad durch die Büsche. In dem Moment, als sich das Laubwerk hinter mir schloss, wusste ich schon nicht mehr, aus welcher Richtung wir gekommen waren. Mein Orientierungssinn war komplett ausgehebelt. Das war mir noch nie passiert, und ich bekam Angst. Ich griff nach Asims Hand und er ließ sie mir.

Paul durchbrach eine Hecke und schreckte ein Bataillon Insekten auf, das in alle Himmelsrichtungen auseinanderstob. Wir standen so plötzlich an einem Fluss, dass ich in Asim hineinlief, als der abrupt stehen blieb. Auf der graubraunen Brühe schaukelte leise ein schmales Kanu mit Außenbordmotor.

Asim und ich setzten uns vorsichtig auf die mittlere Bank. Paul löste die Verankerung, stellte sich ans Heck und startete den Motor. Zum ersten Mal seit unserer Landung entspannte ich mich so weit, dass ich die Geräusche des Dschungels wahrnahm. Ich hörte Vögel kreischen und ein weiches Zirpen, aber ich sah kein einziges Tier. Es war unheimlich, Dinge nur zu hören, aber nicht sehen zu können. Am Ufer wuchsen riesige Farne in den Himmel, die dreimal so hoch waren wie ein erwachsener Mann. Das Wasser blubberte unter unserem Boot. »Also?« Ich drehte mich zu Paul um.

»Du kannst ihr vertrauen, sonst hätte ich sie nicht mitgebracht.« Asim lächelte Paul aufmunternd zu.

Ich zog erstaunt meine Augenbrauen hoch. »Ich bin ganz Ohr.«

Während er das Boot geschickt über das Wasser steuerte, begann Paul zu erzählen. »Ich studiere Archäologie an der Universität von Hawaii und bin seit zwei Jahren mit einem

Team hier im Land. Wir arbeiten an dem Lower Mekong Archäologie Projekt und suchen nach Artefakten aus der Zeit des Königreichs der Funan.«

»Noch nie was davon gehört.«

»Das hätte mich auch gewundert.« Paul schien nicht erstaunt über meinen Einwurf. »Als Erster stieß ein französischer Forscher auf Berichte in chinesischen Überlieferungen über das Volk, das lange vor den Khmer hier gelebt hat. Man fing an, nach Beweisen für ihre Existenz zu suchen, und fand Kunstwerke von außerordentlicher Qualität. Büsten aus feinem Sandstein, die eine makellose Kunstfertigkeit zeigen. Nach allem, was wir bis heute wissen, reicht die Zeit der Funan von 150 vor Christus bis ins sechste Jahrhundert nach der neuen Zeitrechnung. Heute ist bewiesen, dass die Funaner regen Handel vor allem mit den Indern betrieben. Sie verfügten über Bibliotheken und Archive. Brachten eine Musikkultur zum Blühen, die noch heute ihresgleichen sucht. Man nimmt an, dass das Reich der Funan als Vorbild für viele Wirtschaftszentren in der Region fungierte. Ein Beispiel dafür aus der heutigen Zeit ist Singapur.«

»Und was ist passiert? Warum hast du Asim und mich zu Hilfe gerufen?«

»Unser Ausgrabungslager ist von schwer bewaffneten Männern überfallen worden.«

Das verschlug mir die Sprache. »Ist …?«

»Es gab keine Toten. Aber sie haben einige von uns angeschossen. Der Hubschrauber, mit dem ihr gekommen seid, hat sie davor ins Krankenhaus gebracht.«

»Warum wurdet ihr überfallen?«

»Wir haben vor einigen Tagen einen sensationellen Fund gemacht. Münzen aus der Zeit der Funan. Die Funaner hatten ihre eigene Währung, aber bisher gab es nur wenige Münzen, die das bewiesen. Wir haben eine große Menge davon gefunden. Einen Schatz, wenn man so will. Aber das ist noch nicht das Wichtigste. Mit den Münzen hätten wir beweisen können, dass hier die sagenhafte Hauptstadt Vyadharapura, die Stadt der Jäger, lag. Bis heute glaubten alle, sie läge in Kambodscha.«

»Das heißt, sie ist noch nicht gefunden worden?«

»Genau, Cat. So ist es.«

Wir bogen wieder in einen schmaleren Arm ab und folgten dem Teil des Flusses weiter ins Landesinnere.

»Hast du eine Ahnung, wer euch überfallen hat?«, wollte Asim wissen.

»Nein. Vielleicht war es eine konkurrierende Ausgrabung, die den Fund der Hauptstadt für sich beanspruchen will.«

»Aber ihr seid alle Wissenschaftler. Warum sollte es ein anderes Team auf euch abgesehen haben?« Pauls Worte wollten nicht in meinen Kopf.

Asims Freund lächelte schief. »Dieser Fund ist wie der ›Heilige Gral‹ der Archäologie. Du erntest nicht nur den Ruhm, sondern bringst auch noch Massen an Touristen ins Land, die ordentlich Geld hierlassen. Ganz zu schweigen von dem Renommee, dem Eintrag in den Geschichtsbüchern und den Fördergeldern für deine kommenden Projekte. Und auf der anderen Seite kannst du Artefakte in bare Münze umwandeln.«

Das brachte mich auf eine Idee. »Kunstpiraten?«

»Wäre auch denkbar.«

Paul drosselte das Tempo und wir glitten sanft zu einem schmalen Steg. Asim sprang aus dem Boot und vertäute es an einem Holzpfosten. Ich reichte ihm unseren kleinen Rucksack, und dann half Asim Paul und mir beim Ausstieg.

Vor uns breitete sich ein Bild der Verwüstung aus. Zelte und Tische waren umgestoßen oder lagen zerstört auf der Erde. Kartenmaterial wehte verstreut im Wind. Digitale Mikroskope, Computer und ein Spektrometer lagen kreuz und quer verteilt. Eine Frau mit blondem Pferdeschwanz hob in dem Durcheinander ein Laptop auf und testete es. Sie war kaum älter als Paul, den ich auf Mitte 20 schätzte.

»Das ist Celine. Sie kommt aus Kanada und ist vor einer Woche bei uns angekommen.«

Celine schaute zu uns herüber. In ihrem Blick lag keine Angst, nur grenzenlose Wut, mit einem Hauch verzweifelter Entschlossenheit.

Paul führte uns zu einem Zelt, das nicht beschädigt schien. Wir traten ein, und uns umfing ein Raum, der mir vertraut vorkam. Mit all der Technik darin sah es so aus wie in Asims ›BatCave‹, seinem Arbeitszimmer in Lord Peters Stadthaus. Asim warf seinen Rucksack unter den Tisch und sammelte die Computer ein, die auf dem Boden verstreut lagen. »Mal sehen, ob die noch funktionieren. Vielleicht bekomme ich Kontakt zu einem Überwachungssatelliten.«

»Kann ich das ganze Lager sehen?«, fragte ich Paul, der stumm die Zeltplane anhob, damit ich hindurchlaufen konnte. »Bin gleich wieder zurück«, rief ich Asim zu, der zum Einverständnis nur kurz die Hand hob.

Während Paul mit bitterer Miene die Verwüstung in Augenschein nahm, scannte ich das Areal nach anderen Dingen ab. »Wie weit geht das Lager?«

»Wir haben insgesamt sechs Zelte. Dort hinten ist das Lager- und Versorgungszelt.« Paul zeigte auf eine Stelle, die weit vom Fluss entfernt war. Wir standen auf dem Hauptpfad des Lagers. Ich schaute hinter mich. Der Weg führte direkt zum Landungssteg. Vor meinem geistigen Auge sah ich die bewaffneten Männer, die vor mehr als einer Stunde hier eingetroffen waren, dort aus dem Boot steigen und die Straße hinunterrennen.

Das Lagerzelt war äußerlich völlig unberührt. »Habt ihr dort die Münzen gelagert?«

Paul nickte. »Dort liegt alles, was wir bisher gefunden haben.«

Ich schaute hinein. In hohen Regalen ruhten unzählige Artefakte, darunter Sandsteinbüsten von Göttern des Buddhismus, deren einfache Erhabenheit mir den Atem raubte. Auf einem langen Holztisch lagen Scherben von Schalen und anderen Gebrauchsgegenständen, die die Studenten in dem fruchtbaren Boden des Deltas gefunden hatten.

»Hier hinten lagerten die Kisten mit den Münzen.« Paul wies in eine Ecke des Zeltes.

»Dann mussten die Kerle durch den ganzen Raum, um an die Beute zu kommen«, murmelte ich und verließ das Zelt wieder. Ich spürte die feuchte Hitze nicht mehr. Mein Atem ging leicht und regelmäßig. Voll konzentriert nahm ich jedes Detail meiner Umgebung in mich auf.

»Paul, wie viele Kisten waren es?«

»Zwei.«

»Militärkisten mit Transportbügeln?«

»Ja.«

»Das war eine konzertierte Aktion. Fast schon militärisch exakt ausgeführt.«

»Wieso nur fast?« Paul sah mich verwirrt an.

»Sie haben eure technische Zentrale nicht angerührt. Das Zelt steht noch.«

Asim winkte nach uns und wir liefen zu ihm.

»Wir haben ein Problem«, begrüßte er uns.

»Wir sollten uns das Urheberrecht auf den Satz sichern«, meinte ich sarkastisch und trat wieder in den Schatten des technischen Raumes. Nach Lachen war jedoch keinem von uns zumute.

»Die Kerle haben die Satellitenantenne am Fluss zerstört.«

»Deshalb haben sie das Zelt stehen lassen. Warum den ganzen Kram zerstören, wenn man es auch einfach und effektiv machen kann, ohne viel Zeit zu verlieren?«, rutschte es mir raus.

»Ja, sie haben die einzige Kommunikationsmöglichkeit mit der Außenwelt zerstört. Celine ist gerade dabei, meine mobile Antenne an der gleichen Stelle aufzubauen.«

»Geschafft«, meldete Celine und trat zu uns. »Der Generator läuft auch wieder.«

Wie auf Stichwort füllte sich das Zelt mit dem typisch brummenden Geräusch eines Dieselmotors.

»Wie hast du uns eigentlich erreicht?« Ich sah Paul fragend an. Denn die Angreifer hatten die Anlage als Erstes lahmgelegt. Einfaches Einmaleins der militärischen Kriegsführung.

»Ich hab ein privates Satellitentelefon, das eine größere Reichweite hat und sich in einen anderen Verteilerknotenpunkt einwählen konnte.«

Ich sah wissend Asim an und lächelte.

»Stimmt. Mein Freund. Seine Idee.«

»Das hat uns gerettet. So konnten wir schnell den Hubschrauber zu Hilfe rufen, um die Verletzten abzutransportieren.«

»Wie viele …?«

»Vier. Unter ihnen Professor Dang, der in diesem Monat die Ausgrabung beaufsichtigt hat.«

Plötzlich stieß Asim einen halblauten Freudenschrei aus. »Ich hab's.«

»Was?«, riefen Paul, Celine und ich im Chor.

Gebannt schauten wir auf den Bildschirm von Asims Rechner. Ich brauchte einen Augenblick, um überhaupt zu erkennen, was ich sah. Es waren Bilder von der Lagerstraße aus der Perspektive einer Maus. Ich sah khakibehoste Beine in Springerstiefeln, die sich in Richtung Versorgungszelt von der Kameralinse entfernten. Aus den Beinen wurden Männer in Kampfuniform mit russischen AK-12. Die Sturmgewehre im Anschlag rannten sie nach vorn, ohne auf ihre Kameraden zu schauen, die am Rand des Weges die Zelte auseinandernahmen. Ich sah, wie sich ein schmaler Asiate einem der Männer in den Weg stellen wollte. Er wurde mit einem gezielten Schlag des Waffenschaftes im Gesicht getroffen und stürzte ohnmächtig zu Boden. Seine Brille zerbrach unter dem Stiefel, als einer der Angreifer über ihn stieg.

»Professor Dang«, presste Celine tonlos hervor.

»Woher kommen die Bilder?«, wollte ich wissen.

»Als die Kerle die Wohnzelte zerstört haben, muss ein Laptop heruntergefallen sein, dessen Kamera an und direkt mit der Cloud verbunden war. Als Celine meine Antenne aufgestellt hat, hat sich wieder eine Verbindung aufgebaut und die Bilder in die Cloud geschickt. Ich hab sie einfach von dort geholt.« Asim und ich schauten uns in die Augen. Wir waren uns mehr als sicher, was hier passiert war.

»Das waren eindeutig Kunstpiraten.« Ich übernahm es, Paul und Celine zu informieren, während Asim einer Idee folgend wieder in die Tasten haute. »Die Leute hatten es von Anfang an auf die Münzen abgesehen. Sie sind mit der richtigen Anzahl an Männern hier eingedrungen. Zwei Teams, die für die Polizei einen unorganisierten Überfall vortäuschen und den Rückzug gedeckt haben. Und ein Team, das sich zielgenau die Münzen gegriffen hat. Wobei sie wussten, dass es sich um zwei Kisten handelte, von der jede so um die 50 Kilo gewogen haben dürfte. Ein Kinderspiel für drei gut trainierte starke Männer.«

Wie zum Beweis meiner Worte sah man auf dem Monitor drei Männer nebeneinander, jeweils zwischen sich zwei militärgrüne Holzkisten, auf die Kamera zulaufen. Sie kamen immer näher. Das letzte Bild zeigte das Muster der Sohle eines Kampfstiefels. Danach war der Bildschirm tot. Das Laptop war einfach ausgetreten worden.

»Wir müssen das Material der Polizei übergeben«, durchbrach Celines trotzige Stimme die Atmosphäre.

Ich nickte. »Aber bis die etwas unternehmen können, sind die Münzen wahrscheinlich für immer verschwunden.«

»Es muss doch etwas geben …?« Paul wollte nicht glauben, dass die Kerle damit durchkommen sollten.

»Keine Sorge, wir nehmen uns der Sache an«, beruhigte Asim seinen Freund. »Die Teams müssen in drei Booten hier angekommen und wieder verschwunden sein. Der Fluss ist nicht besonders tief, also müssen die Kanus sehr flach und breit sein, damit sie die Last ausgleichen können, ohne auf Grund zu laufen. Sie werden die Hauptrouten des Deltas meiden …«, murmelte Asim, während er blitzschnell kryptische Zahlen- und Buchstabenkombinationen in den Rechner hackte, »… damit sie nicht auffallen.«

»Sie werden nicht in Richtung des südchinesischen Meeres fahren. Bei der angespannten Lage dort würde jedes Schiff sofort auffallen und wahrscheinlich einen Krieg auslösen.«

Fragend schaute ich in Celines strahlend blaue Augen.

»China erhebt den Anspruch auf fünf der Spratly-Inseln und hat angefangen, die 150 Felsen, Atolle und Riffe mit 200 Hektar Erde zur Landgewinnung aufschütten zu lassen. Taiwan, Malaysia und die Philippinen haben auch Ansprüche auf das Gebiet angemeldet, und erst im August 2016 hat Vietnam angefangen, militärisches Material auf Inseln im Südchinesischen Meer zu verlagern, um seine Rechte auf die Inseln zu betonen. Das ganze Gebiet wird lückenlos überwacht. Wir sitzen hier auf einem Pulverfass, und die Lunte glimmt bereits.«

Ich zog anerkennend meine Augenbrauen in die Höhe. Es zeigte sich mal wieder, dass keine Information zu gering war, um nicht doch von Bedeutung zu sein.

»Da sind sie«, rief Paul und knallte den Zeigefinger seiner rechten Hand auf Asims Bildschirm.

Und tatsächlich. Vor uns zeigte sich ein gestochen scharfes Bild von drei Booten, die sich hintereinander in Formation einen Flussarm hinauf in Richtung Inland bewegten. Wir sahen auf die Köpfe der Männer. Je einer bediente den Motor und zwei saßen auf der mittleren Bank des Kanus, zwischen ihnen eine Plane ausgebreitet, unter der sie etwas versteckt hielten.

Nichts geht über das Gefühl zu gewinnen. Wenn du explosionsartig in eine neue Umlaufbahn katapultiert wirst, sich alle im Licht deines Sieges sonnen wollen und du der Mittelpunkt des Universums bist. Doch die wirklichen Helden stehen im Schatten, dort, wo die wichtigen Siege errungen werden. Diese Helden gelangen, wenn überhaupt, erst Jahrzehnte später an die Öffentlichkeit.

»Die wollen nach Can Tho!« Paul schaute noch einmal genau hin.

»Sicher?«

»Ja, Cat. Ich bin mir absolut sicher.«

»Gibt es dort einen Flughafen?«

»Soviel ich weiß, einen privaten Helikopterlandeplatz«, ergänzte Celine und beantwortete damit meine Frage.

»Na, dann. Lasst uns die Polizei anrufen!« Paul griff gerade zu seinem Telefon, als Asim ihn unterbrach.

»Warte. Da!«

Acht Augen starrten erneut auf die Echtzeitbilder, die Asim von einem Nachrichtensatelliten abnahm. Wir beobachteten, wie das letzte Boot plötzlich nach rechts ausscherte und auf einem Seitenarm des Flusses weiterfuhr. Kurze Zeit später bog das mittlere Boot links ab. Nur das erste Boot folgte dem Wasserlauf in Richtung Can Tho.

»Verdammt«, fluchte Asim. »Welches Boot sollen wir nun weiter verfolgen? In welchem transportieren sie die Münzen?«

»Vielleicht haben sie die Kisten aufgeteilt und wir müssen eigentlich zwei Boote im Auge behalten?«, setzte Paul noch einen drauf.

Celine schlug sich entmutigt die Hände vor die Augen. »Wir haben keine Chance.«

»Sagt wer?« Ich legte meine Hand auf Asims Schulter. »Kannst du die Boote näher heranzoomen?«

»Ich kann's versuchen, aber wir haben nicht mehr viel Zeit. Wenn der Satellit weiterzieht, verlieren wir die Boote.« Asim zoomte auf die Kanus, die noch eng beieinander waren.

»Wir haben nur die Draufsicht, oder?«

»Ja. Cat, wonach suchst du?«

»Die Bugwellen!« Alle sahen mich an, als wäre ich gerade auf die Erde gefallen. Ich lächelte. »Die Kerle haben den Auftrag, die Beute so schnell wie möglich außer Landes zu schaffen. Das heißt, sie werden die Kisten nicht teilen. Sie müssen zusammen in einen Hubschrauber verfrachtet werden. Alles andere wird logistisch zu teuer und erhöht das Risiko, dass eine Kiste auf dem Weg verloren geht. Also, die Boote trennen sich, weil sie Verfolger abschütteln wollen. Gute Idee? Perfekte Idee. Aber nicht perfekt genug, um uns hinters Licht zu führen.« Die drei sahen mich immer noch mehr als zweifelnd an. »Münzen in dieser Zahl bringen ein ganz schönes Gewicht auf die Waage. Die Männer hatten schwer an den Kisten zu schleppen …«

»Ha. Jetzt weiß ich, worauf du hinauswillst.« Asim und ich schlugen unsere Fäuste gegeneinander. »Das Boot mit den Kisten liegt tiefer im Wasser. Das bedeutet, es verdrängt mehr davon, und die Wellen sind stärker ausgeprägt.«

»Außerdem fährt es langsamer als die anderen. Vor allem nachdem sie sich getrennt haben«, führte ich den Gedanken weiter. »Ich tippe auf das erste Boot. Das müssen wir im Auge behalten.«

»Cat hat recht«, rief Paul aus. Wir sahen, wie die beiden anderen Boote schneller wurden, nachdem das Führungskanu fehlte.

»Wie lange brauchen die noch bis Can Tho?«

Paul und Celine, die sich in diesem Gebiet besser auskannten als Asim und ich, schauten sich an. »Ich würde sagen, ungefähr noch eine halbe Stunde«, beantwortete Paul meine Frage.

»Celine«, kommandierte ich. »Nimm das Telefon und informiere die Polizei vor Ort. Erzähle ihnen, dass du gesehen hast, wie die Männer Sprengstoff in die Kisten geladen hätten.«

»Wieso Sprengstoff? Sie haben doch die Münzen.«

»Ja, schon. Nur bis die Polizei versteht, was hier passiert ist und worum es wirklich geht, sind die Kerle über alle Berge. Wenn der Verdacht auf Terroristen fällt, dann handelt die Polizei zuerst und stellt später die Fragen.«

Celine nickte, schnappte sich das Telefon und trat vor unser Zelt.

»Paul? Hast du den Kontakt zum Hubschrauberlandeplatz in Can Tho noch?«

»Ja.« Pauls Augen bekamen ein Leuchten. »Unser Freund arbeitet dort noch immer als Techniker. Er kann bestimmt den Start des Helikopters verzögern.«

»Aber er soll vorsichtig sein. Er darf sich auf keinen Fall erwischen lassen. Die Kerle sind vermutlich Söldner und nehmen mit Sicherheit keine Gefangenen«, warnte ich ihn.

»Keine Sorge.« Paul verschwand ebenfalls aus dem Zelt, um einen Anruf zu machen.

»Meinst du, wir kriegen das hin?«

»Echt, Asim. Du fängst jetzt an zu zweifeln? Ich habe mich todesmutig aus einem Hubschrauber in den vietnamesischen Dschungel abgeseilt und das Delta in einem wackligen Kanu durchquert. Und du willst wissen, ob wir das hinkriegen?« Ich sah Asim direkt an.

Der zog nur die Schultern hoch. »Unsere Chancen stehen nicht schlecht.«

Paul, der Asims Worte gehört hatte, kam wieder zu uns. »Mein Kumpel hat ein Relais aus dem Bordcomputer des Hubschraubers entfernt. Die werden eine Weile brauchen, um den Fehler zu finden.«

Celine gesellte sich ebenfalls wieder zu uns. »Die Polizei ist verständigt und riegelt die Straßen der Stadt ab. Sie werden die Kerle kriegen.«

Gebannt schauten wir weiter auf die Bilder. Gerade stiegen die Männer aus dem Kanu und trugen die Münzen zu einem Geländewagen, der nahe am Landungssteg parkte. Von der Polizei war weit und breit nichts zu sehen. Die Männer fuhren unbehelligt durch die Straßen der Stadt.

Wir wurden langsam nervös. Wenn die Polizei nicht bald auftauchte, konnte alles umsonst gewesen sein.

Da plötzlich – die Männer hatten gerade das Tor zum Hubschrauberplatz passiert – sahen wir die ersten Wagen mit Blaulicht auf das Gelände zusteuern. Keine fünf Minuten später ergaben sich die Männer mit erhobenen Händen. Paul, Asim, Celine und ich jubelten und tanzten, bis uns die Luft wegblieb.

Ich lehnte mich an Asims Schulter und lächelte. Mal wieder hatten wir einem miesen Dieb einen Strich durch die Rechnung gemacht. Paul würde die Münzen zurückbekommen, auch wenn es ein bisschen dauern würde. Sie würden irgendwann dort ankommen, wo sie hingehörten: in ein Museum.

Unser kleines Privatabenteuer war gut ausgegangen. Paul brachte Asim und mich zu einer kleinen Lichtung, an der uns Bu, der Pilot, wieder einsammelte, um uns nach Malaysia zu fliegen. Mittlerweile war es tiefe Nacht und das Meer unter uns nur eine schwarze Masse, in der keine Konturen zu erkennen waren. Unser Führer navigierte ausschließlich nach seinen Geräten.

Ich war so müde, dass ich den gesamten Flug verschlief.

Im Morgengrauen landeten wir im Hafen von Mersing, auf malaysischem Boden. Paul hatte Wort gehalten, denn auf dem Parkplatz wartete schon ein mit WLAN-Verstärker und Computeranlage ausgerüsteter Van auf uns.

Asim setzte sich ans Steuer und wir brachen in Richtung Singapur auf. Auf dem Rücksitz stand ein Picknick-Korb, randvoll mit Sandwiches und Wasserflaschen gefüllt. Ich reckte mich nach hinten und angelte mir etwas zu essen. »Willst du auch eins?«

»Mit Käse, wenn ich wählen darf.«

»Darfst du«, lachte ich und packte ihm ein Sandwich aus. »Hier.«

Asim biss herzhaft hinein. Ich streckte mich auf meinem Sitz aus und legte meine Beine auf das Armaturenbrett. »Woher kennst du Paul eigentlich?«

»Wir sind zusammen aufgewachsen und später auch zur Schule gegangen.« Asim schmunzelte. »Wir waren wie Pech und Schwefel und haben jeden Unsinn angestellt, den du dir vorstellen kannst. Und wir brauchten immer Geld. Eines Tages kam ein Kumpel von uns auf die Idee, in das Geschäft mit Kreditkartenbetrug einzusteigen. Also heuerte Paul als Kellner in einem dieser Nobelhotels an. Ich modifizierte die Box, durch die man beim Bezahlen die Kreditkarte zieht, sodass sie die Daten der Karten über eine Internetleitung an meinen Computer weiterleitete. Der Rest war ein Kinderspiel. Wir druckten neue Kreditkarten mit den Daten aus und shoppten, bis der Arzt kam.« Asim biss erneut von seinem Sandwich ab. In seinem Blick lag ein Strahlen, das ich so bei ihm noch nie gesehen hatte. »Es kam, wie es kommen musste. Vor zwei Jahren bekamen wir Ärger. Die Polizei suchte mit einem Haftbefehl nach uns. Also mussten wir Hals über Kopf aus London abhauen, und da kam Paul auf die Idee, sich an der Uni bei einer Ausgrabung in Thailand einzuschleichen. Und das taten wir dann auch. Niemand kannte uns. Niemand hat Fragen gestellt.«

Ich war überrascht. »Und wie kommt es, dass du wieder unbehelligt durch Londons Straßen wandeln kannst?«

Vorsichtig überholte Asim eine Gruppe von sieben Motorrollern, die alle mannshoch mit Paketen beladen waren.

»Seine Lordschaft tauchte eines Tages dort auf und machte mir ein Angebot, das ich nicht ablehnen konnte.«

»Och, komm schon. Du brauchst jetzt nicht aus irgendwelchen Mafia-Filmen zitieren.« Ich schlug Asim leicht gegen die Schulter, sodass er um ein Haar die Kontrolle über den Wagen verloren hätte.

»Hey. Vorsichtig.« Gegenverkehr gab es auf der staubigen Straße zum Glück so gut wie keinen und der Himmel war wolkenlos. Bei Regen verwandelte sich die Gegend bestimmt in eine gefährliche Schlammpiste.

»Das musst du schon genauer erzählen«, spornte ich Asim an.

»Im Ernst. Eines Tages stand er im Lager zusammen mit Vincent. Du hättest die beiden sehen sollen. Knochentrocken und zugeknöpft, als kämen sie gerade aus einem dieser Alte-Herren-Clubs in Westminster.«

Ich lachte laut auf bei dem Gedanken daran. Ich sah sie direkt vor mir.

»Lord Peter meinte, dass ihm meine Arbeit gefiele und er mich für einen Job bräuchte.« Asim schaute mich kurz von der Seite an und ich ahnte, dass er mit dem Job mich meinte. Lord Peter hatte mich vor ein paar Monaten mit einem Trick, an dem Asim nicht gerade unschuldig war, ins Team geholt.

»Lass mich raten. Er hatte das Problem mit der Polizei aus der Welt geschafft, und du warst wieder ein unbescholtenes Mitglied der Gesellschaft?«

»Genauso war es. Paul entschied sich, hierzubleiben. Er fand Spaß an der Arbeit. Also hackte ich mich in das System der Universität von Hawaii ein und machte ihn zum Studenten der Archäologie.«

»Hast du Lord P. je gefragt, wie er auf dich gekommen ist?«

»Nein.« Asim schüttelte den Kopf. »Das muss ich auch gar nicht. Mir gefällt es, wie es ist. Ich werde bezahlt und mache eine Arbeit, die mehr als alles andere Spaß macht. Ich arbeite mit euch zusammen und bringe etwas Gerechtigkeit in die Welt. Wen interessiert da, wie es dazu gekommen ist?«

Wir schwiegen, und innerlich gab ich Asim recht. Je näher wir Singapur kamen, desto dichter wurde der Verkehr. Asim brauchte jetzt seine volle Konzentration, also ließ ich ihn in Ruhe und schaute aus dem Fenster. Karawanen von Motorrollern, vollbeladen mit Paketen, bahnten sich ihren Weg über den Johor Causeway. Beständiges Hupen drang mit der schweißigen, dicken Luft durch die geöffneten Fenster in das Innere unseres Vans. Asim drückte sich vorsichtig an den Fußgängern vorbei. Laute Rufe in einer fremden Sprache hallten wie Singsang von links nach rechts. Je näher wir dem Grenzübergang rückten, desto langsamer wurde unsere Schlange.

Der Johor Causeway war keine Brücke, sondern eine aufgeschüttete Landzunge, die auf die Insel Singapur führte. Schiffsverkehr kam hier nicht weiter. Diese Landzunge machte aus der südostasiatischen Insel genau genommen eine Halbinsel, die mit dem malaysischen Festland verbunden war.

Nachdem die Zöllner einen kurzen Blick in unsere Ausweise geworfen hatten, konnten wir den Kontrollpunkt passieren und weiter nach Singapur Stadt hineinfahren. Autofahren war hier kein Zuckerschlecken. Zum Glück wusste Asim, wo die Hupe war, und machte viel Gebrauch von ihr. Wir hielten uns strikt an die Anweisungen des Navigationssystems und fuhren wenig später in den Komplex ein, der ein Meer aus sonnengelben Hochhäusern war. Nachdem wir den Wagen in der Tiefgarage abgestellt hatten, ließen wir uns vom Lift in den zwölften Stock bringen. Wobei es genau genommen der elfte Stock war, denn die chinesischen Bauherren der Siedlung hatten den vierten Stock kurzerhand weggelassen, weil die 4 in der chinesischen Lautsprache auch Tod bedeutet und damit als Unglückszahl gilt.

Als wir aus dem Aufzug stiegen, riss William die Tür unseres Apartments auf und begrüßte uns überschwänglich.

»Mann, ist das toll, euch zu sehen. Wie war die Reise? Hat alles geklappt?« Hilfsbereit nahm er mir den schweren Rucksack von der Schulter und trug ihn durch die Tür, während ich Simon in die Arme schloss, der an meiner Leinenhose hochkletterte.

»Ooh, da ist ja mein Kleiner.« Ich stupste ihn mit der Nase in die Seite. »Wie war dein Flug, Simon? Waren auch alle lieb zu dir? Sag mal, hast du zugenommen?«

»Mein Onkel muss ihn gemästet haben. Nur die feinsten Sachen. Ich hab den Eindruck, dass er aus Simon einen zweiten Rémy à la Ratatouille machen will.«

Staunend betrat ich die Wohnung.

Die hohen Fenster ließen viel Licht in den Raum. Und das gesamte Apartment war supermodern eingerichtet. Im Hauptraum, schätzungsweise schlappe 40 qm groß, stand eine Couchgruppe über Eck, vor der ein niedriger Tisch platziert war. An der Wand gegenüber hing ein Flatscreen, der es locker mit einer Kinoleinwand aufnehmen konnte, und darunter stand ein lackweißes Sideboard, in dem sich eine

Musikanlage erster Güte befand. Asim schien das alles nicht wahrzunehmen.

»Wo kann ich meine Sachen abstellen? Ich würde auch gern 'ne Runde schlafen.«

»Komm mit. Unser Zimmer ist hier hinten.« Die beiden Männer liefen den schmalen Flur hinunter und verschwanden dann hinter einer Tür.

»Hier gibt es echt alles«, rief Mae mir zur Begrüßung zu. Sie stand in der lang gezogenen Küche, die durch einen Durchgang im Hauptraum erreichbar war. »Willst du einen Tee?«

»Oh ja, gern. Aber einen richtigen.« Was einen original englischen Tee meinte.

»Sicher! Gibt es noch einen anderen?«

Mae öffnete den Hängeschrank, ebenfalls lackweiß, über ihrem Kopf und nahm eine Packung Earl Grey heraus.

»Extra aus London mitgebracht. Wie war der Flug? Hat Asim dich sehr genervt?«

»Nicht mehr als sonst«, wiegelte ich ab und umarmte Mae. »Und bei euch?«

»Ich sag dir eins, wenn ich wirklich mit William verheiratet wäre, dann wäre ich schon Witwe.«

Ich schaute Mae fragend an.

»Ich würde ihn eigenhändig umbringen.«

Und wieder lachten wir. Das unverkennbare Aroma des schwarzen Tees breitete sich aus, und Mae stellte die beiden Tassen auf den Tresen, während ich auf einem der Barhocker Platz nahm. »Ist hier eigentlich alles weiß?«

»So gut wie. Das Bad ist granit!«

Ich lächelte. »Ist Lord Peter schon angekommen?«

»Ja, aber er musste zum Yachthafen. Die brauchen eine persönliche Anmeldung von ihm oder so was. Er wird gleich wieder zurück sein.«

Ich nahm meine Tasse auf und begann durch das Apartment zu laufen. »Wie viele Zimmer gibt es?«

»Drei Schlafzimmer und das Wohnzimmer.«

»Warte. Wir sind zu fünft!«

»Yup. William und Asim teilen sich ein Zimmer. Wir beide nehmen das andere und Seine Lordschaft hat natürlich sein eigenes Schlafzimmer.«

»Natürlich.«

Ich klopfte bei den Männern und wartete, bis ich hineingerufen wurde. Das Zimmer war geräumig und verfügte über zwei getrennte Betten und einen Schrank. »War nur neugierig«, hob ich abwehrend eine Hand, als ich merkte, dass die beiden von der Störung nicht begeistert waren.

»Unser Zimmer ist hier. Und keinen Schreck kriegen, ja?«

»Wieso sollte … Was ist das denn?«

»Ein Zimmer mit Doppelbett und Badewanne.«

»Das sehe ich. Aber …?«

»Ich denke mal, die Männer glauben, dass wir Frauen jeden Tag ein Bad nehmen müssen. Und da es das einzige im Apartment ist, wollten sie uns wohl den Vortritt lassen. Ansonsten gibt es nur noch ein kleines Bad mit Dusche am Ende des Flurs.«

Ich legte mich angezogen in die leere Badewanne und genoss den Ausblick in den Himmel. »Na gut, keine schlechte Idee.«

»Mein' ich auch.« Mae setzte sich auf den Rand der Badewanne und schaute ebenfalls aus dem Fenster. »Es tut mir leid, dass ich dich und die Jungs belogen habe, was meine Arbeit anging. Lag ein bisschen an der Natur der Sache. Der Geheimdienst ist da speziell ...«

»Kein Thema. Wenn ich an deiner Stelle wäre, hätte ich auch nichts gesagt. Moment. Halt. Ich habe ja auch nichts gesagt«, lachte ich auf.

Schweigend genossen wir unseren Tee.

»Macht dir die Arbeit beim SIS Spaß?«

»Ich weiß nicht. Am Anfang war es ein gutes Gefühl, etwas für den Schutz der Menschen in meinem Land tun zu können. Doch langsam wurde aus dem Gut und Böse, dem Schwarz und Weiß ein Einheitsgrau. Wenn du verstehst, was ich meine. Ich hab gesehen, wie Menschen Dinge getan haben, die zwar rechtlich legal waren, aber moralisch im besten Fall fragwürdig.«

Ich verstand genau, was Mae meinte.

Da hörten wir, wie die Eingangstür geöffnet wurde und Lord Peter laut »Rieche ich Earl Grey?« rief.

»Gerade frisch aufgebrüht«, anworteten Mae und ich im Chor.

Wir liefen in die Küche und holten eine Tasse für unseren Chef. William und Asim gesellten sich zu uns, und wir ließen uns alle auf die weiße Ledercouch fallen. Lord Peter nahm in dem Sessel Platz.

»Wir können uns noch zwei Stunden ausruhen. Dann haben meine geliebte Frau und ich unseren Termin im Tresor«, sagte William.

»Die Fahrt dauert ungefähr eine halbe Stunde, je nach Verkehrslage. Cat, du musst bereits auf deinem Posten sein, wenn wir eintreffen.«

»Sollte kein Problem sein. Und denkt dran: Ihr seid mein Sicherheitsnetz. Wenn ich auffliege, dann müsst ihr ein Ablenkungsmanöver inszenieren, damit ich genug Zeit habe, um abzuhauen.«

»Wir gehen mal davon aus, dass wir so ein Manöver nicht brauchen werden«, lächelte Lord Peter. »Während ihr den Van geholt habt, habe ich schon mal den Freihandelshafen ausgekundschaftet. Die Wachmänner sind regelmäßig auf ihren Runden unterwegs. Cat hat nur ein Zeitfenster von weniger als vier Minuten, um unbeobachtet vom Zaun bis zum Gebäude zu kommen.«

»Was ist mit den Überwachungskameras?«, wollte ich wissen.

»Wenn wir erst einmal drin sind, brauchen wir uns darüber keine Sorgen mehr zu machen. Im Inneren des Tresors gibt es keine Kameras, denn man will die Zahlungskräftigen ja nicht ausspionieren. Aber der gesamte Außenbereich wird mit Kameras abgedeckt, und soweit ich sehen konnte, gibt es dort keinen blinden Fleck. Sie senden live. Es wird nichts aufgezeichnet. Ein Wachmann in der Lobby lässt die Monitore nicht einen Moment aus den Augen. Den müssen William und Mae für diese Minuten von seinem Platz wegbekommen«, erwiderte Asim, der alle technischen Feinheiten recherchiert hatte – soweit es nur irgend möglich war.

Ich klatschte aufmunternd in die Hände. »Und Leute, denkt daran. Das hier ist nur der Testlauf. Wir verschaffen uns einen Einblick, wie da drin alles läuft, um dann den finalen Plan auszuarbeiten, klar?«

»Klar!«, hallte es mehrstimmig wider.

Eine konzentrierte Stimmung legte sich über unsere Gruppe. Jeder zog sich zurück, um Kraft zu sammeln und sich vorzubereiten.

Ich allerdings brauchte Bewegung, um runterzukommen. »Ich geh laufen.«

»Die Luftfeuchtigkeit wird dich umbringen«, meinte Mae. »Geh lieber in den Fitnessraum hier, der hat Airconditioning.«

»Nein. Ein Laufband ist nichts für mich.«

»Wie du meinst, ich hab dich gewarnt.«

Ich zog meine Laufsachen an, schnallte mir die Transporttasche um und setzte Simon hinein. Um runterzukommen, beschallte ich mich diesmal mit einem Klassiker der 1990er Jahre, den Cranberries und ihrem legendären Album »No need to argue«. Vor dem Haus wäre ich fast wieder umgekehrt. Es war später Nachmittag, und auch wenn die Temperatur langsam sank, geriet ich auch ohne Bewegung schon ins Schwitzen.

Mae war ihrem eigenen Vorschlag gefolgt und hatte sich in den Fitnessraum des Apartment-Komplexes verabschiedet.

William und Asim hatten sich in ihr Zimmer zurückgezogen. Asim arbeitete immer noch fieberhaft daran, etwas über die mysteriöse Festplatte in Erfahrung zu bringen.

Lord Peter stand am Fenster und dachte nach. Auch ihm wäre es lieber gewesen, bereits jetzt alle Informationen in Händen zu halten. Blindflüge waren in dieser Branche riskant und konnten gefährlich sein. Doch dieser Job forderte genau das. Und als wäre das nicht schon schwierig genug, wurde er nicht ganz schlau aus van de Boers. Immer war er ihnen einen Schritt voraus gewesen. Bis jetzt! Seit seine Männer in dem Versuch gescheitert waren, Informationen aus William herauszubringen, hatte es keine Anzeichen mehr von den Aktivitäten des Kunsthändlers gegeben. Auf ihrem Weg nach Singapur schien keiner von ihnen überwacht oder verfolgt worden zu sein. Nur wäre ihm wohler, wenn er wüsste, warum es dieser Kunsthändler auf sie abgesehen hatte und was er im Schilde führte.

Der hagere Mann, der sogar bei diesen Temperaturen nicht auf einen dreiteiligen Anzug mit gestärktem Hemd verzichtete, knetete selbstvergessen seine Hände, als sein Handy erneut die ihm verhassten Westernlaute von sich gab. Es hätte nicht viel gefehlt und er hätte das Handy einfach aus dem Fenster geworfen.

Stattdessen wischte er über das Display und nahm mit resignierter Stimme den Anruf an.

»Hallo, Mutter! Und um deine erste Frage gleich vorwegzunehmen: Ich bin gerade in Singapur und ich habe es sehr eilig.«

»Du lieber Himmel, Peter, was machst du denn am Äquator?«

»Ich nehme an einer Segelregatta teil. Das habe ich dir doch gesagt, bevor ich abgeflogen bin.«

»Und warum muss ich von Lady Moorbach-Scheltenstein, der Impertinenz in Person, erfahren, dass du Mildred unsere Yacht geliehen hast?«

»Was hat sie denn jetzt wieder angestellt?« Kaum ausgesprochen, bereute Seine Lordschaft schon, gefragt zu haben.

»Sie will immer noch, dass ich für diese Catherine eine Teeparty gebe. Sie liegt mir ständig damit in den Ohren, was für ein erfrischender Mensch sie wäre und dass sie unserem alten Haufen guttun würde. Sie besitzt doch tatsächlich die Frechheit, mich alt zu nennen. Mich!«

»Ja, Mutter, ich weiß. Lady Lilly ist manchmal etwas direkt, aber vielleicht solltest du ihr einfach den Gefallen tun, dann lässt sie dich wieder in Ruhe.« Ohne nachzudenken, nur um seinerseits Ruhe zu haben, hatte Lord Peter den letzten Satz gesagt.

»Ihr nachgeben, niemals«, echauffierte sich Lady Philomena. Und doch begann die Idee in ihrem Kopf zu gären. »Nun, vielleicht? Ist William bei dir?«

»Ja, er wollte segeln lernen.«

»Mhm. Und dieses Mädchen?«

»Sie ist auch mit an Bord.« Innerlich lächelte Lord Peter über die Zweideutigkeit dieses Satzes.

»Wann kommst du zurück?«

»Bald.«

Lord Peter bemerkte, wie Asim und William ihn mit Gesten darauf aufmerksam machten, dass ihre Zeit knapp wurde.

»Kann ich sonst noch etwas für dich tun, Mutter? ... Mutter?«

Statt einer Antwort hatte sie einfach aufgelegt.

»Schon wieder Grandma?«, fragte William belustigt.

Die Klangfarbe des Wortes »Ja« signalisierte ihm, dass sein Onkel nicht über sie sprechen wollte.

»Wir haben etwas über die Festplatte rausgefunden«, schaltete sich Asim ein. Er setzte sich auf einen Sessel und öffnete sein Laptop. »Ein paar Tage vor Amsterdam poppte auf der Plattform ›Supermarket‹ eine Anzeige auf, die eine Festplatte mit ziemlich brisanten Informationen über russische Hackeraktivitäten zum Verkauf anbietet. Es ist die einzige dunkle Versteigerung dieser Art, die im Moment läuft. Ich verwette alles, was ich habe: Das ist die Festplatte, auf die es Maes Boss abgesehen hat.«

»Die Zahl der Interessenten steigt täglich«, ergänzte William.

Asim nickte. »Van de Boers weiß genau, was er im Darknet tut. Der Typ ist unglaublich. Er wechselt zu unregelmäßigen Zeiten seine Verschlüsselung, damit niemand hinter seine Identität oder die seines Auftraggebers kommen kann.«

»Dann sind wir den potenziellen Käufern einen Schritt voraus, denn im Gegensatz zu ihnen wissen wir zumindest, dass dieser Kunsthändler der Vermittler ist. Ist es schwer, so eine Sache zu installieren?« Lord Peter, der nicht viel von dem Thema verstand, wurde neugierig.

»Im Prinzip nicht. In den meisten Fällen ist eine Verschlüsselung statisch. Das heißt, wenn ein Hacker sie mal erkannt hat, dann findet er auch einen Weg, sie zu umgehen. Der wichtigste Faktor bei solchen Sachen ist einfach nur die Zeit. Je stärker die Codierung, desto länger dauert die Entschlüsselung. Doch prinzipiell kann man jede knacken, wenn man genug Zeit hat.«

»Dann ist das Teil hier wohl lernfähig, was?«, scherzte William und wollte Asim freundschaftlich auf die Schulter schlagen, als er erschreckt zurückfuhr. »Was ist? Scheiße, Asim! Du siehst aus, als hättest du einen Geist gesehen.«

»Das …! Verdammt, der Kerl arbeitet mit einer KI!«

»Künstliche Intelligenz?« William, der nicht mal ansatzweise ahnte, wie schwerwiegend diese Entdeckung war, wenn sie denn zutraf, lehnte sich verblüfft zurück. »Ich dachte, das ist erst noch in der Entwicklung.«

»Offiziell ja. Keiner weiß genau, wie weit die Forschung auf diesem Gebiet wirklich ist. Das ist alles streng geheim. Weder Regierungen noch die freie Wirtschaft will sich da in die Karten schauen lassen.«

»Künstliche Intelligenz? Meint ihr so was wie das vernetzte Haus?«, fragte Lord Peter.

»Na ja, fast.« Asim lächelte bei dem Vergleich, der in etwa so war, als hielte man einen Apfel für eine Birne. »Beim vernetzten Haus werden die Geräte, also Heizung oder Kühlschrank, über ein Smartphone angesteuert und geregelt. Das hat der Nutzer also genau genommen selbst in der Hand. Solche Systeme sind sehr anfällig für Hacker, die mit Verschlüsselungstrojanern mal einfach die Heizung lahmlegen und dann Geld von ihren Opfern erpressen. Aber im Prinzip kann man diese Steuerung auch über eine KI laufen lassen, die beispielsweise solche Angriffe erkennt und gezielt ausschaltet.«

»Und was bedeutet das in unserem Fall?«, brachte Lord Peter Asim wieder zum Ausgangspunkt zurück.

»Van de Boers ist an eine Verschlüsselungssoftware gekommen, die sich immer kurz vor einem erfolgreichen Hack selbst neu konfiguriert. Kurz: Das Teil ist unüberwindbar. Nicht mal wenn man die Rechenleistung eines Supercomputers hätte, könnte man das System knacken.« Asim schaute seine Freunde an. »Ich hab so was noch nie gesehen. Was die Frage aufwirft, mit wem Daan van de Boers zusammenarbeitet?«

»Und ob dieser Jemand aus dem Schatten tritt, wenn es brenzlig wird?«, ergänzte Seine Lordschaft, dem bei dem Gedanken mulmig wurde. Die Sache mit der Festplatte nahm Züge an, die ihm nicht gefielen. In was für ein Wespennest waren sie da geraten?

»Ich denke nicht, dass sich der Hintermann zeigen wird. Wozu hätte er sonst van de Boers eingeschaltet? Mich würde eher interessieren, wer die Ressourcen hat, um so eine Sache auf die Beine zu stellen?«, meinte William.

»So was kann nur jemand entwickeln, der unbegrenzten Zugang zu Geld und wissenschaftlichen Kapazitäten hat.«

»Und was heißt das jetzt für uns?« William schaute seinen Onkel an.

»Dass wir uns die Festplatte schnappen müssen. Kannst du sie entschlüsseln, wenn wir sie haben, Asim?«

»Ich kann es versuchen. Aber wenn das Ding nur annähernd so verschlüsselt ist wie diese Angebotsseite hier …«, Asim zeigte auf den Bildschirm seines Laptops, »… stehen unsere Chancen nicht besonders gut. Vor allem, weil mir die Zeit dafür fehlt. Aber ich werde mal ein paar meiner Kontakte in die Spur schicken. Vielleicht kommen die ja weiter.«

»Gut. Vorerst aber kein Wort zu Cat. Sie muss sich darauf konzentrieren, in den Tresor einzusteigen und den Teppich herauszuholen«, befahl Lord Peter.

»Was ist mit Mae?«

»Sie wird die Festplatte auf keinen Fall an ihren Führungsoffizier übergeben. Er wird sie töten, sobald er das Teil in Händen hält. Das können wir nicht riskieren. Und wir müssen uns überlegen, wie wir dem Kerl das Handwerk legen und die Festplatte unschädlich machen können.«

»Die Festplatte zu zerstören ist nicht das Problem. Wir brauchen einfach nur einen Hammer. Mit dem verwandeln wir das Teil in Konfetti und verstreuen es dann einfach«, wandte Asim ein. Doch Lord Peter merkte ihm an, dass er mit dieser Lösung nicht zufrieden war. »Aber, mit Verlaub, sind Eure Lordschaft nicht neugierig, was auf der Festplatte drauf ist? Ich meine, das Interesse der Käufer ist riesig. Wenn sie wirklich Informationen über russische Hacker enthält, dann ist der Inhalt für Regierungen und Unternehmen überlebenswichtig. Und ganz ehrlich, mir ist nicht wohl bei dem Gedanken, dass nur eine Seite über diese brisanten Informationen verfügen sollte.«

»Du traust niemandem, oder?«, lächelte Lord Peter sanft.

»Im Zweifelsfall traue ich niemandem, ja!«

»Die Diskussion ist völlig sinnlos. Zuerst müssen wir das gute Stück erst mal haben. Allein das wird ein hartes Stück Arbeit«, seufzte William und brachte die beiden Männer an seiner Seite wieder auf den Boden der Tatsachen. Keinen Moment zu früh, denn im selben Augenblick trat Cat keuchend durch die Tür und torkelte in ihr Zimmer.

Zwei Minuten später kam Mae sportlich erfrischt durch die Tür.

»Ich spring unter die Dusche. In zehn Minuten können wir starten«, rief sie den Männern zu. Das war auch für diese das Signal, sich bereit zu machen.

»Können wir?«, rief Cat wenige Minuten später durch die Wohnung. Sie stand in ihrer Arbeitskleidung – Boots, schwarzem Catsuit, Handschuhe und Gürtel – an der Tür und wartete auf den Rest des Teams. Der Unterschied zu Mae, deren rote Locken über ein königsblaues seidenes Sommerkleid mit den passenden High Heels fielen, hätte nicht größer sein können. William erschien in einem legeren dunkelgrauen Leinenanzug und handgefertigten cognacfarbenen Wildlederschuhen, am Handgelenk seine edle Schaffhausen, die Maes goldenes Armband vollendet ergänzte. Asim dagegen trug ein abgetragenes weißes Leinen-Shirt über schwarzen Jeans und Boots. Weder Mae noch Cat konnten ihre Augen von ihm wenden.

Lord Peter, der in der dunkelblauen Uniform eines Chauffeurs wie aus dem Ei gepellt aussah, verteilte die Ohrstöpsel für die Intercomverbindung an jeden und klatschte dann aufmunternd in die Hände. »Dann wollen wir mal! Simon?«

Cats kleine Ratte gehorchte aufs Wort. Sie lief zu ihrer Freundin und machte es sich wieder in ihrer Transporttasche bequem.

TRACK: 11
TITLE: GENERALPROBE

Im Theater gibt es einen Spruch: Wenn bei der Generalprobe etwas schiefläuft, dann klappt die Premiere. Eigentlich glaube ich nicht an so was. Aber heute mache ich mal eine Ausnahme. Denn die Hoffnung stirbt zuletzt.

Das Bauwerk an der Piste 3 des Singapurer Flughafens sah von Weitem aus wie ein normales Dienstleistungsgebäude in Grau. Bei näherer Betrachtung bemerkte man eine gitterartige Verkleidung, die in der Nacht farbig beleuchtet wurde. Alles war so normal und unauffällig, dass nichts auf das hinzuweisen schien, was sich hinter den Mauern der riesigen Halle verbarg. Nur der stets perfekt manikürte Rasen, die menschenleere Zufahrt und die patrouillierenden Wachmänner konnten besonders aufmerksame Beobachter stutzig machen.

Asim lenkte den Van, den er als Reparaturservicefirma für Bordküchen getarnt hatte, zwischen den geparkten Flugzeugen hindurch und stellte ihn zwischen zwei Containern am südwestlichen Ende des eingezäunten Geländes ab. Ein paar Hundert Meter weiter schlugen die Wellen der Straße von Singapur ans Ufer.

Durch die getönte Seitenscheibe konnte ich den Wachmann beobachten, der für diesen Bereich eingeteilt war. Er drehte seine Runden in schöner Regelmäßigkeit. Lord Peter hatte recht: Mir blieb nur ein Fenster von rund vier Minuten, um mich durch den Zaun zu schneiden, zum Gebäude zu rennen, mich an der Wand hochzuziehen, die Luke zur Lüftungsanlage zu öffnen und dort einzusteigen. Dazu brauchte ich volle Konzentration. Ich durfte mich nicht ablenken lassen.

Nur dilettantische Einbrecher begehen den Fehler, während ihrer Arbeit nach Gefahren Ausschau zu halten. Sie horchen auf Geräusche, wundern sich über Lichter, die irgendwo blinken, und vergessen darüber, dass ihnen die Zeit davonläuft. Das würde mir natürlich nicht passieren. Ich hatte Asim, der mich über die Intercom jederzeit warnen konnte. Aber etwas anderes war noch wichtiger …

»Ich brauche einen Song. Ohne den bekomme ich das Timing nicht hin. Du weißt, mit Musik auf den Ohren kann ich mich besser konzentrieren und alles um mich rum ausblenden. So hab ich bisher immer gearbeitet.«

»Ich kann ja singen und …«

Mein Blick ließ Asim den Rest seines Kommentars hinunterschlucken.

»Ich mein's ernst. Das Timing ist so eng, dass ich eine Krücke brauche.«

»Ich könnte dir einen Countdown runterzählen.«

»Und kommst durcheinander, wenn du William und Mae helfen sollst. Keine Chance.«

»Du arbeitest aber nicht mehr solo wie früher. Du kannst nicht gleichzeitig über die Intercom mit uns verbunden sein und dir Musik auf dein anderes Ohr hauen. Das macht dich wahnsinnig.«

»Aber du könntest mir doch auf meinen Ohrstecker Musik legen, oder?«

»Oh, bitte nicht!«, seufzte William über die Intercom aus dem anderen Auto.

»Wie wäre es mit dem zweiten Teil der dritten Orgelsonate von Bach? Die müsste etwas mehr als vier Minuten lang sein«, mischte sich Mae mit einem Vorschlag ein.

Eine vertraute tiefe Stimme ergänzte: »Sie ist exakt 5:33 Minuten lang. Das betrifft natürlich nur die Version von Cameron Carpenter. Aber man könnte …«

»Vinni. Hey, ist das schön, Sie zu hören!«, rief ich begeistert aus. Vincent war unser Rettungsanker. Er musste uns aus dem Gefängnis holen, falls etwas schieflief, und sonnte sich wohl gerade auf der Yacht. »Und sosehr ich Sie mag, aber Nein zu Bach.«

»Schade«, schallte ein mehrstimmiger Chor durch mein Ohr, und ich meinte, auch Lord Peter darin gehört zu haben.

»Okay, gut. Ich separiere deine Leitung und leg dir Musik drauf«, gab Asim nach. »Aber sobald ich dich aus den Augen verloren habe, schalte ich dich wieder dazu. Verstanden?«

Ich nickte. »Hier. Nimm ›The Bottom Line‹. Der Song ›I still hate you‹ ist 4:21 Minuten lang. Wenn das nicht reicht, dann habe ich es verdient, dass die mich schnappen.«

Asim warf mir einen komischen Blick zu, dabei hatte meine Songauswahl nichts mit ihm zu tun.

»Mach keine Scherze«, warnte mich Lord Peter. Er schien ziemlich angespannt, obwohl er als Williams Chauffeur verkleidet nur im Auto warten musste.

»Hast du alles?«, fragte Asim.

Ich kontrollierte meinen Gürtel und streichelte Simon über den Kopf.

»Wir steigen jetzt aus dem Wagen«, meldete sich William. »Noch drei Meter, dann sind wir in der Lobby.«

Asim und ich verfolgten den Weg des angeblichen Ehepaars am Monitor, der im Van angebracht war. Die Bilder lieferte Williams Sonnenbrille. Es war eine Sonderanfertigung, deren Gläser mit einer Art Folie überzogen waren, die wie eine Kamera Livebilder über WLAN sendete.

Die beiden liefen gerade durch die automatische Tür und der hallenartige Eingangsbereich breitete sich vor unseren Augen aus. Für einen Sekundenbruchteil drehte sich das Bild auf dem Monitor um 45 Grad. William hatte die Sonnenbrille abgenommen und an die kleine Brusttasche seines Jacketts gehängt.

Wir sahen, wie ein Wachmann hinter dem Empfangstresen kurz telefonierte, dann hervortrat und auf die beiden zulief. Ein zweiter Mann blieb auf seinem Posten und beobachtete weiter die Monitore, auf denen die Bilder vom Außenbereich zu sehen waren. William drehte sich langsam einmal im Kreis und tat so, als würde er sich die Halle genauer ansehen. Als er seine Drehung vollendet hatte, blickten wir in das Gesicht eines älteren Herrn, den Manager des Hauses, der die beiden auf ihrem Rundgang begleiten würde.

Er begrüßte seine Kundschaft sehr erfreut. William und Mae würden schließlich für ihre exklusive Sammlung asiatischer Artefakte und abstrakter Malerei mehrere Räume in seinem Hochsicherheitstresor anmieten. Also theoretisch.

»Unser Wachmann kommt«, meldete ich an Asim.

»Mae. Los!«

»Oh, mein Gott! Ist das ein Ron Arad?« Mae rannte auf die dreißig Tonnen schwere Skulptur zu, die links vom Eingang platziert war und den Namen ›Käfig ohne Grenzen‹ trug. »Wissen Sie, mein Mann und ich hatten die große Ehre, diesen einzigartigen Architekten persönlich kennenzulernen. Er ist Brite wie wir.«

Plötzlich verlor Mae auf ihren High Heels das Gleichgewicht und stürzte gegen das Kunstwerk.

»Cat, los!«, rief Asim.

Ich hockte schon vor dem Drahtzaun, die Transporttasche mit Simon auf den Rücken gedreht, weil ich mich auf dem Bauch in den Schacht würde schieben müssen. Schlagzeug und E-Gitarre von ›The Bottom Line‹ donnerten in mein Ohr. Der Wachmann befand sich nur wenige Meter entfernt auf seiner Runde; den Rücken mir zugewandt. Ich musste mich völlig lautlos verhalten, wenn ich nicht wollte, dass er sich umdrehte.

Pikanterweise stand der Zaun unter Strom, was es unmöglich machte, ihn einfach zu zerschneiden. Jede Unterbrechung des Kreislaufes hätte einen sofortigen Alarm zur Folge. Ich zupfte meine Handschuhe zurecht und entrollte einen schmalen Metallstreifen, den ich von meinem Hüftgürtel nahm. Mit ruhiger Hand befestigte ich das magnetische Band in einem Viereck auf dem Zaun und knipste mit meinem Seitenschneider den inneren Zaunteil heraus. Damit blieb der Stromkreislauf intakt und ich konnte durch den Zaun steigen, ohne dass 3600 Volt durch meinen Körper schossen.

»Misses Huxseley!«, rief der Manager aus und rannte zu seiner neuen Kundin hinüber. Im Schlepptau William, den Ehemann, und die beiden Sicherheitsleute – auch den, der eigentlich die Monitore im Auge behalten sollte.

Ich sprintete über die freie Fläche bis zur Außenwand der Halle. Direkt über mir befand sich das Gitter für die Lüftungsanlage. Na ja, ungefähr sechs Meter über mir! Ich griff nach meinem Seil und schwang den Enterhaken, der daran befestigt war, seitlich wie ein Lasso. Mit Schwung warf ich den Haken in die Höhe. Er blieb wie geplant auf dem Dach hängen.

Zweiter Refrain von ›I still hate you‹.

»Alles in Ordnung. Ich glaube, ich habe mir nichts getan. Aber, bitte, ich werde doch wohl nicht das wertvolle Kunstwerk beschädigt haben? Schatz, ich weiß gar nicht, wie das passieren konnte. Oh, das ist mir ja so peinlich. Es tut mir so leid.« Mae presste sich ein paar sehr überzeugende Tränen raus. William kümmerte sich rührend um sie.

Der Manager inspizierte das Werk, befand es für unversehrt und beorderte die beiden Wachmänner wieder an ihre Plätze.

Die elektrische Seilwinde zog mich im Eiltempo nach oben. Gitarrenripp – noch 1:45 Minuten.

Mit einem schmalen Akkuschrauber löste ich das Gitter, schob es vorsichtig in den Lüftungsschacht und kletterte hinterher.

Letzter Refrain. Letztes Echo der E-Gitarre.

Das Ende meines Kletterseils samt Haken verschwand mit mir im Schacht.

»Cat, alles klar?«, meldete sich Asim über die Intercom.

»Bis hierher.«

»Mae und William sind auf dem Rundgang«, berichtete er. »Keiner hat was gemerkt.«

»Super. Dann mach ich mich auch auf den Weg.« Ich befreite Simon aus seiner Transporttasche und schnallte ihm die Rat-Cam um. »So, mein Kleiner, dein Auftritt!«

Simon tippelte hocherfreut in den quadratischen Schacht, dessen Wände aus grauem Metall gefalzt waren, und in dem ich geradeso sitzen konnte, wenn ich die Beine anzog. Platzangst war in meinem Job nicht angebracht.

Zwei Meter vor uns bog der Weg nach links ab. Ich drückte den Clicker. Simon folgte dem Gang und verschwand aus meinem Sichtfeld.

Ratten sind hochintelligente Tiere und langweilen sich schnell, wenn man ihnen nicht etwas zum Spielen anbietet. In einem Chat hatte ich mal gelesen, dass man Ratten mit einem Clicker trainieren konnte. Es funktionierte im Prinzip wie bei Hunden. Mit bestimmten Clickerlauten gab man der Ratte zu verstehen, was sie tun sollte, und wenn sie die Aufgabe gelöst hatte, dann bekam sie eine Belohnung. Eine gute Idee, wie ich fand. Besonders für meine Arbeit. Simon konnte sich seitdem nie über Langeweile beschweren.

Ich startete die App auf meiner iWatch und verfolgte Simons Weg über die Aufnahmen, die seine Rat-Cam mir sendete. »Wenn die Luft rein ist, geh ich ihm nach«, meldete ich über Funk und sah mich noch einmal aufmerksam um.

»Also, wenn ich Sie richtig verstehe, dann werden alle Räume vollkommen anonymisiert?«, wollte William von dem Manager wissen, nachdem sie sich auf den Weg zu dessen Arbeitsbereich gemacht hatten.

»Ja, das trifft zu. Sie bekommen von uns eine Nummer, die Ihren Saferäumen entspricht. Niemand kann also von außen erkennen, wer oder was sich hinter den Stahltüren verbirgt. Sehen Sie.« Der Manager wies auf ein elektronisches Feld an der Tür zu seinem Büro hin, auf der nur die Nummer 3962 sichtbar war. »Wenn ich nun meine Hand in die Nähe des Feldes bringe«, demonstrierte er, »dann wird es durch die Körperwärme aktiviert und Sie können Ihr Passwort eingeben.«

»Keine biometrischen Daten?«, tat William verwundert.

»Ich bitte Sie, Mister Huxseley. Wir garantieren höchste Diskretion für unsere Kunden. Die Hinterlegung Ihrer Fingerabdrücke oder Ihres Augenscans würde dem widersprechen.«

»Es gibt auch keine Kameras in den Gängen oder haben Sie diese nur einfach gut getarnt?«, neckte Mae den Mann.

Das Lächeln in seinem Pokerface ließ keine Gemütsregung erkennen. »Nein, im ganzen Gebäude gibt es keine einzige Überwachungskamera.«

»Wegen der Diskretion«, ergänzte William.

»Das und weil es nicht nötig ist. Das Gebäude ist von außen nach den neuesten Standards geschützt und völlig uneinnehmbar. Niemand kommt hier hinein, ohne dass wir davon erfahren. Die Termine unserer Kunden sind so getaktet, dass sie niemals einem anderen Kunden begegnen. Deshalb musste ich Sie auch bitten, mit meinem Büro vorliebzunehmen,

191

denn einer unserer Kunden befindet sich gerade im Haus. Wir haben Ihren Termin, Mister Huxseley, kurzfristig eingeschoben, weil Sie die Dringlichkeit herausgestellt hatten.«

»Das war sehr nett von Ihnen, aber gibt es keine Ausnahme von der Regel?«, ließ Mae ihr glockenhelles Lachen ertönen.

»Nur in absoluten Notfällen. Wird beispielsweise ein Alarm ausgelöst, benachrichtigen wir alle unsere Kunden, dass sie oder einer ihrer Vertrauten sich sofort hierher begeben können, um die Inhalte ihre Räume zu überprüfen. Aber ich kann Sie beruhigen. So etwas ist seit der Öffnung dieses Hochsicherheitstresors noch nie vorgekommen.«

»Das sind wirklich sehr gute Nachrichten«, bemerkte William laut mit zufriedener Stimme. »Ich hoffe nur, Cat, du hast noch bessere«, setzte er leise flüsternd nach.

»Verdammte Scheiße. Das kann doch nicht wahr sein!« Ich klatschte mir entnervt mit der Handfläche gegen die Stirn.

»Was ist los?«, hallte Lord Peter in mein Ohr.

»Ich sitze fest. Das ist los!«

»Wie jetzt?« Asim war merklich angespannt.

»Diese Sicherheitsfanatiker haben den Lüftungsschacht mit lasergesteuerten Bewegungsmeldern vermint. Ich komme nicht mal bis zur nächsten Abzweigung!«

»Bist du sicher?«

»Natürlich bin ich sicher, Asim. Ich erkenne die kleinen Knöpfe, die in den Seiten der Wand eingelassen sind. Zum Glück sind sie mir noch rechtzeitig aufgefallen. Wenn ich die Laserschranke durchbreche, geht im ganzen Gebäude ein Höllenlärm los.«

»Was ist mit Simon?«, fragte Lord Peter.

»Er läuft immer noch durch das Lüftungssystem«, meldete ich. »Die Sensoren sind glücklicherweise auf einer Höhe installiert, die er locker unterlaufen kann. Aber ich nicht. Ich hänge hier fest.«

»Mist«, schimpfte Mae einen Tick zu laut.

»Was sagten Sie?« Der Manager hatte ihren Ausruf mitbekommen.

»Oh! Eigentlich nichts weiter. Ich hab nur vorhin einen Fingernagel abgerissen. Schatz, bitte denk daran, dass ich nachher unbedingt ein gutes Nagelstudio finden muss.«

»Meine Nichte betreibt ein sehr gutes Studio. Nur zehn Minuten von hier in der VIP-Lounge des Flughafens. Wenn Sie wollen, dann kann ich sie gleich anrufen und einen Termin ausmachen.«

»Das ist sehr freundlich von Ihnen, aber wir haben leider einen sehr engen Terminplan für heute«, wandte William ein. »Mein Liebling, ich befürchte, du musst dich bis heute Abend im Hotel gedulden.«

»Aber …«, wollte Mae gespielt protestieren, doch William schaute demonstrativ auf seine Armbanduhr.

Der Manager räusperte sich höflich. »Was sagten Sie noch mal, wie lange Sie Ihre Sammlung bei uns unterstellen würden?«

»Ich sagte noch gar nichts. Die Suche nach einem Haus zieht sich leider länger hin als angenommen. Deshalb haben wir erst einmal ein halbes Jahr angedacht.«

»Sehr schön, sehr schön.«

Simon hatte das Ende seines Weges erreicht. Die Kamera schaute zwischen den Lamellen des Gitters hindurch in einen Gang im Inneren des Tresors. Auf dem winzigen Bildschirm meiner iWatch sah ich das gestochen scharfe Bild einer Tür mit einer schmalen schwarzen Fläche, über der die Nummer 4291 stand.

»Wartet! Hier kommt gerade jemand aus einem der Saferäume direkt gegenüber des Lüftungsschachts, in dem Simon und ich gerade sitzen.«

»Wer ist es?«, fragte Asim.

»Woher soll ich das wissen? Der Typ steht mit dem Rücken zu mir und zieht gleich die Tür zu.«

»Kannst du ihn beschreiben, Cat?« Lord Peters Autorität war selbst über die Intercom zu hören.

»Ein Mann. Weiß. Ungefähr 1,85 Meter groß. Blonde Haare. Gepflegte Erscheinung. Der Anzug ist maßgeschneidert. Fette Rolex GMT Master II 750 aus 18-karätigem Weißgold mit Oysterlock-Faltschließe. Das Schätzchen ist nicht leicht zu öffnen. Um an die schlappen 35 000 Euro zu kommen, muss man ihm lange die Hand schütteln.«

»Kannst du sein Gesicht sehen?«

»Nein. Er dreht sich nicht um.« Verärgert trat ich mit dem Fuß gegen die Metallwand. Der Schall trug bis zu Simon. Und plötzlich drehte sich der Mann zum Lüftungsschacht um und schaute suchend nach dem Ursprung des Schalls.

»Hab ihn«, rief Asim erfreut, denn dieser Moment hatte ausgereicht, um das Gesicht des Mannes mit der Kamera einzufangen. »Ich schicke Ihnen ein Standbild aufs Handy, Lord Peter. Es müsste gleich da sein.«

Wenige Sekunden darauf schnappte Lord Peter hörbar nach Luft.

»Das ist Daan van de Boers!«

»Is' nicht wahr«, rief ich aus. »Endlich haben wir mal Glück! Wir wissen jetzt, welche Tür in dem Gebäude die richtige ist. Gut, okay«, unterdrückte ich jedes »Aber« von Asim oder Lord Peter. »Wir haben den Zugangscode nicht. Doch wir brauchen nur noch zu warten, bis van de Boers das nächste Mal hierher kommt, und dann filmen wir einfach die Zahlenkombination ab. Total easy!« Ich bekam mich vor Freude über meinen Vorschlag gar nicht mehr ein.

»An sich eine gute Idee. Nur gibt es da zwei Probleme. Nummer eins: Wann wird van de Boers das nächste Mal wieder hier auftauchen? Und Nummer zwei: Wie willst du eine Kamera am Lüftungsgitter installieren? Du kannst Simon schließlich nicht ewig dort sitzen lassen«, verdarb mir Asim die Freude.

»Nur Geduld«, brummte Lord Peter nachdenklich. »Eins nach dem anderen.«

»Ich hätte da noch eine Frage«, trieb William das Gespräch voran, in der Hoffnung, wichtige Details zu erfahren. »Wie genau sieht es mit den Brandschutzmaßnahmen aus?«

»Oh, darauf sind wir sehr stolz. Wie Sie vielleicht wissen, zählen wir auch viele Kunsthändler zu unseren Kunden. Sie haben hier Ausstellungsräume angemietet, in denen sie ihre Angebote vorführen.«

William nickte. »Das passiert über Videorundgänge, wenn ich es richtig im Kopf habe.«

»Exakt. Die angebotenen Stücke sind über eine sichere Leitung online zu besichtigen. Wir können schließlich nicht alle Interessenten ins Haus lassen.«

»Da bin ich aber froh. Für einen kurzen Moment war ich schon erschreckt, dass es hier Publikumsverkehr gäbe, Schatz«, flötete Mae naiv. »Aber wie schützen Sie denn die Stücke, wenn sie offen in den Räumen stehen?«

»Wir haben ein besonderes System entwickelt. Zum einen wird ein Brand durch feuerfeste Türen lokal begrenzt, sodass es sich nicht auf das gesamte Gebäude ausbreiten kann. Und statt einer Sprinkleranlage, deren Wasser die Gemälde zerstören könnte, wird bei uns der gesamte Sauerstoff aus dem Raum gesaugt und das Feuer somit erstickt.«

»Aber wie erkennen Sie denn, wo sich das Feuer befindet?«

»Oh, Sir. Eine sehr intelligente Frage. In den Wänden sind Sensoren eingelassen, die eine überdurchschnittliche Temperaturänderung anzeigen. Diese Änderungen werden sofort an die Feuerwehr des Flughafens weitergegeben, die dann darüber entscheidet, welche Maßnahmen ergriffen werden, sollten unsere nicht ausreichend sein. Aber wie schon gesagt, ich kann Ihnen versichern, dass Ihrer Sammlung hier nichts geschehen wird, Mylady.«

William legte seine Hand auf Maes Rücken. Das Zeichen, dass sie genug wussten und das Thema wechseln würden.

»Also, Darling. Ich bin der Meinung, dass wir unsere Kunstsammlung beruhigt in die Hände von Dr. Xing geben können. Jetzt müssen wir uns nur noch über die Konditionen einigen.«

Der Manager lächelte zufrieden.

Ich hatte dem Gespräch mit dem Manager aufmerksam gelauscht und mir mentale Notizen gemacht. Keinesfalls wollte ich in einem Raum sein, aus dem die Atemluft abgesaugt wurde. Aber darüber musste ich mir erst mal keine Gedanken machen, denn ich kam ja nicht einmal in das Gebäude rein.

Unter mir hörte ich ein kratzendes Geräusch. Vorsichtig spähte ich durch die Löcher der Abdeckung für den Lüftungsschacht, die ich provisorisch wieder vor die Öffnung geschoben hatte.

»Mist!«

»Was ist denn jetzt noch?« Asim zeigte langsam Auflösungserscheinungen.

»Der Wachmann macht eine Pause. Direkt unter dem Lüftungsschacht.« Ein leichter Duft von gebratenem Hühnerfleisch wehte zu mir. »Der wird eine Weile bleiben. Er packt gerade ein Sandwich aus. Jetzt sitze ich in der Falle.«

Ein ziemlich blödes Gefühl. Ich konnte nicht vor und nicht zurück.

Ich verfolgte über die Intercom, wie William und Mae lachend das Gebäude verließen, Lord Peter den Motor der gemieteten Limousine startete und die drei wenige Sekunden später vom Gelände des Freihandelshafens summten. Das verbesserte meine Stimmung nicht wirklich.

Endlich hörte ich, wie der Wachmann etwas in sein Funkgerät murmelte, und schob vorsichtig meinen Kopf nach draußen. Er wollte sich gerade wieder auf seinen Rundgang machen, zerknüllte die Alufolie, in der sein Sandwich eingepackt gewesen war, und warf sie in den Mülleimer. Wie ungesund war das denn, sein Essen in Alufolie zu verpacken! Es war doch mittlerweile bekannt, dass dieses Material schädliche Stoffe abgab. Das Einzige, wozu das Zeug gut war, war, durch Reflexion die Temperatur des Essens zu halten.

›Reflexion‹ hallte es in meinem Hirn nach und mit einem Mal schoss eine Idee hinterher.

»Ich hab's. Simon, mein Schatz, jetzt sind wir dran!« Mit dem Clicker rief ich meinen kleinen Freund zu mir, der sich auch gleich auf den Weg machte.

»Was hast du? Lagerkoller?«, scherzte William über die Intercom.

»Nein, du Witzbold. Aber bis du es begriffen hättest, würden Ostern und Weihnachten auf einen Tag fallen. Ich muss nur an die Alufolie kommen.«

Asim, der ahnte, was ich vorhatte, verließ den Van und bezog Stellung am Zaun. »Du kannst runterkommen. Der Wachmann ist noch unterwegs.«

Ich warf meinen Enterhaken aufs Dach, ließ mich am Seil zum Mülleimer hinunter, schnappte mir die Folie und zog mich wieder hinauf zu Simon.

»Also gut, mein Kleiner. Ich werde dich jetzt in die Alufolie wickeln. Keine Angst. Es kann dir nichts passieren. Dann läufst du wieder zurück. Wenn du am Gitter angekommen bist, musst du dich an der Wand aufstellen, direkt vor dem ersten Sensor.« Ich zeigte Simon einen von den Knöpfen, die ich meinte. Er schaute sich das Teil aufmerksam an. »Der Laserstrahl trifft auf die Folie und wird von ihr reflektiert. Der Strahl muss genau auf den Sensor zurückgeworfen werden. Das deaktiviert die anderen Sensoren, ohne einen Alarm auszulösen. Über deine Rat-Cam kann ich sehen, wann du so weit bist. Dann komme ich zu dir. Wir installieren die Rat-Cam anschließend am Gitter.« Mein Freund schaute mich aufmerksam an und ich wusste, er saugte jede Information in sein kleines Gehirn. »Asim!«

»Bin wieder im Van.«

»Hast du mitbekommen, was ich Simon gesagt habe?«

»Ja. Dein Plan ist, die Kamera am Gitter zu installieren, damit wir van de Boers dabei beobachten können, wie er seinen Nummerncode eingibt.«

»Genau. So kommen wir ungefährdet in seinen Tresorraum rein. Wir müssen ihn dann nur noch wieder zurücklocken.«

»Wie wäre es mit einem Feueralarm?«, schlug William vor. »Der Manager hat doch gesagt, dass im Alarmfall jeder benachrichtigt wird, damit die Inhalte der Räume überprüft werden können. Wenn van de Boers vor Ort ist, erledigt er das bestimmt persönlich.«

»An sich eine super Idee«, sagte Asim. »Nur leider komme ich nicht in das Sicherheitssystem des Gebäudes rein und du bist nicht mehr im Gebäude. Wie sollen wir da einen Feueralarm auslösen?«

»Aber du kommt doch in das System der Flughafenfeuerwehr, oder, Asim?«

Asim schwieg einen Augenblick und kicherte dann. »Der Vorschlag ist klasse, Lord Peter. Ich mach mich gleich dran.«

»Nein!«, rief ich. War ich die Einzige, die sich das brisante Detail mit der fehlenden Atemluft gemerkt hatte? »Zuerst bringen wir mal das hier zu Ende!«

Simon lief schon zum zweiten Mal durch den Gang und machte alles genau so, wie ich es ihm gesagt hatte. Als die Kamera mir das graue Bild der Decke des Lüftungsschachtes zeigte, war das mein Zeichen. Ich kroch los, froh, endlich eingreifen zu können. Bei Simon angekommen, löste ich behutsam den Gurt der Kamera und klemmte sie an die Lamellen des Schutzgitters.

»Okay, noch ein kleines bisschen nach rechts«, gab mir Asim Anweisungen. »Perfekt!«

Ich streichelte Simon über den Kopf. »Ich mach mich auf den Rückweg. Wenn du den Clicker hörst, rutscht du langsam nach unten und kommst zu mir, okay?«

Simon gehorchte aufs Wort. Kaum hatte ich den Clicker betätigt, rannte er zurück zu mir. Ich löste die Alufolie sorgsam ab und steckte sie in die schmale Tasche meines Catsuits. Dann streichelte ich Simon über das weiche Fell, gab ihm ein Leckerli und er stieg zufrieden in seine Transporttasche.

Auf Asims Signal, dass die Luft rein war, warf ich den Enterhaken erneut auf das Dach, hängte mich daran und schob das Gitter wieder an seine Stelle. Ich drehte alle Schrauben ein, aber nicht fest. Das sparte mir Zeit, wenn wir zurückkamen, um den Teppich zu holen. Auf der Erde angekommen, schleuderte ich das Seil nach oben, wobei ich mein Ende in der Hand behielt. Der Haken löste sich, und ich fing ihn mit der anderen Hand auf. Eine Bewegung wie aus einem Guss, denn ich hatte das schon tausendmal gemacht. Schließlich kroch ich durch das Loch im Zaun und stopfte es hinter mir wieder zu.

»Alles klar. Nichts wie weg hier«, rief ich Asim zu, während Simon und ich in den Van sprangen.

TRACK: 12
TITLE: AUSGEBREMST

Beim Autorennen nutzt ein Verfolger den Bremsvorgang des Konkurrenten in einer Kurve aus, um ihn zu überholen. So ein Manöver ist meist von langer Hand vorbereitet und lässt dem Verfolgten kaum eine Möglichkeit zur Abwehr. Aber wer mich kennt, weiß, dass ich jede Chance nutze – besonders, wenn ich keine habe.

Asim lenkte den Van um das Flughafengelände herum auf den Pan Island Expressway, eine der Hauptverkehrsstraßen in Richtung Westen. Die dreispurigen Fahrbahnen waren baulich durch eine Mittelleitplanke voneinander getrennt, in deren Mitte üppige Sträucher wuchsen. Nebenbei bemerkt, die Vegetation war hier weitaus beeindruckender als zu Hause. Die Farben strahlten intensiver und heller.

»Da drüben liegt Marina Bay Sands, dieses dreitürmige Hotel mit der Schiffsbarke als Dach. Das Hotel ist so einmalig, dass es zum Wahrzeichen von Singapur geworden ist. Und gleich daneben liegen die Gardens by the Bay mit ihren künstlichen Bäumen.« Wehmütig starrte ich aus dem Fenster. »Und das unglaubliche ArtScience Museum, dessen Architektur einer Lotusblüte nachempfunden ist. Ich wünschte, wir hätten die Zeit, uns ein wenig umzusehen. Dafür reist man doch durch die Welt, oder?«

Asim, der sich auf den fließenden Verkehr konzentrierte, warf mir einen kurzen Blick zu. »Eines Tages kommen wir noch einmal hierher und du kannst dir alle die Museen und

Orte ansehen, die du willst. Versprochen. Aber jetzt müssen wir in die Wohnung zurück. Die anderen warten auf uns.«

Und so war es auch. Aber es gab eine Überraschung. Auf ihrem Weg nach Hause hatten die drei an dem berühmtesten Streetfood-Stand des Landes in Chinatown haltgemacht und für alle eine Portion *Hong Kong Soya Sauce Chicken Rice and Noodles* mitgebracht.

Der Duft empfing Asim und mich schon, als sich die Türen des Lifts öffneten.

»Kommt schnell rein, solange das Essen noch heiß ist«, rief uns William aus der Küche heraus zu, während wir die Wohnung betraten. »Für dich, Cat, haben wir die vegetarische Variante geordert. Nur lauter Gemüse, so wie du es gernhast.«

»Super, danke, dass ihr daran gedacht habt.«

»Ist doch Ehrensache«, rief William und steckte sich die erste Gabel seines Essens in den Mund.

»Du meine Güte, William. Du isst auch nichts, was nicht mindestens einen Stern hat«, neckte Mae ihren »Ehemann«.

»Er weiß eben, was gut ist«, sprangen ihm Lord Peter und Asim zur Seite, die sich ebenfalls Chan Hon Mengs Michelin-preisgekröntes Hähnchen schmecken ließen.

Nachdem wir alle satt und zufrieden waren, setzten wir uns zusammen, um unseren Plan für den Einbruch festzuklopfen.

»Die List mit dem falschen Feueralarm sollte funktionieren«, meinte Lord Peter zu uns. »Laut den Sicherheitsbestimmungen der Anlage müssen die Kunden über einen Feueralarm informiert werden. Wie ich Daan van de Boers einschätze, wird er sich persönlich davon überzeugen wollen, dass seine Schätze sicher sind.«

»Die Firewall der Feuerwache ist nicht der Rede wert«, ergänzte Asim, der sich gerade an dem System des Flughafens zu schaffen machte. »Und jetzt tun wir so, als würde in der Herrentoilette ein Feuer ausbrechen, das sich schnell auf die angrenzenden Büros und die Lobby ausbreitet.«

Nun hieß es warten, und das war nun wirklich nicht eine meiner leichtesten Übungen. Das Schlimmste an diesen ruhigen Momenten waren meine Gedanken. Immer wenn ich mich nicht mit dem aktuellen Auftrag ablenken konnte, gingen mir die Briefe meiner Mutter durch den Kopf. Jedes Mal, wenn ich Lord Peter ansah, musste ich gegen den Impuls ankämpfen, einfach zu ihm zu gehen und ihn zur Rede zu stellen. Ich wusste ja, dass er auch davon wusste. Aber wollte ich die Stimmung der Truppe aufs Spiel setzen? War ich wirklich bereit, mich dieser Geschichte zu stellen?

Um mich abzulenken, setzte ich mich zu Simon auf den Boden und spielte ein wenig mit ihm.

»Es klappt«, riss mich Asim aus meinen Gedanken zurück.

Erfreut widmete ich mich wieder dem aktuellen Geschehen. »Wie?« Meine persönlichen Probleme konnten getrost warten!

»Ich hab mir Zugang zu den Kameras vor dem Feuerwehrgebäude verschafft. Und hier, bitte!«

Asim drehte seinen Laptop in unsere Richtung. Wir sahen auf dem Monitor zwei komplette Löschzüge aus ihren Garagen fahren und über das Rollfeld in Richtung Tresorgebäude rasen.

»Jetzt muss nur noch Dr. Xing Alarm schlagen«, gratulierten wir unserem Partner.

Simon kletterte zu Lord Peter und rollte sich zufrieden in seinem Schoß zusammen, schlang sein Schwänzchen um sich und machte ein Nickerchen. Das war schließlich erst der Anfang. Bis Daan van de Boers auftauchen und wir den Zugangscode zu seinem Safe abnehmen konnten, würde noch viel Zeit vergehen.

Lord Peter machte es sich mit seinem eReader bequem und begann ein Buch zu lesen.

William stellte den Fernseher an und suchte nach einem Sportkanal. Asim lief mit seinem Laptop in die Küche, um sich einen Tee zu kochen. Wobei er den Monitor keinen Moment aus den Augen lassen wollte.

Mae und ich gingen in unser Zimmer. Während ich mich umzog, checkte sie ihre Mails und fakte ein paar Bilder auf ihrem Instagram-Account.

»Wo bist du denn heute?«

»In Zug in der Schweiz.«

»Gibt's da was Besonderes?«

»Gute Schokolade«, lachte Mae und vertiefte sich dann wieder in ihr Handy.

Nachdem ich mich umgezogen hatte, setzte ich meine Kopfhörer auf und versuchte meine wiederkehrenden Gedanken zu meiner Mutter mit der Musik von Prime Circle zu verscheuchen. Ich schloss meine Augen, als auch Mae ihr Kleid gegen eine bequeme Leinenhose und ein Top tauschte.

»Klasse! Es läuft alles nach Plan«, rief Asim plötzlich laut aus.

Mae und ich stürmten aus dem Zimmer. Keine Sekunde zu früh.

Auf dem Bildschirm sahen wir den Hinterkopf von Daan van de Boers. Lord Peter, William, Asim, Mae und ich standen so nah beieinander, dass jeder die Körperwärme des anderen spürte. Meine Aufregung schwand. Wir waren ein gutes, eingespieltes Team. Und jeder von uns wusste in diesem Augenblick, dass sich daran nie etwas ändern durfte.

Worte brauchten wir dafür keine.

Ich sah, wie van de Boers die Nummer in das Tastenfeld eingab.

»Schnell, gib mir den Stift da!« Asim wies auf einen Bleistift, der unter Simons Vorderpfote auf dem Couchtisch lag.

Simon schnippte ihn zu Asim hinüber.

Alle lachten auf. Die Erleichterung, die uns überkam, war überwältigend. Wir befanden uns wieder auf der Gewinnerstraße. Es schien uns endlich zum Greifen nah, dass wir unser Versprechen einhalten und den Teppich dem Iranischen Museum würden übergeben können.

»4 037 706 881«, murmelte Asim. »Okay, wir haben ihn.«

Wir schlugen die Fäuste gegeneinander.

»Das läuft ja alles wie geschmiert«, rief Mae.

»Morgen können wir zuschlagen!« William klatschte freudig in die Hände und setzte sich in einen der Sessel gegenüber Seiner Lordschaft. »Unser zweiter Termin bei Dr. Xing ist morgen um 10:45 Uhr.«

»Du musst dort aber allein hin.« Mae nahm neben Lord Peter auf der Couch Platz und ihre Stimme klang, als würde sie keinen Widerspruch dulden. »Ich werde diesmal über den Lüftungsschacht reingehen. Zusammen mit Cat!«

Dieser neue Teil des Plans verwunderte mich erst. Doch bei näherer Betrachtung machte das durchaus Sinn. »Keine schlechte Idee. Ich kann bei dem Teppich schon Hilfe brauchen. Außerdem sind wir schneller, wenn zwei Leute nach der kleinen Festplatte suchen. Van de Boers wird sie ja nicht offen rumliegen lassen, schätze ich.«

»Okay, ich nehme ein Taxi«, stimmte William zu.

Damit war auch diese Sache geklärt.

Im Prinzip orientierte sich der neue Plan an Amsterdam: Teppich und Festplatte würden im Exhumierungssack verstaut, durch den Lüftungsschacht über den Hof zum Van gebracht und auf die Yacht Seiner Lordschaft verfrachtet. Das Boot sollte direkt in See stechen und die Beute außer Landes schaffen. Auf dem Rückweg nach Hause würde der Perserteppich bei einem Zwischenstopp im iranischen Hafen Bandar Abbas von Bord gehen und auf dem Landweg von einem Vertrauten des Museums direkt nach Teheran gefahren werden. Die Festplatte dagegen sollte erst mit Lord Peter und Vincent in Wales das Schiff verlassen.

Mae und ich gingen wie gehabt mithilfe des alufolieverkleideten Simon über die Lüftung ins Gebäude, würden mit der Ziffernkombination den Tresorraum öffnen, den Teppich und die Festplatte rausholen und verschwinden.

Williams Aufgabe war es, erneut den Wachmann vom Monitor so lange abzulenken, dass wir uns hineinschleichen konnten. Dann musste er während seines Termins mit Dr. Xing alles, was im Inneren des Gebäudes geschah, im Auge behalten und uns rechtzeitig warnen, falls wir auf dem Radar der Sicherheitsleute auftauchen sollten.

Asim und Lord Peter bezogen im Van Posten und könnten eingreifen, falls etwas schieflief. In diesem Fall würden wir auf getrennten Wegen zum Yachthafen fahren, um so eventuellen Verfolgern die Arbeit zu erschweren.

Und um ganz auf Nummer sicher zu gehen, hatte Asim auch noch einen Plan B in Vorbereitung.

Alles war bestens organisiert.

»Dann schlaft euch gut aus. Der morgige Tag wird anstrengend. Ihr werdet all eure Kraft und Konzentration brauchen.« Mit diesen Worten begab sich Lord Peter in sein Zimmer.

William, Asim, Mae und ich aber waren zu aufgekratzt, um jetzt auch nur an Schlaf zu denken.

»Lass uns noch eine Runde um die Häuser ziehen«, schlug William vor und wir stimmten erfreut zu.

In der Nähe der Siedlung fanden wir eine Bar. Wir bestellten Cocktails und lachten die halbe Nacht. Wären wir auf dem Heimweg nicht in Hochstimmung und unsere Aufmerksamkeitsantennen nicht eingefahren gewesen, dann hätten wir den dunklen SUV mit den beiden Männern vielleicht bemerkt, der vor unserem Block stand.

Wir aber freuten uns einfach nur über die gelungene Generalprobe unseres Stücks.

TRACK: 13
TITLE: RESET

Wenn man ein elektronisches System in seinen Anfangszustand bringen will, muss man lediglich einen Knopf drücken. Ich wünschte, bei mir wäre das auch so einfach. Alle Fehler sind nie passiert. Man fängt einfach wieder bei null an.

Simon, Mae und ich hatten den Parcours bis zum Lüftungsschacht erfolgreich hinter uns gebracht, während die Sicherheitsmänner in der Lobby alle Hände voll damit zu tun hatten, einen Fehler in der automatischen Eingangstür zu beheben. William hatte sie bei seinem Eintreffen unauffällig mit einem schmalen Holzstück außer Funktion gesetzt.

»Kein Wunder, dass du so gut in Form bist«, meinte Mae, nachdem wir in den Lüftungsschacht gekrochen waren.

»Ja, solche Jobs trainieren ungemein«, grinste ich und packte Simon in Alufolie ein.

»Vielleicht sollten die Fitnessstudios ›Einbruch‹ in ihr Programm aufnehmen«, überlegte Mae laut.

»Als ›Einsteigerkurs‹?«

»Cat, Mae. Funkdisziplin bitte«, grummelte Seine Lordschaft über die Intercom, obwohl Asim und William sich ein Lachen nicht verkneifen konnten. Lord Peter und Asim hatten es sich im Van etwas abseits des Haupteingangs und außerhalb der Sichtweite der Überwachungskameras auf einem Parkplatz für Mitarbeiter bequem gemacht.

»Okay, Simon. Es geht los. Der gleiche Trick wie gestern«, kommandierte ich.

Freudig erregt machte sich mein Freund auf den Weg. Ich verfolgte ihn wieder über das Kamerabild von Rat-Cam 2 auf meiner Smartwatch.

Gleichzeitig hörte ich über die Intercom, wie Dr. Xing William begrüßte. »Mister Huxseley, wie schön, Sie so schnell wiederzusehen.« Täuschte ich mich oder klang er nicht sonderlich erfreut?

Simon war auf seinem Posten angekommen, schob sich mit seinen Vorderpfoten die Metallwand hoch und überlistete mit der Alufolie den Laser des Sicherheitssystems im Lüftungsschacht ein zweites Mal.

»Der fliegende Teppich startet«, gab ich das Signal zum Beginn unserer Mission.

»Hast du dir das gerade ausgedacht?« Mae zog anerkennend ihre rechte Augenbraue in die Höhe.

Lord Peter antwortete nur mit einem tiefen Brummen.

Funkdisziplin!

Mae ließ mir den Vortritt und ich rutschte auf allen vieren zu meinem Freund. Als ich Simon erreicht hatte, holte ich einen kleinen Schminkspiegel aus meiner Hüfttasche und klebte ihn mit einem Magneten an die Wand. Er übernahm ab sofort die Aufgabe der Alufolie.

»Das müsste halten«, meinte ich zufrieden und erlöste Simon von seiner Ritterrüstung. In aller Eile stopfte ich sie in die Tasche.

Nicht gut genug, wie sich bald zeigen würde.

Für die Männer in der Überwachungszentrale sah es so aus, als wäre alles in bester Ordnung. Ich spürte Maes Atem in meinem Nacken.

»Geh auf die andere Seite. Wir müssen jetzt vorsichtig das Gitter abschrauben und in den Gang hinunterlassen.«

Mae zückte ihren Akkuschrauber und legte los. Für eine Weile war nur das schwache summende Geräusch zu hören. Sobald wir die Schrauben entfernt hatten, hielt ich mit einer Hand das Gitter fest, während Mae das Seil befestigte, an dem wir das Gitter dann geräuschlos hinabgleiten ließen.

»Simon!«

Auf Kommando verschwand meine Ratte in ihrer Tragetasche. Ich hörte ein feines Rascheln und schaute mich suchend um. Im schummrigen Licht konnte ich aber kaum etwas erkennen.

»Komm schon«, flüsterte mir Mae zu. Sie war bereits hinunter in den Gang geklettert. Ich musste mich beeilen und vergaß das Geräusch.

Wenige Sekunden später standen wir vor dem Raum, in dem van de Boers sein Diebesgut weggeschlossen hatte. Mae gab den Zahlencode ein. Mit einem leisen Klick öffnete sich die Tür.

»Warte!« Ich hielt Mae am Arm fest. »Lass uns erst nachsehen, was uns erwartet. Vielleicht hat der Typ noch ein paar Extrafallen eingebaut.«

Mae sah mich zweifelnd an. »Das hier ist ein Hochsicherheitsgebäude, das völlig uneinnehmbar ist! Warum sollte van de Boers weitere Schutzmaßnahmen einbauen?«

»Völlig uneinnehmbar?«, imitierte ich sie und zeigte mit dem Finger abwechselnd auf sie und mich.

»Oookaayy«, gab sie mir recht. »Na dann.«

Langsam schob ich die Tür auf. Mae steckte ihren Kopf hinein und schaute sich um. »Ich kann nichts finden. Keine Stolperdrähte oder Sensoren oder Ähnliches.«

»Na gut. Wir gehen jetzt rein!«, meldete ich an unsere Zentrale im Van. In unseren Ohren hallte William wider, der sich gerade bei Dr. Xing für die angebotene Tasse Tee bedankte.

»Warum kriegt William immer die lockeren Jobs?«, scherzte ich, wohl wissend, dass er darauf gerade nicht antworten konnte. Stattdessen rüffelte mich Lord Peter erneut mit dem Hinweis auf die Funkdisziplin.

Mae knuffte mich in die Seite, grinste und machte mit ihrem Finger eine kreisende Bewegung an ihrem Kopf. Wir würden uns den Spaß hier nicht verderben lassen, das war mal sicher.

Das Licht des Flurs breitete sich in dem fensterlosen Raum aus. Es war trotzdem zu dunkel, um mehr als bloße Umrisse wahrzunehmen.

Mae und ich schalteten unsere Stirnlampen an. Dann zog ich vorsichtig die Tür heran, ohne sie ins Schloss fallen zu lassen. Wir wussten nicht, wie sie sich von innen öffnen ließ, und wollten nicht das Risiko eingehen, uns selbst einzusperren.

»Da ist der Teppich!« Mae zeigte auf die Wand direkt gegenüber dem Eingang. Das jahrhundertealte Prachtstück lag achtlos zusammengerollt auf dem Boden. Überhaupt sah es hier drinnen aus wie in einer unheimlichen Schatzkammer, in der die Diebe ihre Beute hastig hingeschmissen hatten.

»Van de Boers scheint es wirklich eilig gehabt zu haben«, brummte Mae. »Hier steht alles durcheinander. Manche Bilder sind noch nicht einmal ordentlich in Kisten eingepackt.«

Mein Blick wanderte auf die linke Seite des Raumes, und im Lichtschein sah ich einen weniger bekannten Picasso aus seiner frühen Phase, dessen Rahmenspitze sich in ein Gruppenbild mit Dame von Jan Vermeer bohrte. Simon zappelte in seiner Tasche, und ich ließ ihn frei. Er mochte es gar nicht, wenn er nicht mit Haut und Haaren im Auge des Hurrikans stehen konnte. Mae, die die beiden Gemälde ebenfalls gesehen hatte, bahnte sich einen Weg dorthin und stellte die Bilder so auf, dass sie sich nicht gegenseitig beschädigen konnten. Van de Boers würde sowieso bemerken, dass jemand in sein Allerheiligstes eingebrochen war. Spätestens, wenn er den Teppich und die Festplatte vermisste.

Vorsichtig stieg ich über kleine Kisten hinweg, in denen wahrscheinlich Büsten und Statuen untergebracht waren. Ich schob das eine oder andere Gemälde an die Wand und machte einen schmalen Weg frei für den Teppich. Als ich bei ihm angekommen war, hob ich vorsichtig eine Ecke hoch, um zu überprüfen, ob es wirklich der Perser aus dem 16. Jahrhundert war, den wir suchten. Durch meine Handschuhe hindurch spürte ich die dichten weichen Seidenfasern.

»Habt ihr ihn?«, wollte Lord Peter wissen.

»Ja!«, antwortete ich.

»Dann nichts wie raus da!«, ergänzte Asim völlig unnötig.

»Noch nicht. Erst die Festplatte. William muss uns ein bisschen Zeit schinden«, erinnerte Mae.

»Aber selbstverständlich«, rief William aus und beantwortete damit sowohl die Frage von Dr. Xing, als auch die Anweisung von Mae.

Ich entfaltete den Exhumierungssack und hob mit Maes Hilfe den schweren Teppich an. Simon schnappte sich die Mitte des Sacks und zog ihn unter unserer Last hindurch. Dann rannte er zu den Ecken und tat dort das Gleiche. So lange, bis die Plane gerade lag. Mae und ich ließen das Monstrum fallen. Während ich den Reißverschluss am Sack zuzog und die elektrische Seilwinde befestigte, ohne die wir den Teppich nicht in den Lüftungsschacht ziehen konnten, suchte Mae nach der Festplatte.

Es war schon komisch. Wir stahlen einen großen Teppich, der leicht zu finden, aber schwer zu transportieren war, und wir wollten eine Festplatte entwenden, die leicht zu transportieren, aber schwer zu finden war. Tja, wenn es nach mir gegangen wäre … Ach, egal!

»Hier ist noch ein Safe!«, rief Mae mir zu.

»Noch einer? Ich fühl mich schon fast wie in einer Matroschka«, meinte ich. »Du weißt schon, diese russischen Holzpuppen. Wenn man eine öffnet, erscheint eine neue und immer so weiter.«

»Guter Vergleich, nur leider bekomme ich diesen Safe nicht auf.«

Ich stellte mich neben Mae und betrachtete das gute Stück aus der Nähe. »Ein Silverman dead, mhm«, murmelte ich.

»Der ist nicht zu knacken. Du brauchst den Code, sonst erhält die Herstellerfirma ein Alarmsignal, das einen unbefugten Zugriff anzeigt«, tönte es in meinem Ohr.

»Ich weiß, dass du nur helfen willst«, knurrte ich Asim an. »Aber das hier ist mein Spezialgebiet. Lass mich einfach in Ruhe.«

Simon setzte sich auf meinen Fuß, was mich wieder erdete.

»Wir könnten ihn mitnehmen und später öffnen«, schlug Mae vor.

»Wäre eine Möglichkeit, aber wir wissen nicht, ob die Festplatte wirklich in diesem Safe ist«, gab Lord Peter zu bedenken.

»Lasst mir einen Moment Ruhe, bitte!« Ich hockte mich vor den Safe und schaute mir das gute Teil von allen Seiten an. Dieser kleine Schatz von der Größe eines Schuhkartons war ein Kunstwerk für sich. In einer Form gegossen, wies das Metall keine Schweißnähte auf. Der einzige Weg hinein war die schmale Tür mit dem Zahlenfeld. Gab man die richtige Kombination ein, schoben sich die Bolzen im Inneren der Tür aus ihren Verschlüssen und gaben den Weg frei. Auch wenn man noch so viele digitale Spielereien einbaute, letztendlich war das Öffnen des Safes noch immer eine mechanische Angelegenheit.

Konzentriert fuhr ich mit dem Lichtstrahl meiner Stirnlampe über das Feld. Es war gleichmäßig eingestaubt.

»Der Safe wurde in letzter Zeit nicht geöffnet«, sprach ich mehr zu mir selbst. Ich sog meine Unterlippe zwischen die Zähne und knabberte auf ihr herum.

»Können wir nicht den Code von der Eingangstür probieren?«, fragte Mae ungeduldig.

»Wir haben nur einen Versuch«, entgegnete ich und tastete dabei das Gehäuse gründlich ab. »Wenn wir falschliegen, kannst du deine Festplatte in den Wind schießen.«

»Mist«, kam zur Antwort.

»Das ist jetzt nicht wahr!« Ich schrie laut auf vor Freude. »Das kann nicht sein.«

»WAS?«, tönte es mir mehrstimmig ins Ohr.

»Dieser Silverman hier ist die Version, die man eigentlich in der Wand befestigt.«

»Und was heißt das für uns Laien?«, wollte Asim wissen.

»Dass an der Rückseite zwei fette Löcher im Safe sind, wo man ihn an der Wand festschrauben sollte.«

»Nicht dein Ernst«, hauchte Asim. »Wie dämlich kann man denn sein?«

»Sei froh«, lachte ich. »Sonst säßen wir morgen noch hier.«

Jetzt war es kein Problem mehr, den Safe zu öffnen. Ich schob meine schmale Teleskopstange, die auf den ersten Blick wie ein Kugelschreiber aussah, durch eines der Löcher. Im vorderen Ende der Stange war eine schmale Kamera mit einer Lichtquelle eingebaut, die ihre Bilder auf meine Smartwatch übertrug. Achtsam drückte ich die Bolzen zurück und tadaaa, die Tür sprang auf.

»Wow, hier sind jede Menge Diamanten und Rubine«, freute sich Mae.

»Lass sie liegen«, empfahl ihr Lord Peter.

»Aber ich kann die Festplatte nicht finden.«

»Das kann nicht sein!« Ich hockte mich wieder neben Mae und legte den gesamten Inhalt des Safes vor uns aus.

»Schau mal an die Seite, neben den Türscharnieren«, schlug Asim vor. »Nach den Plänen des Models aus dem Internet ist diese Wand dicker als die anderen.«

»Du meinst, es könnte noch ein Geheimfach darin versteckt sein?«

»Wenn ja, Cat, dann ist es nicht besonders tief. Aber für eine schmale Festplatte würde es allemal reichen.«

Meine rechte Hand tastete über die Innenseite der Wand auf der Suche nach einem Verschluss. Und tatsächlich!

»Hier ist so etwas wie ein Knopf!«

»Sei vorsichtig.«

»Keine Panik, Asim. Da wird schon keine Sprengladung drin sein.«

Vorsichtshalber rückte Mae aber doch ein Stück von mir ab und nahm Simon mit.

Ich drückte den Knopf und hörte ein helles Klicken. Die Trennplatte fiel mir in die Hand und ich legte sie beiseite. Als ich das nächste Mal meine Hand aus dem Safe führte, lag darin die Festplatte.

»Heureka!«, rief Mae erfreut aus.

»Gut. Dann macht, dass ihr wegkommt«, meldete sich William. »Hier stimmt irgendwas nicht. Die Security hat Dr. Xing nervös gemacht. Ich kann nicht sagen, was …«

»… Scheiße«, unterbrach ihn Asim. »Es gibt scheinbar eine Fehlfunktion im Lüftungsschacht. Sie haben die Wartungsfirma angerufen und versuchen rauszubekommen, wie sie es beheben können.« Asim konnte sich zwar nicht in das Gebäude reinhacken, aber er überwachte die Kommunikation nach außen, so auch die Telefonverbindungen. »Ihr müsst noch warten. Sie wollen einen starken Luftstoß durch die Kanäle jagen, um das System zu reinigen.«

»Na und?«, meinte ich leichthin. »Sollen sie nur. Sie werden nichts finden. Wir sind ja nicht drin. Es kann uns nichts passieren.«

Sekunden später brach über unseren Köpfen die Hölle los. Das nervige Kreischen der Alarmsirenen dröhnte in unseren

Gehörgängen und machte eine verbale Kommunikation unmöglich. Mae gab mir ein Zeichen, ich solle schnell die Tür zuziehen. Uns erst einmal im Saferaum einzuschließen, war jetzt die einzige Möglichkeit, nicht sofort aufzufliegen.

Während ich ihre Anweisung befolgte, schoss mir eine Erinnerung durchs Hirn. Hastig durchsuchte ich die Taschen meines Catsuits. Nichts. Keine Alufolie.

Ich musste sie im Schacht verloren haben!

»Hat irgendjemand eine Idee? Irgendwas?« Lord Peter tigerte in gebückter Haltung durch den Van.

»Hier rennen alle wie die aufgescheuchten Hühner durcheinander«, meldete sich William. »Die haben mich einfach in der Lobby abgestellt, und seitdem scheine ich für die Security nicht mehr zu existieren. Alle Männer durchsuchen das Gebäude. Jedenfalls die frei zugänglichen Räume, denn in die Tresorzimmer kommen sie ja nicht rein. Dr. Xing ist komplett neben der Spur. Der zweite Zwischenfall innerhalb von 24 Stunden. Das haut rein. Seine Kunden werden wenig begeistert sein! Würde mich nicht wundern, wenn einige von denen ihre Sachen hier so schnell wie möglich rausholen wollen.«

Asim hob seinen Blick von der Tastatur und schaute Lord Peter an. Der kniff seine Augen zusammen und versuchte, den Gedankengang seines Schützlings und Partners zu erraten.

»Du musst mir schon einen Hinweis geben. Allein komme ich nicht drauf.«

Asim winkte ab. »Ich denke nur leise.«

»Okay, dann denk schneller«, hörte er Cats Stimme. »Oder zauber dir was aus dem Hut. Keine Ahnung.«

»Zaubern«, murmelte Asim und schoss plötzlich vom Stuhl. »Das ist es. Illusion!«

»Ich steh auf dem Schlauch«, rief William und versuchte den Alarm, der immer noch nicht abgestellt war, zu übertönen. »Willst du, dass wir hier einen Zaubertrick vorführen?«

»Ganz genau! Zaubertricks leben von Ablenkung. Während das Publikum auf den Magier schaut, zieht seine Assistentin im Hintergrund die Fäden.«

William und der Rest des Teams verstanden immer noch nicht.

»Sag uns einfach, was wir tun sollen. Dann läuft das schon«, schloss Mae die Diskussion ab. Als Befehlsempfängerin war sie diese Arbeitsweise gewohnt, und ob wir anderen nun wollten oder nicht, es war die einzige Möglichkeit, mit heiler Haut aus der Sache rauszukommen.

»Zu Befehl, General.« Man konnte das Knallen von Williams Hacken förmlich hören.

»Das ist deine Show, Asim. Hol uns hier raus!«

Lord Peters Einverständnis fiel etwas gelassener aus. Er legte Asim einfach die Hand auf die Schulter.

»Lord Peter! Sie und ich werden uns als Mitarbeiter einer Transportfirma ausgeben. In dem Koffer unter dem Tisch liegen vier Uniformen. Zwei für uns und zwei für die Mädchen.«

»Wieso hast du …?« Cat war überrascht.

»Plan B.« Die Antwort schien Asim als Erklärung ausreichend. »William!«

»Jawoll!«

»Erzähl mir genau, was bei dir abgeht.«

»Die Sicherheitsmänner haben alle die Lobby verlassen und durchsuchen das gesamte Gebäude. Ich weiß nicht, wo sie genau sind, aber bei schlappen 25 000 Quadratmetern werden sie eine Weile beschäftigt sein. Ein Posten ist hier beim Empfang geblieben. Es sieht so aus, als würde er Dokumente durch einen Schredder jagen. Und er schaut mich merkwürdig an.«

»Wahrscheinlich wundert er sich, dass du Selbstgespräche führst«, kommentierte Mae.

»Nein, denn zur Tarnung halte ich mein Handy ans Ohr. Es ist wohl eher die Tatsache, dass ich noch immer hier bin. Aber Dr. Xing hat ihm keine Instruktionen gegeben, mich rauszuwerfen. Also guckt er nur.«

»Und er vernichtet wirklich etwas«, erläuterte Asim. »Diese Anlage funktioniert eigentlich komplett papierlos. Jede Anweisung wird digital ausgegeben und gespeichert. Bis auf die Aufträge für externe Transportfirmen. Die zeigen entsprechende Papiere vor, die dann eingescannt und im Schredder vernichtet werden. Und genau das werden wir uns zunutze machen.«

»Wie meinst du das?«, fragte Lord Peter, während er sich die dunkelblaue Uniformjacke überzog, auf deren rechtem Ärmel das Logo eines Gabelstaplers mit der Aufschrift »Transworld« prangte.

»Überlassen Sie das nur mir. Wir müssen nur erst mal in

die Lobby rein.« Asim, ebenfalls in Uniform und mit dem Namensschild Pearsons über der Brust, schnappte sich eine Sporttasche, in der die Uniformen für Mae und Cat unter einem Berg von Kabelbindern und Seilen verborgen waren.

Lord Peter lenkte den Van am Haupteingang vorbei und stellte ihn seitlich davon in eine Parkbucht. Die Männer stiegen aus und spazierten in den Supertresor, als wäre es das Natürlichste der Welt.

Lord Peter warf einen kurzen Blick auf William und tat so, als würde er ihn als eine potenzielle Gefahr ansehen. Der Alarm war mittlerweile abgeschaltet worden. Ab und an hörte man das Echo schwerer Stiefel, die über den Marmorboden rannten.

»William, kannst du den Wachmann für einen kurzen Moment von seinem Tresen weglotsen?«, bat Asim unauffällig über die Intercom.

Von null auf hundert zog William eine Riesenshow ab. Stinksauer und mit einer immensen Kraft knallte er sein Smartphone auf die Fliesen. Die Einzelteile des Samsung Galaxy flogen in alle Himmelsrichtungen davon, begleitet von einem Schwall Schimpfwörter. Dann rannte er auf Seine Lordschaft zu, packte ihn am Kragen seiner Uniform und schrie ihm mitten ins Gesicht. Williams gespielter Ausbruch wirkte so echt, dass es nicht nur Lord Peter und Asim mit der Angst zu tun bekamen, sondern auch der Wachmann hinter dem Tresen. Mit seiner Pistole, einer Beretta 84, im Anschlag rannte er auf William zu und schrie ihn an, sofort von dem Mann zurückzutreten. Kaum hatte der Wachmann Asim aus dem Blick verloren, als dieser hinter den Empfangstresen huschte, den Deckel des Schredders anhob und eine schmale Leiste auf den Einschubschlitz klebte. Dann rannte er wieder zu Lord Peter und versuchte William zu beruhigen. Der ließ von Seiner Lordschaft ab, sammelte fluchend die Reste seines Handys auf und eilte, ohne den Wachmann oder die anderen beiden Männer eines Blickes zu würdigen, aus dem Gebäude.

»Ich warte im Van auf euch«, ließ er den Rest des Teams über die Intercom wissen, sobald er draußen war.

Der Wachmann, noch immer misstrauisch, verstaute seine Waffe und fragte Asim barsch, was die beiden hier wollten.

»Wir haben den Auftrag, Sachen aus dem Lager von Daan van de Boers abzuholen.«

»Davon weiß ich nichts.«

»Natürlich nicht«, erwiderte Seine Lordschaft freundlich, aber bestimmt. »Der Auftrag ist erst vor einer halben Stunde erteilt worden. Ich nehme an, dass Ihr Manager bisher noch nicht dazu gekommen ist, es im System zu vermerken. Ich schätze mal, dass nach dem gestrigen Alarm die Telefone hier nicht mehr stillstehen und jeder nach seinen Schätzen sehen oder diese sogar hier rausholen will. Das dürfte wohl auch der Grund sein, warum ihr Boss Dr. Xing uns nicht selbst kontrolliert, oder? Also lassen Sie uns einfach unseren Job machen. Je schneller wir hier raus sind, desto eher können die anderen ihre Termine einhalten und vielleicht läuft hier dann irgendwann wieder alles normal.«

Während Lord Peter den armen Wachmann mit Worten weichklopfte, stand Asim in gespannter Erwartung neben ihm.

»Zeigen Sie mir den Abholschein und dann können Sie

durchgehen. Ich hab schon genug zu tun, um mich auch noch um den Kram zu kümmern. Ausgerechnet heute melden sich drei meiner Leute krank, sodass ich für die Monitore und die Papiere zuständig bin!« Bedient von der ganzen Situation drehte der Wachmann Lord Peter und Asim den Rücken zu und lief an seinen Platz hinter dem Tresen zurück.

Lord Peter tat so, als würde er in Asims Tasche nach den Papieren suchen, während der Wachmann, seinen Blick stur auf den Monitor gerichtet, den nächsten Abholungsauftrag in den Schredder schob.

Das Blatt lief vor seiner Zerstörung an der von Asim installierten Schiene vorbei, in die ein hochauflösender Scanner eingebaut war. Die Kopie des Abholscheins landete in dem kleinen Drucker, der im Seitenfach von Asims Sporttasche steckte. Lord Peter zog die Kopie der Seite heraus.

»Hier ist die Auftragsbestätigung von van de Boers. Wir sollen einen großen Wandteppich und zwei Gemäldekisten holen.«

»Den Zugangscode zum Raum haben Sie!« Der Wachmann schaute sich das Papier nicht näher an, sondern scannte es für das digitale Archiv des Hauses ein und schickte es dann direkt durch den Schredder. Wobei eine weitere Kopie in der Sporttasche landete. Die anderen Scans blieben im Speicher des Druckers hängen, weil Asim kein Papier mehr nachlegte.

»Wir brauchen einen Transportwagen, und es werden noch zwei Kollegen von uns kommen. Sie müssten gleich hier sein.«

Der Wachmann drehte sich um und wies mit dem Daumen in einen Gang neben der Empfangshalle. »Bedient euch!«

Lord Peter schaute Asim fragend an. Der zuckte nur leicht mit den Schultern. Das war nicht der Plan! Der Wachmann musste unbedingt noch einmal seinen Posten verlassen, damit Asim die Schiene wieder abbauen und Lord Peter so tun konnte, als wären Cat und Mae zum Saferaum unterwegs, ohne dass der Security-Mann sie gesehen hatte. Wenn das nicht funktionieren sollte, würden die Mädchen das Gelände nicht verlassen können.

»Das ist gegen die Vorschriften«, meinte Lord Peter. »Sie müssen den Wagen holen, sonst bekommen wir beide Ärger. Das wissen Sie, oder?«

Der Mann von der Security verdrehte leicht die Augen und lief in den Gang, um einen Transportwagen zu holen. Er war noch nicht ganz hinter der Tür verschwunden, als Asim hinter den Tresen sprintete, den Scanner vom Schredder riss, ihn in die Tasche stopfte und sich auf den Weg zu dem Saferaum machte, in dem Cat und Mae eingesperrt waren. Keine Sekunde zu früh.

Der Wachmann trat wieder zu Lord Peter, der sich für den Wagen bedankte und endete: »Meine Kollegen sind schon vorgegangen.« Aber das interessierte den Mann zum Glück schon nicht mehr. Er wandte sich einfach wieder seiner Arbeit zu.

Als Seine Lordschaft mit dem Wagen zu Asim kam, hatte der bereits die Tür aufgeschlossen und uns die Uniformen gegeben.

»Alles in Ordnung bei euch?«

»Ja, danke, Lord Peter. Es geht uns gut!«, erwiderte Mae höflich und stopfte ihren Pferdeschwanz in die Basecap, die zur Uniform gehörte.

»Und es geht uns noch besser, wenn wir hier raus sind«, setzte ich wütend drauf und schloss die Knöpfe an meiner Uniformjacke. Ich ärgerte mich über meine eigene Unaufmerksamkeit. Wie konnte ich nur so dämlich sein? Ich hätte bemerken müssen, dass mir die Alufolie aus der Tasche gefallen war. Als die Sicherheitsleute den Luftstrom durch die Anlage gejagt hatten, war die Folie aufgeschleudert worden und hatte den Alarm im Nebenschacht ausgelöst.

Mae verstaute unsere Hüftgürtel beim Teppich im Exhumierungssack. Für Simon, der sich danebenhockte, ließ sie den Reißverschluss ein wenig offen, damit er Luft bekam.

Im Augenwinkel sah ich, wie Asim die Festplatte an sich nahm und in die Brusttasche seiner Jacke steckte.

»Es ist sicherer, wenn wir den Teppich und die Festplatte auf getrennten Wegen aus dem Land schaffen«, erklärte Asim, als er meinen verwunderten Blick sah.

»Ist okay«, meinte Mae. »Wir sollten uns eh noch darüber unterhalten, was wir mit dem Teil machen wollen. Auf keinen Fall gebe ich es meinem Boss beim SIS.« Alle nickten ihr Einverständnis.

Lord Peter und ich wuchteten den Teppich auf den Wagen. Dann schickte ich ein Gebet zum Himmel, dass wir auf unserem Weg nach draußen niemandem begegnen würden. Mein Wunsch wurde wie durch ein Wunder erhört.

Wie die vier Apokalyptischen Reiter schritten wir erhobenen Hauptes durch die Eingangstür der Lobby und liefen, so cool es ging, zum Van. Im Film wäre diese Szene in einer Superzeitlupe abgelaufen. So kam es mir jedenfalls vor.

William wartete schon am Steuer auf uns. Lord Peter und Asim luden den Teppich ein. Ich nahm auf dem Beifahrersitz Platz und verstaute die Sporttasche zwischen meinen Füßen. Mae stellte den Transportwagen an die Seite und sprang dann in den Fond des Vans.

Kaum hatten wir den Zaun des Freihandelshafens passiert, brandete unbändiges Jubelgeschrei in unserem kleinen Van auf.

TRACK: 14
TITLE: RÜCKZUG MIT HINDERNISSEN

Die menschliche Gemeinschaft funktioniert über Regeln. So auch die Arbeit in einem Team. Aber das Geheimnis zum Erfolg? Biege die Regeln, bis sie brechen!

Wir fuhren die dreispurige Ausfallstraße, den East Coast Park, entlang. Beschattet von einem grünen Blätterdach, denn hier säumten Bäume den gesamten Weg, lachten wir ausgelassen und erzählten uns haarklein, was wir im Tresor erlebt hatten, obwohl doch jeder dabei gewesen war. Die Uniformen streiften wir ab und zogen unsere normalen Touristenklamotten an. Kein leichtes Unterfangen bei Tempo 50 und das, obwohl die Fahrbahn schnurgerade verlief.

William steuerte den Van in die Bayshore Road.

Vor einem der 25-stöckigen Gebäudekomplexe bogen wir auf den Parkplatz ein und hielten in einer freien Parkbucht.

Ohne viele Worte teilten wir uns in alle vier Himmelsrichtungen auf. Die Beute musste sofort aus dem Land geschafft werden. Je mehr Zeit wir verloren, desto höher stieg die Wahrscheinlichkeit, dass wir aufflogen.

Lord Peters und Simons Aufgabe war es, den Teppich zur Yacht zu bringen, wo Vincent bereits startklar auf sie wartete. Seine Lordschaft übernahm den Fahrersitz und fuhr direkt in Richtung Yachthafen zum westlichen Ende der Insel weiter.

William und Asim stiegen in einen Nissan Micra, der zwei Buchten entfernt stand. Sie würden einen Umweg über unser Apartment machen und unsere Sachen abholen, während

Mae und ich in einem gemieteten Mini, very British, direkt zurück zum Flughafen düsen würden, wo schon unser Rückflug auf uns wartete. Innerhalb der kommenden fünf Stunden würden wir alle mit dem Flugzeug das Land verlassen. Mae und ich reisten nach Berlin. Dort wartete ein ICE, der uns über Amsterdam nach Rotterdam fuhr. Den Weg über den Kanal würden wir auf einer Fähre zurücklegen, um dann, rund 24 Stunden später, unsere Füße wieder auf englischen Boden zu setzen.

William und Asim nahmen die Route via Frankreich und Irland nach Hause. Laut Plan segelten Lord Peter, Vincent und Simon nach Bandar Abbas. Dort würde unser iranischer Freund und Direktor des Teppichmuseums Laith das neue alte Prachtstück seiner Ausstellung in Empfang nehmen. Lord Peter würde ihn bis nach Teheran begleiten und von dort direkt nach London fliegen, während Vincent zusammen mit Simon die weitere Fahrt nach Wales genießen sollte. Bis auf die beiden würden wir uns alle auf dem Landsitz Seiner Lordschaft treffen.

Wie ein Hase schlugen wir so viele Haken wie möglich, um unsere Spuren zu verwischen.

Mae, in Bluejeans und gleichfarbiger Leinenbluse, winkte den Jungs, die gerade den Parkplatz verließen, und schwang sich auf den Fahrersitz. Ich raffte meinen mintgrünen Maxirock über mein schwarzes Top und schob mich neben sie.

»Na, dann. Heimat – wir kommen!« Mae ließ den Motor aufheulen, legte ihren linken Arm auf die Lehne meines Sitzes, um besser durch die Heckscheibe sehen zu können, und setzte rückwärts aus der Parklücke. »Zum Glück haben die hier auch Linksverkehr«, bemerkte sie und bog auf die Upper East Coast Road ein. Unsere Klimaanlage lief am Anschlag.

»Es lebe das Britische Empire, das seinen zahlreichen Kolonien die Zivilisation brachte.« Aus meiner Stimme triefte der Sarkasmus nur so heraus.

»Ganz vorsichtig, Schätzchen«, lachte Mae und winkte mit dem Zeigefinger ihrer linken Hand in meine Richtung.

»Oh, musst du mich jetzt melden?«

»Nee. Und selbst wenn. Jeder hat ein Anrecht auf seine Meinung, oder?«

»Darüber ließe sich streiten. Aber hey. Ich werde den Teufel tun und mich mit einer britischen Geheimagentin anlegen.«

Wir lachten beide und schauten geradeaus auf die Fahrbahn. Es war Mittag und die meisten Menschen hielten sich in klimatisierten Gebäuden auf. Der Verkehr war sehr überschaubar. Bis zum Flughafen sollten wir keine zwanzig Minuten brauchen.

Maes Blick glitt zum Rückspiegel. Dann wieder auf die Fahrbahn. Dann wieder in den Rückspiegel.

»Was ist los?«

»Ich weiß nicht genau.« Mae drosselte unser Tempo und schaute erneut in den Rückspiegel. Dann gab sie aus heiterem Himmel Gas und fuhr über dem erlaubten Limit. Wieder sah sie in den Rückspiegel.

»Verdammt. Der silberne Toyota hinter uns.«

Ich drehte mich nicht um, sondern versuchte den Wagen im Seitenspiegel auszumachen. Auf der linken Spur, hinter einem grünen Hyundai und einem blauen VW Polo, entdeckte ich den Wagen.

»Verfolgt er uns?«

»Ja. Als ich langsamer wurde, wurde er auch langsamer.«

»Und als du Gas gegeben hast, blieb er an uns dran. Was machen wir? Können wir ihn abhängen?«

»Wir können es zumindest versuchen. Schau mal im Handschuhfach, ob du einen Stadtplan findest.«

Ich öffnete die Klappe im Armaturenbrett vor mir. Bis auf einen Werbeflyer des Autovermieters war es leer.

»Warum auch sollte hier ein Stadtplan liegen, wo doch jeder ein Navigationsgerät im Wagen oder Handy hat?«, knurrte ich. Denn unser Navi im Wagen war kaputt, und Mae und ich hatten unsere Handys im Apartment gelassen, um nicht geortet werden zu können. Mit einem kurzen Tippen aktivierte ich meinen Ohrstöpsel und funkte Asim an.

»Wir haben ein Problem!«

»Und ich hab grad das Urheberrecht auf den Satz beantragt!«

»Ha, ha. Ich hab ganz vergessen, wie man lacht. Aber im Ernst, Asim. Uns folgt ein Wagen.«

»Kein Zweifel?«

»Kein Zweifel!«

»Was kann ich tun?«

»Was kann er tun?«, gab ich die Frage an Mae weiter.

»Er soll uns so durch die Stadt lotsen, dass wir den Toyota abhängen!«

»Hast du das mitbekommen?«

»Ja. Bin schon dabei! Sag Mae, sie soll ihren Ohrstöpsel aktivieren. Dann kann ich ihr direkte Anweisungen geben.«

Doch Mae schüttelte den Kopf.

»Sie will nicht. Sie meint, das lenkt sie zu sehr ab.«

»Ich hab's gehört. Auf die Entfernung überträgt dein Knopf im Ohr alle Geräusche. Noch einen kleinen Moment. Ich peile ihn jetzt an, und dann können wir loslegen.«

In der Leitung schwang Schweigen.

»Na gut, du musst schnell sein und Mae meine Infos weitergeben, ohne zu diskutieren. Du musst mir vertrauen. Bekommst du das hin?«

Und tatsächlich zögerte ich einen Moment, bevor ich Asims Frage bejahte.

»Ich leite euch in einem großen Radius zum Flughafen. Mal sehen, ob wir sie damit nicht verwirren können.«

Ich hörte das charakteristische Klicken von Laptoptasten und wartete auf meine Befehle.

»Okay. Rechts raus in 4 … 3 … 2 …«

»… und los!«, rief ich Mae entgegen. Sie folgte dem Befehl, ohne auch nur mit der Wimper zu zucken.

»Verdammt, Asim!«, schrie ich für sie auf. »Das ist eine Abfahrt und wir rauschen jetzt als Geisterfahrer durch den Gegenverkehr.«

Heftig nach Luft schnappend stützte ich mich mit den Händen am Armaturenbrett ab, während Mae, völlig emotionslos, den Mini mit einem Affenzahn links und rechts an den entgegenkommenden PKW vorbeischrammte. Die Rollerfahrer stoben wie Billardkugeln in alle Richtungen auseinander.

Ich wurde mutig und drehte meinen Kopf nach hinten. »Der Toyota ist noch da«, meldete ich. »Aber er fällt zurück. Looser.« Ich grinste.

»Freu dich nicht zu früh. Noch sind wir ihn nicht los«, ermahnte mich Mae.

»Links abfahren!«

Mae zirkelte an den Autos vorbei und schlug das Lenkrad fest in die angegebene Richtung. Wieder auf der richtigen Fahrbahnseite preschten wir an einem Gewerbegebiet vorbei. Die Strecke war vollkommen leer und Mae jagte den Motor unseres Minis bis an seine Leistungsgrenze.

»Links!«

Schlitternd, mit ausbrechendem Heck, wollte Mae gerade abbiegen, als ich sie schreiend zurückhielt. »Das ist ein Fußweg!« Noch dazu einer, der mit hüfthohen Bollern dafür sorgen sollte, dass keine Autos dort hineinfuhren.

»Sorry, die nächste, die nächste links und Achtung Gegenverkehr!«

Hätte ich längere Haare gehabt, ich hätte sie mir gerauft.

Wir schafften den Weg im Gegenverkehr vorbei an einer Schule und rasten weiter geradeaus. Der Toyota blieb hinter uns, als hätten wir Pattex an der Stoßstange.

»Der Kerl ist gut. Es ist fast so, als wüsste er noch vor uns, wo wir langfahren!«

Für einen Sekundenbruchteil sah Mae mich von der Seite ein.

»Sag das noch mal«, meinte sie leise.

»Ich sagte …«

»Ja, schon gut.«

»Rechts raus.« Wir rasten durch eine einspurige Auffahrt in entgegengesetzter Richtung runter von der dreispurigen Fahrbahn. Ein LKW kam uns wild hupend entgegen. Mae bretterte über den niedrigen Mittelstreifen und verfehlte dabei nur um Haaresbreite einen Baum. Aber zumindest fuhren wir wieder auf der richtigen Seite!

»Ich hab komplett die Orientierung verloren. Fahren wir in Richtung Innenstadt?«

»Ja«, antwortete Asim, während wir geradeaus den dichter werdenden Verkehr durchpflügten. »Spätestens in den schmalen Straßen im British District müsstet ihr den Kerl abhängen können!«

»Mach drei draus!«, rief Mae laut und eindringlich, aber ohne eine Spur von Panik in der Stimme.

»Der Toyota hat Verstärkung bekommen?«

»Zwei schwarze SUV«, hauchte ich, als ich einen Blick aus dem Heckfenster riskierte. »Und sie werden schneller!«

»Die nächste links. Das ist eine schmale Verbindungsstraße zwischen Wohnhäusern. Der Mini müsste schnell hindurchkommen. Die Karren euer Verfolger sind größer und schwerer. Da könnt ihr wieder Zeit gewinnen.«

Und so war es auch.

Aber nicht für lang. Denn an einer Kreuzung setzte sich ein neuer SUV hinter uns und versuchte noch nicht einmal so zu tun, als würde er uns nicht verfolgen. Die Jagd auf uns schien offiziell eröffnet.

»Verdammt, so wird das nichts. Cat, kannst du mir deinen Ohrstöpsel geben?«

Ich stopfte ihr das Teil ins Ohr, ohne zu fragen, warum. Meine Nerven waren zum Zerreißen gespannt.

»Asim. Du musst mir eine Verbindung nach London herstellen. Geht das?«

»Ja, sicher. Kein Problem.«

Mae nannte ihm die Nummer. »Kannst du dann bitte aus der Leitung gehen?«

Die Skepsis in Asims Schweigen konnte ich selbst ohne Ohrstöpsel erahnen. Mae warf mir einen ernsten Blick zu, und ich legte einen Finger auf meine Lippen, zum Zeichen, dass ich keinen Laut von mir geben würde.

»Hallo. Hier ist Agent 39 458. Verbinden Sie mich bitte mit … Was? Ja, ich weiß, dass das keine sichere Leitung ist, aber ich bin in Schwierigkeiten. Also verbinden Sie mich jetzt sofort mit …« Maes Stimme wurde resoluter, aber wer auch immer am anderen Ende war, und ich vermutete ganz stark, dass es sich dabei um den SIS handelte, hielt scheinbar dagegen.

»Dann sagen Sie mir wenigstens, wo sich eines unserer Safehouses in Singapur befindet! … Was! … Das kann doch nicht Ihr Ernst sein. Hey!« Mae sah mich an. »Sie hat einfach aufgelegt.« Sie straffte die Schultern und blickte konzentriert nach vorn. »Asim, hallo. Ja. Kannst du noch eine andere Nummer für mich wählen? Okay. Danke. Das wäre doch gelacht. Ich hab noch andere Kontakte.«

»Wolltest du gerade mit deinem Führungsoffizier reden?«

Mae nickte konzentriert. Wir hielten uns jetzt ausschließlich an Hauptverkehrsstraßen und versuchten, Zeit zu gewinnen.

»Dieses Arschloch lässt sich verleugnen. Meine Nummer wäre angeblich nicht mehr aktiv!«

»Was bedeutet das?«

»Dass ich tot bin!«

»Bitte waaas?« Ich war fassungslos. »Und da bleibst du so cool? Ich meine, du bist noch nicht tot. Was soll das?«

»Wenn es nach denen da hinten geht, bin ich es aber bald.« Sie zeigte mit ihrem ausgestreckten Daumen auf unsere Verfolger. »Und die werden mit Sicherheit keine Zeugen brauchen … Jack, hey, ich bin's, Mae.« Die Verbindung zur anderen Nummer stand. »Du, hör mal, ich brauche dringend deine Hilfe. … Was? Nein, ich bin nicht tot. Aber ich bin es bald, wenn du mir nicht die Adresse von einem verdammten Safehouse in Singapur gibst. … Wir haben keins! Dann gib mir das von der CIA. … Jack, verdammt. Die haben überall auf der Welt sichere Wohnungen. Für wie dämlich hältst du mich? Jack …? Jack!«

»Lass mich raten. Er hat aufgelegt?«

»Ja, Mist. Ich weiß nicht, was da los ist.«

»Hast du nicht gemeint, du hättest den Eindruck, dass da was Linkes im SIS läuft?«

»Ja, aber dass die so weit gehen würden, mich dafür über die Klinge springen zu lassen …«

»Vergiss mich nicht.« Ich starrte auf die Fahrbahn und in meinem Kopf rasten die Gedanken noch schneller als unser Wagen. »Die Festplatte, die wir gestohlen haben, muss wirklich heiß sein, wenn die für den Inhalt töten würden. Aber ich frage mich, ob die Typen hinter uns wirklich vom Geheimdienst sind.«

»Was denkt sie?« Asim war wieder in Maes Leitung.

»Asim will wissen, was du denkst.«

»Na ja, geht der britische Geheimdienst nicht ›geheim‹ vor? Sorry für das Wortspiel, aber wenn die uns so offen in Singapur jagen und dann auch noch killen? Diese Jagd wird sicher bald auch der hiesigen Polizei auffallen. Gibt es da nicht so was wie diplomatische Verwicklungen?«

»Du hast recht.« Mae wurde nachdenklich. »Der SIS arbeitet anders. Die würden es eher nach einem Unfall aussehen lassen. Eine tödliche Allergie hervorrufen oder einen netten Unfall inszenieren, ohne Verfolgungskrimi. Sorry. Aber ich weiß im Moment nicht weiter.«

»Aber ich vielleicht!« Ich nahm Mae den Ohrstöpsel wieder ab. »Asim!«

»Ja.«

»Wenn wir die Jagd in die Innenstadt verlegen und an den öffentlichen Überwachungskameras vorbeifahren, meinst du, du kannst ein Foto von den Typen machen?«

»Ich kann es versuchen. Lord Peter!«

»Ja«, meldete sich unser Boss, der bisher, genau wie William, geschwiegen hatte.

»Haben Sie noch die Gesichtserkennungssoftware auf Ihrem Laptop?«

»Ja, sicher!«

»Gut, sobald ich das Foto habe, schicke ich es Ihnen …«

»… Und ich beginne schon mal mit dem Vergleich aller Fotos, die wir in unserem Archiv haben.«

»Und vergessen Sie nicht, die Fotos durch alle Onlinekanäle laufen zu lassen«, erinnerte ihn Asim.

»Aber das kann doch Tage oder Monate dauern?«

»Keine Angst. Das Programm ist schnell, weil es sich nur auf wenige Parameter konzentriert. Die Fehlerquote ist zwar höher, aber es schafft den Durchlauf in einer irren Zeit.«

»Ich brauche ein Parkhaus«, unterbrach ich die drei Männer mit so fester Stimme, dass es keine Diskussionen gab.

»Plaza Singapura. Das Einkaufszentrum liegt nur noch vierhundert Meter von euch entfernt«, konzentrierte sich Asim wieder auf uns.

»Ich sehe es.« Ich gab Mae die Anweisung, in das Parkhaus zu fahren. Wir zogen ein Ticket und verschwanden in der Einfahrt. Zum Glück gab es keine Schlange davor.

»Halt an.« Ich schnappte mir den Flyer der Mietwagenfirma, den ich im Handschuhfach gefunden hatte, und faltete ihn, so oft es ging. Das kleine Paket stopfte ich in das Gelenk der Schranke. Sie blockierte. Das würde lange genug halten, um den Sicherheitsdienst des Gebäudes in Alarmbereitschaft zu versetzen, und wir gewannen etwas Zeit.

»Dritte Parkebene«, wies ich Mae an, als ich wieder in den Wagen stieg.

»Warum ausgerechnet die dritte?«, fragte sie neugierig.

»Weil sie genau in der Mitte liegt. Wenn die Typen hier reinfahren, um uns zu suchen, müssen sie jede Ebene sehr langsam abfahren.«

»Und egal, ob sie oben oder unten anfangen, sie brauchen gleich lange, um in die dritte Ebene zu kommen.« Mae hatte meine Idee verstanden.

»Korrekt!«

Wir stellten den Wagen an der entlegensten Stelle von der Auffahrt ab und rannten in die Shopping Mall. Die Gänge waren vollgestopft mit Menschen und Waren. Über unseren Köpfen hingen zahllose Überwachungskameras.

»Wir müssen uns umstylen!« Ich zog Mae in das nächst-

236

beste Geschäft, griff mir zwei schwarze Jeans und schwarze Shirts, Unterwäsche und schwere Boots, die ich an der Kasse bar bezahlte. Auf dem Weg zur Toilette griff sich Mae im Vorbeigehen zwei unscheinbare dunkelblaue Basecaps, und ich ließ einen Geldschein in die Hand des Händlers gleiten. Als wir umgezogen aus den Toilettenkabinen kamen, sahen wir aus wie Zwillinge. Bis auf die Haare natürlich.

»Schau mich nicht so an«, meinte Mae mit zusammengekniffenen Augen. »Ich werde sie nicht abschneiden und zum Umfärben haben wir keine Zeit.«

»Ich hab draußen einen Perückenladen gesehen.« Grinsend zog ich eine Augenbraue in die Höhe.

»Keine Chance. Die Basecap muss reichen!«

Mit vereinten Kräften stopften wir jede noch so dünne rote Haarsträhne hinein. Im Spiegelbild trafen sich unsere Blicke.

»Bereit?«

»Bereit!«

»Okay«, bestimmte ich. »Asim!«

»Ja.« Die Stimme meines Partners klang ängstlich, denn er ahnte wohl, was ich vorhatte.

»Wir lassen unsere alten Sachen hier zurück, falls irgendwas davon verwanzt ist. Und wir werden auch den Ohrstöpsel hierlassen. Keine Kommunikation mehr, klar?«

»Nein«, rief Asim. »Das ist nicht nötig. Unsere Intercom kann nicht abgehört oder geortet werden. Das ist unmöglich, glaub mir!«

Mae, die unser Gespräch mithörte, schien mich mit ihren Augen ebenfalls zu fragen, ob es wirklich eine so gute Idee wäre, ohne Unterstützung weiterzugehen.

»Unsere Verfolger« sind Profis. Irgendwie scheinen die uns zu orten. Wir dürfen kein Risiko eingehen.«

»Ihr behaltet die Ohrstöpsel bei euch!«

»Lord Peter! Ich dachte, Sie sind schon unterwegs.«

»Vincent und Simon lösen gerade die Vertäuung. Aber das tut nichts zur Sache. Wir können euch nicht blind laufen lassen. Wenn etwas schiefgeht, dann gefährdet das nicht nur euch, sondern die gesamte Operation. Der Kontakt darf nicht abbrechen.«

»Das klappt schon, Cat. Mir wäre ebenfalls wohler, wenn wir die Jungs im Ohr behielten«, redete Mae mir zu.

Widerwillig gab ich mich geschlagen, obwohl mir mein Bauchgefühl eine andere Richtung vorgab. »Also gut. Dann los.«

Mae und ich liefen zurück zum Parkhaus. Auf dem Weg durch die Haupthalle wichen wir den Kameras, so gut es ging, aus. Niemand schien uns zu beachten. Die erste Parkebene war voll mit Motorrollern. Ich lief die Reihen ab und entschied mich für eine Mash Seventyfive 125. Ich suchte nicht nach Motorleistung, sondern nach Wendigkeit. Außerdem reichten 105 km/h locker aus im Stadtverkehr. Ich überdrehte das Lenkrad und hörte das Schloss knacken.

»Jetzt nur noch den Elektrostarter überbrücken«, murmelte ich und schob eine von Maes Haarspangen zwischen die Elektrik. Nur Sekunden später ließ der Motor sein charakteristisches Schnurren hören.

»Darf ich bitten?« Ich schwang mich auf den Sitz und lud Mae ein, sich hinter mich zu setzen. »Bist du schon mal Motorrad gefahren?«

»Nicht so, wie du es jetzt wahrscheinlich vorhast.«

»Das Wichtigste ist, dass du jede meiner Bewegungen mitmachst. Du musst dich mit mir in die Kurve legen. Keine Angst, wir kippen nicht um. Nur wenn du gegensteuern willst, wird's für uns gefährlich. Alles klar?«

Mae nickte mir zu, setzte sich hinter mich und legte ihre Hände auf meine Hüfte. Ich gab Gas und wir schossen aus dem Parkhaus heraus. Im ersten Moment blendete mich die Sonne so stark, dass ich mir wünschte, eine Sonnenbrille gekauft zu haben. Blinzelnd lenkte ich uns durch die Autoschlange, die an einer Ampel zum Stehen gekommen war.

Es gab zwei Möglichkeiten für uns: Mit dem Verkehr zu schwimmen und die Regeln einzuhalten, was den Vorteil hatte, dass wir über die Verkehrskameras nicht so schnell auffallen würden. Oder Gas zu geben und auf dem schnellsten Weg zum Flughafen zu kommen. Wenn wir erst einmal durch die Sicherheitsschleusen waren, wären wir safe. Meine Augen gewöhnten sich an das helle Licht, die Ampel schaltete auf Grün, und wir fuhren links ab. Schnell nahm ich Tempo auf und lenkte uns durch den enger werdenden Verkehr. Ich lächelte, denn gerade hier war man mit einem Motorrad absolut im Vorteil. Klein, wendig, schnell und elegant!

Ich spürte, wie sich Mae entspannte, gab noch mehr Gas und rauschte bei Dunkelorange über die nächste Kreuzung.

»Scheiße«, rief Mae plötzlich aus und ich sah im Seitenspiegel, wie aus der Orchard Road ein schwarzer SUV angeschossen kam. Seine quietschenden Reifen waren weithin zu hören.

»Verdammt, wie haben die uns so schnell gefunden? Festhalten!« Ich quetschte die letzten Pferdestärken aus der Mash heraus. Für die britische Architektur des 19. Jahrhunderts im Colonial District hatten wir im Moment kein Auge. Wir flogen an der Cathedral of the Good Shepherd vorbei und ließen das Fairmont Hotel links liegen.

Mae und ich schlugen einen Haken nach dem anderen, überholten Autos und kürzten über Gehwege ab. Aber kaum hatten wir einen SUV abgehängt, wuchs ein neuer aus dem Boden.

»Die kleben wie Scheiße am Schuh«, schimpfte ich. »Asim, hast du irgendeine Idee? Ich weiß nämlich nicht, wie lange wir noch Benzin im Tank haben.«

»Ich arbeite dran. Nimm den Nicoll Highway und fahr etwas langsamer. Ich muss über die Verkehrskameras an die Fahrzeugidentifikationsnummer an der Windschutzscheibe des Range Rovers ran.«

»Okay.«

»Sobald ich's hab, gebe ich dir ein Zeichen, Cat!«

Ich drosselte die Geschwindigkeit, und der SUV schloss zu uns auf. Ich hoffte nur, dass Asim wusste, was er tat.

»Fahr rechts ran und lass mich absteigen!« Maes Stimme klang alles andere als entschlossen.

»Was soll das denn jetzt?« Ich war irritiert.

»Die Typen wollen mich und die Festplatte. Das hat nichts mit dir oder den Jungs zu tun.«

»Mag sein, aber vielleicht ist dir entgangen, dass du die Festplatte im Moment nicht hast. Und wir wissen gar nicht, hinter wem die wirklich her sind. Wenn das van de Boers' Männer sind, und die Wahrscheinlichkeit ist hoch, dann können sie genauso gut hinter mir her sein. Wir waren beide im Haus in Amsterdam, schon vergessen? Oder willst du mich hängen lassen?«

»Nein, Cat. Ach verdammt. Ich hasse es zu improvisieren.«

»Willkommen in meiner Welt«, lachte ich laut auf.

»Vergiss es, Mae«, meldete sich William. »Wir gehen als Team rein und kommen als Team wieder raus. Damit das klar ist. Und du gehörst dazu, kapiert? Also schlag dir die Einsamer-Krieger-opfert-sich-Nummer aus dem Kopf.«

»Hau rein, Cat, ich hab die Daten!«, gab mir Asim das Zeichen, endlich loszulegen.

Ich gab meinem Pferd wieder die Sporen. Wir hatten die Hälfte des Weges bis zum Flughafen geschafft. Der SUV blieb dran, holte uns aber nicht ein. Auf Höhe der Singapur Expo gingen bei unseren Verfolgern plötzlich die Lichter aus. Sie verloren an Boden und fielen immer weiter zurück.

»Jetzt kannst du rechts ranfahren«, meinte Asim und lachte.

»Warum?«

»Damit du nachher nicht meckerst, weil du das Schauspiel verpasst hast.«

»Welches …?« Kaum hatte ich das Motorrad angehalten, als der SUV wieder an Fahrt aufnahm und direkt auf Mae und mich zufuhr.

»Bist du völlig bescheuert …?«

Aber anstatt anzuhalten, fuhr der Wagen direkt an uns vorbei. Fahrer und Beifahrer gestikulierten wie wild und schlugen wahlweise gegen Fenster oder Armaturenbrett. Vor Panik quollen ihnen die Augen aus dem Kopf.

»Was zur Hölle …?«, hallte Maes Frage durch die Intercom, als der Wagen eine Pirouette drehte, wobei die anderen

Autofahrer böse hupend auswichen, und in den Gegenverkehr steuerte.

»Lass mich auch mal«, hörten wir William betteln.

»Lieber nicht. Du machst ihn nur kaputt«, lachte Asim.

»Würde uns mal bitte jemand aufklären?« Ich wusste nicht, ob ich lachen oder mir weiter mit offenem Mund die Komödie ansehen sollte.

»Asim hat den Bordcomputer des SUVs gehackt und ihn übernommen. Die Typen können nichts mehr machen. Alles ist in unserer Hand, von der automatischen Verriegelung bis hin zur Lenkradsteuerung.«

Ich hörte, wie ein kleiner Junge Asim ansprach und fragte, wo er das Game kaufen könne, das er da gerade spiele, und lachte laut auf. Im selben Moment fiel mir aber ein, dass William und Asim in der Abflughalle des Flughafens auf uns warteten.

Mae und ich setzten uns wieder auf unsere Mash. In zwei Stunden ging unser Flieger und wir mussten noch durch die Sicherheitskontrollen.

Jeder kennt diese grünen Exit-Schilder, auf denen ein Männchen durch eine geöffnete Tür stürmt. Nur leider sagt einem niemand, was sich für eine Überraschung dahinter verbirgt.

Lord Peters Frustration wuchs von Seemeile zu Seemeile. Die Yacht hatte gerade die als ›Hohe See‹ betitelte Zone erreicht und nahm weiter ihren Kurs durch die Straße von Malakka, als er über die Intercom hörte, wie Mae und Cat in den Hinterhalt in der Nähe der Shopping Mall geraten waren. Es machte ihn wahnsinnig, dass er dem Team nicht aktiv helfen konnte.

Es wäre aber genauso wahnsinnig gewesen, wieder umzukehren, jetzt, wo sie endlich das Gebiet erreicht hatten, in dem sie vor jeglichem staatlichen Zugriff geschützt waren, rund 400 Seemeilen von der Küste entfernt.

Der ablandige Wind nahm weiter zu, und der ruhige Wellengang trieb die Yacht immer weiter Richtung der Küste von Sri Lanka. Je mehr sie sich vom Äquator entfernten, desto angenehmer wurden die Temperaturen.

Simon schlief in seiner kleinen Hängematte, die Vincent eigens für ihn angefertigt hatte, und schaukelte leise über dem Tisch in der Kabine hin und her.

»Wie sieht es aus?« Lord Peter trat hinaus zu Vincent, der am rechten Steuer stand. Die Yacht Oceanis 48 war von Haus aus mit einer Doppelsteuerung ausgerüstet, die es ermöglichte, sich auch bei starkem Sturm noch einigermaßen sicher über Wasser zu halten. Natürlich nur, wenn jeder an Bord wusste, was zu tun war.

»Dunkel, Eure Lordschaft.«

Bei diesem Kommentar bekam Lord Peter sofort gute Laune. Noch mehr, als er in den sternenklaren Himmel blickte. Nur hier auf dem Meer, oder vielleicht noch in den Bergen, wo das künstliche Licht der Menschen nicht hinreichte, strahlten die Himmelskörper so klar.

»Und mit Verlaub, die jungen Herrschaften haben das Problem sehr gut gemeistert!«

»Ja!« Lord Peter schaute gedankenverloren zu den Positionslichtern am Bug der Mirabelle getauften Segelyacht. »Ich wünschte nur, wir hätten etwas tun können.«

»Das haben Eure Lordschaft schon und tun es immer noch.« Vincent betrachtete das Profil seines Arbeitgebers und Freundes. »Wir bringen den Teppich zurück an den Ort, an den er gehört. Dorthin, wo alle Menschen Zugang zu der Einzigartigkeit dieser Kunst erhalten. Wo sie über die Fingerfertigkeit und die Kreativität ihrer Vorfahren staunen, und sehen werden, zu welchen Leistungen die Menschen fähig sind, wenn sie in Frieden und Zufriedenheit leben können.«

»Nicht auszudenken, wenn es keine Kriege gäbe«, murmelte Lord Peter.

»Nun ja. Ich schätze, wenn man zu selbstzufrieden wird, dann verliert sich die Balance. Bisher hat noch in keiner Gesellschaftsordnung jeder den gleichen Anteil am Reichtum gehabt. Und dann ist da ja auch diese diffuse Angst vor einem Unheil, das die kleine, vermeintlich heile Welt zerstören wird.«

»Du meinst diese ›German Angst‹ vor allem Unbekannten?«

»Ja, genau. Es ist doch erstaunlich, wie stark dieser psychologische Faktor ist, dass wir sogar den Begriff aus einer anderen Sprache übernehmen, weil es dafür keinen Ausdruck in unserer eigenen gibt. Es braucht nur einen unzufriedenen, ängstlichen Menschen, um ein System zu Fall zu bringen.«

»Ich wusste gar nicht, dass du so philosophisch sein kannst, alter Freund!«

Vincent zeigte mit einer Hand in den mit Millionen Lichtpunkten übersäten Himmel. »Das macht einen demütig und nachdenklich. Wozu sind wir hier auf Erden? Gibt es einen Grund oder ist es einfach nur biologischer Zufall? Und wenn Letzteres zutrifft, was machen wir dann daraus?«

»Du meine Güte, Vincent. Ich gebe auf. Das ist mir gerade ein wenig zu anstrengend.«

»Apropos anstrengend. Lady Philomena hat sich heute wieder mehrfach nach Ihnen erkundigt und gefordert, Sie zu sprechen.«

»Meine Mutter führt irgendetwas im Schilde. Seit wir London verlassen haben, ruft sie täglich an, sagt aber nie, was sie wirklich will.«

»Sie ist besorgt!«

»Wohl eher gelangweilt. Seit dem Tod meines Vaters hat sie niemanden mehr, den sie …«

»… bemuttern kann«, half Vincent Seiner Lordschaft bei der Suche nach dem richtigen Begriff.

»Ich hätte es eher unterjochen genannt. Aber bemuttern ist wohl die politisch korrekte Umschreibung für ihr Verhalten. Obwohl ich das Gefühl nicht loswerde, dass mehr dahintersteckt. Sie hat sich auffällig oft nach Cat und William erkundigt.«

»Vielleicht glaubt sie, dass die beiden jungen Herrschaften eine besondere Beziehung pflegen.«

»Das wäre schön. Aber nein, meine Mutter denkt eher, dass Cat mich umgarnt, um an das Vermögen der Familie zu gelangen.« Lord Peter entging, dass Vincent nicht unbedingt eine solche Art von Beziehung im Sinn hatte. »Was absolut unsinnig ist. Ich meine, ich könnte ihr Vater sein.« Ein Schreck fuhr Seiner Lordschaft durch den Körper, als er an die verwandtschaftlichen Verhältnisse zu Catherine Burke dachte. Er wusste, dass er mit seinem Schweigen Cats Vertrauen missbrauchte. Bei einem so loyalen Menschen wie ihr bedeutete das den schlimmsten nur vorstellbaren Verrat. Er wusste, dass es nicht besser wurde, je länger er schwieg. Es sei denn, Cat würde die Wahrheit nie erfahren.

Und wie sollte Cat es denn erfahren?

Das Geheimnis würde ein solches bleiben, da war sich Seine Lordschaft sicher.

Lord Peter entging bei seinen Betrachtungen jedoch, dass er noch nie eine gute Menschenkenntnis bewiesen hatte, wenn es um Frauen ging.

Schnell setzte er die Erklärung für Vincent hinzu: »Was das Alter anbetrifft. Alles andere wäre ja völlig unsinnig und vor allem unmöglich.« Erleichtert darüber, dass Vincent seiner Ausflucht Glauben zu schenken schien, wechselte er schnell das Thema.

»Ich wünschte trotzdem, wir könnten William, Asim, Mae und Cat irgendwie helfen. Ich denke nicht, dass es die Verfolger auf den Teppich abgesehen haben. Er ist zwar sehr wertvoll, aber würde jemand so weit gehen, um in seinen Besitz zu gelangen?«

Vincent nickte zustimmend.

»Nein«, Lord Peter schüttelte den Kopf. »Ich denke, das Ganze hat mit unserer Kooperation mit einer gewissen Geheimagentin zu tun. Mit der Festplatte, oder besser mit dem, was sie enthält.«

»Die Festplatte befindet sich gerade im Luftraum über der Türkei und ist dort im Moment ziemlich sicher vor unseren Verfolgern.«

»Ja. Mich stört nur das ›im Moment‹. Und ich würde mich wohler fühlen, wenn wir wüssten, wer uns die Platte unter allen Umständen abnehmen will, bevor die Truppe England erreicht.«

»Hat Asim vor dem Abflug nicht noch eine Mail an Sie geschickt?«

»Oh, ja. Das hatte ich ganz vergessen!«

Lord Peter lief wieder unter Deck und klappte sein iBook auf. In der Mail waren Fotos von den Männern, deren SUV Asim gekapert und per Fernsteuerung ans andere Ende der Stadt gelenkt hatte. Asim hatte den Wagen auf einem Platz geparkt, der von acht Sicherheitskameras überwacht wurde. Und damit bekamen sie Bilder von den Männern aus so gut wie jedem Blickwinkel.

Lord Peter ließ die Fotos durch das Gesichtserkennungsprogramm laufen und hoffte diesmal auf eine positive Reaktion. Während die Software ihre Arbeit tat, setzte Seine Lordschaft Wasser für einen Tee auf.

Das Boot durchpflügte das Meer; auch unter Deck spürte man die Geschwindigkeit. Lord Peter stieg mit den Bechern an Deck und stellte einen in die Halterung neben Vincents Steuerrad. Sein Butler bedankte sich mit einem Nicken.

Die beiden Männer genossen das Schweigen und lauschten dem Klatschen der Wellen, die sich am Rumpf des Bootes brachen. Lord Peter sog die salzige Luft in seine Lunge und spürte den nassen Film auf seinen nackten Armen und im Gesicht. Er liebte das Meer mehr als die Berge. Die Ruhe hier war eine andere. Das Meer strahlte für ihn eine größere Gelassenheit aus.

Ein elektronisches Piepen holte ihn aus seinen Gedanken. Gespannt stieg er wieder in die Kabine. Der helle Ton zeigte an, dass die Gesichtserkennungssoftware einen Treffer gelandet hatte.

»Das gibt's doch nicht«, murmelte er. Das gefundene Bild zeigte einen der Männer aus dem SUV, wie er auf einer Galaveranstaltung der Universität der Künste in London ein Paar beobachtete. Die Frau war ihm mehr als nur bekannt: Es war seine Mutter, die sich mit keinem anderen als Daan van de Boers angeregt zu unterhalten schien!

Von hier war es nicht mehr schwer, eins und eins zusammenzuzählen. Die Gala hatte zu einem Zeitpunkt stattgefunden, an dem die Reise Seiner Lordschaft nach Amsterdam bereits gebucht war. Er hatte seiner Mutter auf deren Drängen davon berichtet. Nichts Genaues natürlich, aber scheinbar genug. Sie war es, die Daan van de Boers über die Aufenthaltsorte des Teams auf dem Laufenden hielt. Darum ihre ständigen Anrufe und der unangekündigte Besuch. Sie war es, die ihren eigenen Sohn verriet! Doch warum sollte sie das tun?

Diese Frage konnte nur sie selbst beantworten. Lord Peter versuchte über das Satellitentelefon Asim zu erreichen. Erfolglos. Wahrscheinlich war sein Handy im Flugmodus.

»Vincent! Wir ändern den Kurs!«

»Sir?«

»Die Software hat einen Treffer ergeben. Der Mann arbeitet als Bodyguard für Daan van de Boers.«

»Das ist nun wirklich nicht sehr neu. Das hatten Eure Lordschaft ja schon vermutet«, wunderte sich Vincent über das kopflose Verhalten seines Chefs.

»Nein«, winkte dieser heftig ab und griff sich das zweite Steuerrad. »Das ist nicht der Grund meiner Aufregung. Eher, dass meine Mutter ihre Finger dabei im Spiel hat.«

»Das müssen Eure Lordschaft erklären!«, erwiderte der Butler entgeistert.

»Das Vergleichsfoto stammt von einer Galaveranstaltung, und es zeigt, wie unser Kunsthändler und meine Mutter angeregt die Köpfe zusammenstecken.«

»Das ist bestimmt nur ein Zufall. Das Bild kann man doch sicher auch anders interpretieren, oder nicht?«

»Das Bild allein vielleicht. Aber nicht das Interesse, das Lady Philomena plötzlich an meinem Leben zeigt.«

Vincent, der sich nicht vorstellen wollte, dass Ihre Ladyschaft wirklich ihren eigenen Sohn verraten würde, gab dies auch laut zu bedenken.

»Ganz ehrlich, alter Knabe. Ich könnte das auch nicht

glauben. Nicht freiwillig jedenfalls. Aber wenn van de Boers etwas gegen meine Familie in der Hand hat, wenn er meine Mutter erpresst, dann müssen wir das wissen. Sonst ist unsere Mission beendet, bevor mein Team richtig in Fahrt gekommen ist.«

»Nun, wenn wir beim Thema Fahrt sind. Welchen Kurs wollen Sie einschlagen, Sir?«

»Smith Island. Wir können in weniger als zwei Stunden dort sein. Ich nehme sofort den nächsten Flug von Port Blair nach London. In vierzehn Stunden bin ich wieder zu Hause und kann meine Mutter zur Rede stellen. Ich werde die Wahrheit aus ihr herausbekommen, und wenn ich ihr die Pistole auf die Brust setzen muss.«

»Ich hoffe, Eure Lordschaft meinen das im übertragenen Sinne?«

»Keine Angst, lieber Freund. Genau so habe ich es gemeint.«

»Wenn Sie es mit noch mehr Überzeugung in der Stimme sagen, dann kann ich es Ihnen auch glauben, Mylord.« Vincent grinste in sich hinein.

Die Yacht änderte ihre Fahrtrichtung und steuerte auf die Inselgruppe der Andamanen und Nikobaren zu.

»Wir müssen das Radar genau im Auge behalten, Sir!«

»Kein Problem, Vincent. Ich konzentriere mich auf das Steuer, und du kümmerst dich um das Unterwasserradar. Damit sollten wir die gefährlichen Stellen umschiffen können.«

»Unglaublich, welche Gewalt die Natur haben kann.«

»Ja«, nickte Seine Lordschaft traurig und dachte zurück an das Jahr 2004. Damals hatte der Indische Ozean ein so starkes Beben erlebt, dass die Messgeräte bei einem Wert von 9,0 auf der Richterskala ihren Geist aufgaben. Mehr als ein Dutzend Inseln waren im Meer versunken und die Nikobaren hatten sich um 15 Meter in südwestliche Richtung verschoben. Darauf mussten die beiden Männer bei ihrer Fahrt durch die Gewässer des Indischen Ozeans achten.

In der Morgendämmerung ging die Mirabelle im Hafen von Port Blair vor Anker. Vincent hatte die Flugtickets bereits online gebucht und die Reisetasche Seiner Lordschaft, die dieser als Handgepäck mitnehmen konnte, mit dem Nötigsten ausgestattet. Lord Peter war seinerseits mit Lady Moorbach-Scheltenstein in Kontakt getreten und hatte sie gebeten, ihren Privatjet, der ihre Enkelin aus Madagaskar abholte, über Bandar Abbas fliegen zu lassen und dort Vincent und Simon mit an Bord zu nehmen. Die von seiner Mutter verhasste Freundin tat ihm gerne den Gefallen.

Parallel dazu heuerte Vincent bei einem befreundeten indischen Reeder zwei Matrosen an, die die Yacht von Bandar Abbas in den Heimathafen nach Wales steuern würden.

Bis zum Abflug des Linienfluges blieben noch vier Stunden. Lord Peter nutzte die Zeit, um sich telefonisch mit seinem Kontakt in Teheran kurzzuschließen.

»Es tut mir leid, Laith, aber ich kann das Paket leider nicht persönlich überbringen. Ein familiärer Notfall zwingt mich, schnell nach London zurückzukehren.« Es war ungewöhnlich und galt auch als unhöflich, gleich mit der Tür ins Haus zu fallen. Doch es war nun mal keine Zeit für das blumige Umschreiben der Wetterlage oder anderer Dinge.

»Das ist sehr schade, mein Freund«, antwortete Laith verständnisvoll. Die angespannte Stimme Seiner Lordschaft war ihm nicht entgangen. »Ich hoffe, es ist nichts Ernstes.« Laith und Lord Peter hatten sich als junge Männer kennengelernt. Damals arbeitete der Adlige noch als Anwalt für Menschenrechte und hatte erfolgreich dafür gekämpft, Laith aus dem Gefängnis zu befreien. In den folgenden Jahren waren die beiden Männer in Kontakt geblieben und treue Freunde geworden.

»Nein, nein. Es sind alle gesund. Es ist eher eine geschäftliche Angelegenheit, in die meine Mutter unglücklicherweise hineingezogen wurde. Ich werde zur Einweihung der neuen Ausstellung kommen, das verspreche ich!«

»Das kann ich nur hoffen«, lachte Laith, dessen Name übersetzt so viel wie Löwe bedeutete. »Ich werde das Paket persönlich im Hafen in Empfang nehmen. Wir haben einen Transporter besorgt und werden dann über Land nach Teheran reisen.«

»Das sind mehr als 1000 Kilometer«, rief Lord Peter überrascht aus.

»Du warst schon immer gut in Geografie, alter Freund. Aber es sind 1500 Kilometer durch die schönste Landschaft der Welt. Außerdem nutze ich die Reise für ein paar Besuche. Ich habe meiner Frau versprochen, ihr ein paar Rosenstöcke aus Schiraz mitzubringen.«

»Ah, der ›Garten des Irans‹. Ja, das kann ich verstehen. Ich selbst bin leider noch nie dort gewesen, aber es muss geradezu paradiesisch sein.«

»Das ist wahr, alter Freund. Ich wünsche dir einen guten Flug nach London und hoffe, dass du die Sache mit deiner

Mutter klären kannst. Bitte grüß sie sehr herzlich von mir. Und sie ist natürlich ebenfalls zu unserer Feier eingeladen.«

»Ich danke dir, mein lieber Freund. Und ich werde ihr die Einladung ausrichten!« Den Teufel werde ich tun, schickte Lord Peter in Gedanken hinterher.

Die beiden Männer beendeten das Telefonat.

»Ich mache mich jetzt auf zum Flughafen von Port Blair. Wir sehen uns in ein paar Tagen auf dem Landsitz. Guten Flug, Simon, und pass mir gut auf Vincent auf, okay?«

Simons Barthaare bebten als Zeichen der Zustimmung, während Vincent durch ein Nicken anzeigte, dass er mit der Vorgehensweise einverstanden war. Wenn jetzt alles nach Plan lief, dann wäre Lord Peter noch vor dem restlichen Team in England.

TRACK: 16
TITLE: MUTPROBE

Wenn eine Mission sich ihrem Ende zuneigt und sich das Adrenalin aus meiner Blutbahn verabschiedet, überkommt mich immer Wehmut. Dieser stille kleine Schmerz bei der Erinnerung an etwas Vergangenes. Dabei sollte ich mich lieber auf die Gegenwart konzentrieren.

England empfing uns gebührend mit Nieselregen und ungemütlichen zehn Grad über null.

»Ich vermisse das tropische Wetter.« Ich zog geräuschvoll die Nase hoch.

Mae reichte mir wortlos ein Taschentuch.

Vor einer Stunde waren wir auf Lord Peters Landsitz eingetroffen.

Tom, der Hausmeister und mein Allround-Trainer, hatte hier mithilfe des Hausmädchens ein wenig klar Schiff gemacht. In jedem Raum brannte ein Feuer im Kamin und kämpfte tapfer gegen die Feuchtigkeit in dem historischen Gemäuer an. Normalerweise war der Landsitz ab Ende Oktober verwaist, denn den alten Kasten in den kalten Monaten des Jahres auch nur annähernd bewohnbar zu halten, hätte selbst den Baron von Leonwood Castle in den Ruin getrieben.

Mae, William, Asim und ich saßen in der Küche, jeder einen dampfenden Becher Tee vor sich. Wir warteten auf Lord Peter, der in London aufgehalten worden war. Von wem oder weswegen, wollte er uns nicht sagen. Jeder hing seinen Gedanken nach.

Na gut, nicht jeder.

Denn Asim schien schon wieder mit seinem Computer verwachsen. Er versuchte, das Sicherheitssystem der Festplatte zu knacken.

»Kommst du voran?«, fragte ich Asim in das Schweigen hinein, das sich in der Küche breitgemacht hatte.

»Nicht wirklich. Die Verschlüsselung ist auf einem ziemlich hohen Niveau, aber ich habe noch ein paar Programme, die ich ausprobieren kann.«

»Nicht zu fassen, dass wir für so ein winziges Teil unser Leben riskieren«, meinte Mae.

»Es kommt eben auf den Inhalt an und nicht auf die Form. Du solltest nicht immer so oberflächlich sein«, neckte William seine Freundin und Ex-Ehefrau.

»Das sagt der Richtige«, schoss sie lachend zurück. »Was machen wir, wenn wir sie geknackt haben? Ich meine, wir werden sie auf keinen Fall meinem Boss übergeben oder wieder Daan van de Boers in die Hände fallen lassen. Aber das Ding ist heiß wie eine Ofenkartoffel, und wir sollten sie so schnell wie möglich loswerden.«

»Das kommt auf den Inhalt an, würde ich sagen, und mit der Entscheidung warten wir lieber, bis Lord Peter zu uns gestoßen ist«, erwiderte Asim, der wie gebannt den Bildschirm seines Laptops hypnotisierte, oder war es andersherum?

»Sobald ich das verdammte Teil geknackt habe, mache ich für uns eine Kopie davon. Sicher ist sicher! Und vielleicht können wir Maes Ruf damit wieder reinwaschen. Ich glaube nämlich mittlerweile, dass dein Boss gezielt Gerüchte über dich gestreut hat, dass du eine Verräterin, ein Maulwurf wärst. In Wirklichkeit vermute ich, dass das alles ein abgekartetes Spiel ist, in dem dein Boss auf eigene Rechnung an die Festplatte will, um sie zu verkaufen«, meinte Asim.

»Und Daan van de Boers will sie um keinen Preis der Welt hergeben«, spann ich den Faden weiter.

»Wie sollte er auch dem Mann, für den er die Festplatte verkaufen soll, erklären, dass sie sich nicht mehr in seinem Besitz befindet? Würde ich auch nicht tun. Nach all dem Aufwand, den der Kunsthändler betrieben hat, um das Teil zu schützen, ist mit seinem Auftraggeber nicht zu spaßen«, stützte William meine Theorie.

»Mal abgesehen davon, dass die Vermittlungsprovision ganz schön hoch ist«, schloss Mae unsere Bestandsaufnahme ab.

»Dieses blöde Ding lässt mich nicht rein!«, schimpfte Asim, weil auch sein drittes Programm keinen Erfolg hatte.

»Du kannst doch sonst so gut zaubern. Zeig mal was«, spornte William ihn an.

»Das ist kein normales Verschlüsselungssystem. Ganz ehrlich, so was habe ich noch nie gesehen.« Er tippte wie wild. »Scheiße!« Mit einem Knall klappte er das Laptop wieder zu und riss das Netzkabel aus der Anschlussbuchse.

»Was ist passiert?«, wunderte sich Mae.

»Auf der Festplatte ist eine Spyware. Die sind gut, wirklich gut.« Asim klang aufrichtig beeindruckt, als er schnell aufsprang. »Man hat drei Versuche für die Passworteingabe. Schlagen alle fehl, dann wird diese Software aktiviert und geht von der Festplatte auf den Rechner über. Sobald er Zugang zum Internet hat, lädt die Software alle Daten des Rechners in eine Cloud hoch und man sitzt in der Falle.«

»Was können wir tun?«

»Wir müssen das gute Teil grillen! Und zwar innerhalb der nächsten dreißig Sekunden.«

Wir schauten uns in Vincents Küche, die mit der eines Sternerestaurants mithalten konnte, nach einem Gerät mit einer starken elektromagnetischen Spannung um, das auch noch groß genug für ein 13-Zoll-MacBook war.

»Die Mikrowelle?«, rief ich.

»Könnte passen!« Asim trennte die Festplatte vom Rechner, warf ihn hinein und stellte das Gerät auf die höchste Stufe.

Nach ein paar Sekunden blitzte und knallte es wie bei einem Silvesterfeuerwerk. Wir standen mit offenen Mündern davor und staunten nicht schlecht.

»Da geht es hin«, meinte William und es schien, als spräche er ein kleines Gebet.

»Und jetzt?«, stellte Mae die naheliegende Frage, während keiner von uns den Blick von dem Schauspiel lassen konnte.

»Jetzt gehe ich in Lord Peters Büro und hole uns ein neues iBook, das völlig clean ist.«

»Was ist mit deiner Software und den Daten, die auf dem Rechner waren?«, wollte ich wissen.

»An die komme ich leicht wieder heran. Die liegen alle auf einem meiner geschützten Server«, grinste Asim. »Kein Problem.« Er machte sich auf den Weg in den Westflügel zu Lord Peters Räumen.

Mae verschwand ebenfalls aus der Küche, ihr Handy im Anschlag.

William und ich blickten uns fragend an, zuckten die Schultern und tranken unseren Tee aus. Wir vertrauten darauf, dass Mae uns schon in ihre Gedanken einweihen würde.

»Mit wem hast du telefoniert?«, wollte ich wissen, noch bevor Mae durch die Tür gekommen war.

Mae zuckte nicht einmal mit der Wimper. »Ich habe einen Gefallen eingefordert.«

»Von wem?«

»Oh, Cat, die Frage sollte eher sein: Was für einen Gefallen?«, berichtigte mich William sanft, aber bestimmt, denn auch er war neugierig.

»Ich habe einen Freund beim FSB angerufen. Er schuldet mir noch einen Gefallen.«

In meinen Augen standen Fragezeichen.

»Ich habe ihm geholfen, unerkannt aus der Schweiz zu fliehen, als die dortigen Behörden hinter ihm her waren.«

»Einem Agenten des russischen Inlandsgeheimdienstes?« Williams Augen standen vor Überraschung weit offen.

»Er kann uns eine Software geben, die die Festplatte vielleicht schneller knackt als die von Asim.«

»Das ist mein Mädchen. Was sagt ihr zu meiner Ehefrau?« William klatschte vor Freude und Anerkennung in die Hände.

»Wird der Typ vom FSB dich nicht verraten?«

»Keine Angst, Cat. Es sind nicht alle wie mein Boss. Es gibt noch Agenten mit einem Gefühl für Anstand in diesem Job. Und Hilfe kann jeder mal brauchen.«

Wie auf Stichwort trat Asim wieder zu uns und stellte den neuen Rechner in unsere Mitte auf die Platte der Mücheninsel.

»Was ist? Warum grinst ihr so grenzdebil?«

»Ach, nichts«, winkten wir alle ab und grinsten einfach weiter.

Wortlos reichte Mae Asim einen Zettel. Ich konnte nur ein paar Zahlen ausmachen, aus denen ich aber nicht schlau wurde.

»Was ist das?«

»So was Ähnliches wie Koordinaten fürs Internet«, beantwortete Mae meine Frage ziemlich vage. »Ich weiß es auch nicht so genau. Mein Kontaktmann meinte, wenn Asim nichts damit anzufangen wüsste, dann wäre er nicht der, für den er ihn hält, und nicht annähernd so genial wie sein Ruf.«

»Danke für die Blumen«, brummte Asim und tippte ein paar Befehle in das neue MacBook. »Dann zeig mal her, was du da hast!« Er nahm den Zettel näher in Augenschein und plötzlich sackte alle Farbe aus seinem Gesicht.

»Dafür kommen wir vors Kriegsgericht«, hauchte er.

»Nein. Nicht ganz, denn wir sind keine Armeeangehörigen. Wir kämen wohl direkt in ein Geheimgefängnis, wenn man uns nicht vorher auf der Flucht erschießt.« Maes Humor war typisch englisch.

»Guantanamo soll um diese Jahreszeit besonders schön sein«, hauchte ich. Galgenhumor ist doch wirklich was Feines, oder?

»Würde mir mal jemand sagen, wofür ich hier gerade mein junges Leben riskiere?«, schimpfte William. Zu Recht, wie ich fand.

»Diese Koordinaten führen uns zu einem Server, auf dem eine Software liegt, die mit dem Sicherheitssystem der Festplatte spielend fertig werden sollte«, meinte Mae.

»Die Software wurde vor einem halben Jahr wahrscheinlich vom russischen Geheimdienst als Open-Source-Anwendung dort eingestellt. Jeder, der Zugang zu der Seite hat, kann sich an der Software austoben, sie weiterentwickeln und dabei helfen, eine unhackbare Variante zu entwickeln«, ergänzte Asim. »Bisher dachte ich aber, das wäre nur einer dieser Internetmythen.«

»Kriegen wir wirklich Ärger?«, wollte William wissen.

»Nicht, wenn wir schnell sind«, antwortete Mae.

Gespannt schauten wir uns an.

»Könnten wir dann das Ding jetzt mal ausprobieren?«, meinte ich, und Asim startete die Aktion mit einem einzigen Druck auf die Entertaste.

Jetzt hieß es warten.

Geduld haben.

Ruhe bewahren.

Drei meiner leichtesten Übungen.

Gespanntes Schweigen breitete sich in der Küche aus. Nur das leise Brummen des Ventilators war zu hören, denn Asims Rechner arbeitete am Anschlag.

Ich schaute in die Runde. Die Gesichter der Menschen um mich herum, meiner Freunde, waren mir mittlerweile so vertraut wie mein eigenes. Und doch konnte ich nicht hinter ihre Fassade blicken. Niemand konnte das, bei niemandem.

Maes grüne Augen sahen müde aus, und Williams Gesichtszüge ließen seine Anspannung erahnen. Nur Asim, der scheinbar keinen Schlaf brauchte, lächelte vor sich hin, den Blick starr auf die Zahlenfolgen und Codes vor ihm gerichtet. Er war in seiner eigenen Welt.

Ich blickte auf die alte Uhr mit dem Ziffernblatt aus Emaille, die über der Tür hing. Was wollte Lord Peter noch so Dringendes in der Stadt klären, bevor er zu uns stieß? Und warum wollte er uns alle hier versammelt haben?

Langsam kam ich mir vor wie in einem dieser alten Kriminalromane, in denen der Detektiv alle Verdächtigen zusammenkommen ließ, um ihnen dann den Mörder zu präsentieren.

Twinkle, die Hündin des Schlosses und eine gute Freundin von Simon, erhob sich von ihrem Bettchen, das hinter der Küchentür lag, und streckte sich.

Ihr Gähnen war ansteckend.

»Ich muss eine Mütze voll Schlaf kriegen.« Ich stand auf und drückte meinen Rücken durch.

»Ich komme mit«, schloss sich William mir an. »Wie sieht es mit euch aus?«

Mae stimmte zu, und Asim nickte nur kurz. Ob er wirklich schlafen würde, bezweifelte ich ganz stark.

Mit letzter Kraft schleppte ich mich in mein Zimmer, das mich mit einer wohligen Wärme empfing. Tom musste noch einmal Holz in dem Kamin nachgefüllt haben. Im gelbroten Schein des Feuers torkelte ich zum Bett und warf dabei meine Kleider auf den Boden. Dann kroch ich nackt neben Twinkle, die vor mir auf das Kissen gesprungen war, unter die Bettdecke.

Kaum lag mein Kopf neben ihr, war ich auch schon eingeschlafen.

Wenn einem die Zeit davonläuft, sollte man innehalten. Ich habe den tieferen Sinn dieser Weisheit noch nie verstanden. Bis jetzt! Es ist eigentlich ganz einfach: Wenn ich überstürzt losrenne, übersehe ich die Hürde, die mir im Weg steht.

Es war tiefe Nacht, als Lord Peters Taxi vor einem vornehmen Haus im Londoner Stadtteil Westminster hielt. Er bezahlte die Rechnung, verließ das Taxi mitsamt seiner Reisetasche und klingelte an der schweren Eichentür. Den Finger auf den Knopf haltend, schaute er zu den zwei Meter hohen Sprossenfenstern, die auf drei Stockwerke verteilt waren, hinauf.

Es regte sich nichts.

Aber Lord Peter wusste, dass Gretchen, die gute Seele des Hauses, mit Sicherheit in den hinteren Räumen das Licht anknipste und laut fluchte, welcher Verrückte um diese Uhrzeit Ihre Ladyschaft aus dem Schlaf holen wollte. Nun sah er auch einen Lichtschein hinter den Gardinen neben der Tür. Er nahm den Finger von der Klingel und stellte den Kragen seines Sommermantels hoch. Es war doch kälter, als er angenommen hatte. Oder kam das leichte Zittern aus seinem Inneren?

Er hörte, wie sich der Deckel des Türspions klappernd bewegte. In der gleichen Sekunde wurde die schwere Tür aufgeschoben und Gretchens massiger Körper füllte den Rahmen aus. Mit Lockenwicklern im grauen Haar und einem Morgenmantel, der zuletzt in den Siebzigerjahren des vorigen

Jahrhunderts modern gewesen war, hätte es das Nudelholz aus Edelstahl nicht mehr gebraucht, um einen potenziellen Einbrecher in die Flucht zu schlagen.

»Lassen Sie mich rein, Gretchen. Ich bin kein Mörder und auch nicht die Polizei.«

»Was wollen Sie hier, um diese unchristliche Uhrzeit?«

»Es ist kurz vor zwölf!«, wandte Lord Peter ein.

»Ja und?«, schimpfte die Köchin, machte aber den Weg für den Sohn ihrer Hausherrin frei.

»Würden Sie bitte meine Mutter wecken? Ich muss dringend mit ihr sprechen«, wies Seine Lordschaft die Frau an, die ihn mit warmer Milch zu Bett geschickt hatte, als er noch ein kleiner Junge gewesen war.

Gretchen, die Lord Peter bis zur Schulter reichte, wollte gerade lospoltern, als vom Treppenabsatz des ersten Stocks eine herrische Stimme erklang. Sie war Seiner Lordschaft nur zu bekannt.

»Was um alles in der Welt willst du hier? Hat das nicht Zeit bis morgen?« Wie zum Hohn schlug die Standuhr in der Eingangshalle zwölf Mal.

»Es ist morgen, Mutter. Und was wir zu besprechen haben, duldet keinen Aufschub.«

Mürrisch zog Ihre Ladyschaft den Gürtel ihres Morgenmantels enger um die Taille und gab ihrem Sohn ein Zeichen, zu ihr nach oben in den kleinen Salon zu kommen. »Gretchen«, kommandierte sie laut, »Tee!«

Sie betraten den Salon, der von einem Steinway-Flügel beherrscht wurde, an dem die Herrin des Hauses täglich spielte. Schon als Kind hatte sich Lord Peter immer gefragt, warum seine Mutter nicht Pianistin geworden war. Doch bis heute hatte er sie nie darauf angesprochen und würde es auch jetzt nicht tun. Frauen ihrer gesellschaftlichen Position stand das Arbeiten nicht zu Gesicht.

Lady Philomena kam ohne Umschweife auf den Punkt. »Also gut, was willst du?«

Lord Peter schloss die Tür hinter sich.

»Wir kommen gleich zur Sache, Mutter? Gut: Hast du Asim, Cat, dein einziges Enkelkind William und mich an Daan van de Boers verraten?«

Als Antwort auf seine Frage sah er die Frau, die ihn vor mehr als 50 Jahren auf die Welt gebracht hatte und die er hinter ihrem Rücken immer nur ›Eiserne Lady‹ nannte, plötzlich in sich zusammenfallen. Ihr Gesicht entglitt ihr, und es machte den Anschein, als würde sie jeden Augenblick in Ohnmacht fallen.

»Mutter!« Erschreckt sprang Lord Peter zu ihr und half ihr in den hohen Samtsessel, der vor dem Fenster platziert war.

»Keine Angst. Ich falle nicht in Ohnmacht«, wehrte sie ihn ab.

Da öffnete sich die Salontür und Gretchen betrat den Raum.

Wortlos stellte die Köchin, die nun ihre Uniform trug, das Tablett auf dem Teewagen gleich neben der Tür ab.

»Danke, Gretchen. Wir kümmern uns selbst um alles. Du kannst wieder zu Bett gehen. Ich werde dich heute Nacht nicht mehr brauchen.«

Stumm nickend, aber mit einem tödlichen Blick verabschiedete sich das alte Faktotum und ließ die Tür geräuschlos ins Schloss fallen.

»Woher weißt du es?«, sprach Lady Philomena als Erste.

Lord Peter, der mit dem Rücken zu seiner Mutter gerade den Earl Grey in die Tassen füllte, zuckte für einen kurzen Moment zusammen. Bis eben war er sich nicht hundertprozentig sicher gewesen, dass seine Mutter wirklich etwas mit dem Verrat an seinem Team zu tun hatte. Jetzt aber hatte er seine Antwort.

»Ich habe ein Foto gefunden, das diesen dubiosen Kunsthändler und dich in einem vertrauten Gespräch zeigt.«

»Vertraut? Ha!« Lady Philomena nahm mit fester Hand die Tasse Tee entgegen und stellte sie auf der Lehne des Sessels ab. »Ich würde diesem schmierigen Menschen nicht einmal die Uhrzeit freiwillig verraten.«

»Womit erpresst er dich, Mutter?«

»Wie kommst du auf diesen Gedanken?«

Lord Peter lächelte. Wäre seine Mutter wirklich noch Herrin ihrer Emotionen, dann hätte sie nie auf seine Frage mit einer Gegenfrage reagiert. Denn das gehörte sich einfach nicht.

Er sah Lady Philomena an, dass sie ihren Fauxpas bemerkt hatte. »Also gut. Du hast recht. Ich werde nicht versuchen zu entschuldigen, dass ich meine Familie schützen will.«

»Was meinst du damit?«

»Es geht um unseren Familiennamen.«

»Solange es nur der Name ist.« Lord Peter bereute sofort, die Worte laut ausgesprochen zu haben.

Seine Mutter erhob sich aus ihrem Sessel und trat nahe an ihn heran. »Dieser Mann kennt ein Geheimnis, das unsere ganze Familie zerstören und der Lächerlichkeit preisgeben wird«, fauchte sie ihm entgegen.

Da geschah es. Etwas in Lord Peters Gehirn zersprang und er lehnte sich zum ersten Mal in seinem Leben offen gegen seine Mutter auf. Vielleicht geschah es, weil er komplett übermüdet war. Vielleicht auch aus Angst, die Kontrolle über seine Mission zu verlieren.

Ohne auch nur einen Millimeter zurückzuweichen, stellte er sich ihr. »Es geht um das Kind, nicht wahr? Das Kind, das Alex geboren hat, als sie vor 16 Jahren ohne eine Erklärung nach Schottland verschwunden ist. Ihr habt es einfach weggegeben und seinem Schicksal überlassen. Und nun ist van de Boers dahintergekommen und du sorgst dich um den Namen der Familie?« Tiefe Enttäuschung klang aus jedem von Lord Peters Worten. »Dabei ist dieses Mädchen, Williams Schwester, das Beste, was dieser Familie geschehen kann.«

Zitternd stolperte seine Mutter ein paar Schritte zurück und fiel wie ein Stein in den Sessel. Ihre Tasse kippte und landete mit einem unschuldigen Pling auf dem Eichenparkett. Der schwarze Tee breitete sich wie eine Blutlache zu Füßen der alten Frau aus. »Woher …?«, hauchte sie.

»Ich habe einen Detektiv beauftragt, Erkundigungen über Cat einzuholen. Ich wollte sie in ein spezielles Förderprogramm für Jugendliche aufnehmen«, log Lord Peter seiner Mutter dreist ins Gesicht. »Dabei kam heraus, dass es keine offizielle Geburtsurkunde von ihr gibt. Ich ließ den Detektiv weiterforschen, schließlich muss ich wissen, mit wem ich es zu tun habe, und dabei stieß er auf Alexandra Anne.« Lord Peter nahm eine Stoffserviette vom Teewagen und wischte das Verschüttete auf. »Irgendwann musste ich nur noch eins und eins zusammenzählen.«

»Sie hat sich bei dir eingeschlichen, um uns zu zerstören. Ich habe sie sofort erkannt, als sie damals ohne Anstand durch die Tür gestürmt kam. Sie hat die Gesichtszüge ihres Vaters.« Lady Haversham spuckte die Worte nur so aus. »Sie hat das alles von langer Hand vorbereitet und du gehst ihr einfach so in die Falle!«

»Ich tue nichts dergleichen! Es ist ein absoluter Zufall, dass das Mädchen, mit dem ich zusammenarbeite, meine Nichte ist.«

»Aber?«

»Kein ›Aber‹, Mutter. Sie ist meine Nichte, und irgendwann, wenn der richtige Zeitpunkt gekommen ist, werde ich ihr sagen, wer ihre Mutter ist und wer ich bin.« Lord Peter war selbst überrascht über den Entschluss, den er gerade gefasst hatte. Lügen hatten seine Familie und sein Versprechen, vergangenes Unrecht wiedergutzumachen, in Gefahr gebracht. Das würde er kein zweites Mal zulassen.

»Sie weiß es noch nicht?« Lady Philomena klang plötzlich wachsam, so als würde sie über etwas nachdenken.

»Nein«, schüttelte Lord Peter den Kopf.

»Ich werde Lady Moorbach-Scheltensteins Idee aufgreifen und diese Cat zu einer meiner Teepartys einladen. Es kann nicht schaden, das Mädchen im Auge zu behalten. Aber wir sagen ihr nichts!«, insistierte seine Mutter.

Lord Peter starrte sie stumm an.

»Sie muss es nie erfahren. Sie hat schließlich ihr ganzes bisheriges Leben ohne dieses Wissen existiert, dann kann sie das auch weiterhin tun. Wir können dem Mädchen doch nicht eine solche Last aufbürden.«

»Welche Last? Die eines geschätzten Vermögens von 380 Millionen Pfund?«

Lady Philomena presste erschreckt ihre Hand vor den Mund. Niemand sprach die Höhe des Familienkapitals dermaßen deutlich aus. Man redete nicht darüber, niemals!

Doch Lord Peter war das im Moment komplett egal. Er musste sein Team und die Mission schützen. »Was weiß van de Boers?«

Lady Philomena fand ihre Haltung wieder und schien froh über den Themenwechsel. Sie lief zum Wagen und schenkte sich eine neue Tasse Tee ein.

Während sie an dem heißen Getränk nippte, ließ sie ihren Sohn nicht aus den Augen. Genau wie er sie nicht aus den Augen ließ.

»Er weiß, dass deine Schwester ein uneheliches Balg zur Welt gebracht und dann weggegeben hat.«

»Mehr nicht?«

»Das reicht doch wohl. Wenn das an die Öffentlichkeit kommt, sind wir ruiniert.«

»Mutter, wir leben im 21. Jahrhundert!«

»Das heißt nicht, dass man seine Manieren vernachlässigen kann.«

»Die Queen hat viel mehr mit den Ehefrauen ihrer Söhne mitgemacht. Dagegen wäre dieser Skandal ein laues Lüftchen, das es nicht einmal auf die erste Seite der Klatschspalten schaffen würde. Wieso lässt du dich auf solch einen Handel ein? Jetzt weiß er, dass seine Informationen stimmen, und er wird dich immer wieder mit seinem Wissen erpressen, wenn es ihm passt.«

»Was sollen wir denn jetzt machen?«, fragte Lady Philomena leise, und Lord Peter sah ihr an, dass sie die Tragweite dessen, was sie getan hatte, gar nicht überblickte.

»Wir fahren morgen, nein, heute, nach Leonwood Castle. Ich werde das Team einweihen …« Er hob die Hand und erstickte damit jeden Einwand seiner Mutter. »Wir werden ihnen nichts Konkretes sagen.«

»Wir? Heißt das, ich soll mitkommen?«

»Ich bestehe darauf.«

Man konnte seine Mutter bestimmt nicht der Feigheit bezichtigen. Sie sah ein, dass sie ihren Sohn und nicht zuletzt sich selbst in große Schwierigkeiten gebracht hatte.

»Also gut. Wir brechen in sechs Stunden auf. Du kannst im Gästezimmer schlafen.«

»Können wir Gretchen mitnehmen?«

Fragend schaute ihn Lady Philomena an.

»Vincent wird nicht vor morgen in England sein«, entschuldigte sich Lord Peter.

Seine Mutter nickte schweigend und führte ihn dann zum Gästezimmer im zweiten Stock, obwohl er den Weg auch ganz allein gefunden hätte.

Am Morgen lagen meine Sachen noch genauso da, wie ich sie in der Nacht hatte fallen lassen. Twinkle schnarchte neben mir im Bett, und ich vermisste den Geruch von frischem Tee.

Ich kroch aus dem Bett und tapste in das angrenzende Bad. Nach einer schnellen Katzenwäsche zog ich meinen

Schwimmanzug an, der in einem schmalen Badschrank für mich bereitlag, warf mir den Bademantel über und machte mich auf zum Hallenbad. Meine Routine wiederaufzunehmen hatte etwas Beruhigendes, und ich konnte das Training sehr gut gebrauchen.

Das Schloss schien noch zu schlafen. Aus den Zimmern von William und Mae hörte ich kein Geräusch. Bei Asim war ebenfalls alles ruhig.

Gedankenlos lief ich weiter in Richtung Westflügel. Das Schlafzimmer Seiner Lordschaft lag in diesem Teil des Gebäudes, dort, wo sich auch die Bibliothek und sein Büro befanden. Auch hier hörte ich keinen Pieps. Das konnte aber an den schweren Holztüren und dem dicken Gemäuer selbst liegen.

Plötzlich spürte ich einen Lufthauch, und etwas Weiches streifte meine nackten Beine. Um ein Haar hätte ich wie ein Mädchen aufgeschrien. Ich konnte mich gerade noch beherrschen, weil ich sah, dass Twinkle an mir vorbeigeschossen war.

»Na, willst du nicht allein sein? Kann ich verstehen. Ist schon ein bisschen gruselig hier.« Ich schloss die Tür zur Schwimmhalle auf. »Aber mit ins Wasser kommst du nicht, verstanden?«

Die Hündin schien darauf auch keine Lust zu haben. Sie legte sich neben eine Steinbank, den Kopf auf den Pfoten, und beobachtete jede meiner Bewegungen. Die Halle lag im Dämmerlicht. Die Schutzfolie auf den verglasten Wänden sperrte die klaren Strahlen der Sonne, die vor einer Stunde aufgegangen war, aus. Ich trat zu dem Kommunikationsinterface, das in der Wand links neben dem Eingang eingelassen war, und gab eine Befehlskombination ein. Und wie von Zauberhand klarte sich die Folie auf. Licht erfüllte den Raum und das Wasser glitzerte einladend.

Ich warf den Bademantel auf die Steinbank neben Twinkle und lief die Stufen hinab in den flachen Teil des 25 Meter langen Beckens. Eine ausgefeilte elektronische Anlage sorgte dafür, dass die Wassertemperatur immer bei angenehmen 32 Grad lag.

Ich stöpselte mir den Song »Lila Wolken« in die Ohren, tauchte die ersten Meter unter Wasser und spürte das Nass an meiner Haut abperlen.

Wieder über der Wasseroberfläche atmete ich ein und begann zu kraulen. In gleichbleibendem Tempo zog ich meine Bahnen. Und je länger ich schwamm, desto mehr kam ich wieder in meinem ersten Leben an.

Es hatte ja schon etwas leicht Schizophrenes an sich, wie ich meine Zeit verbrachte.

Auf der einen Seite war ich ein Mädchen, das mit seiner Ratte auf einem Hausboot lebte und, gerade mit der Schule fertig, auf der Suche nach etwas Neuem war. Auf der anderen Seite war dieses Mädchen die beste Diebin des Landes, die sich gerade ihre Sporen in der weltweiten Rückbeschaffung von Kunstgütern aller Art verdiente. Keine der beiden Lebenslinien durfte die andere berühren, geschweige denn kreuzen.

Das war im Prinzip kein Problem für mich. Womit ich aber zunehmend Schwierigkeiten bekam, war die ungewohnte Nähe zu Menschen, mit denen ich 24 Stunden am Tag verbrachte. Es half nicht viel, wenn ich mir immer wieder vorbetete, dass es nur Menschen waren, mit denen ich zusammenarbeitete. Denn es war viel mehr als das. Wir begaben uns in schwierige Situationen, in denen das Überleben jedes Einzelnen darauf basierte, wie gut wir alle harmonierten. Jeder musste für jeden alles geben. Und das taten wir. Die Arbeit in einem solchen Team brachte aber auch eine emotionale Komponente mit sich, die mir zunehmend zu schaffen machte. Lord Peter, Asim, William und sogar Mae standen mir fast so nahe wie eine Familie. Ich hoffte, nein, eigentlich wusste ich, dass sie immer zu mir halten würden, egal was ich tat. Und, vielleicht noch viel wichtiger, sie urteilten nicht über das, was ich tat. Was auch bedeutet, dass sie mich nicht verurteilten.

Und doch gab es etwas, das mich störte, das mich nicht zur Ruhe kommen ließ. Die Sache mit meiner Mutter konnte ich nicht einfach so in der Luft hängen lassen. Hätte diese Frau mich nicht zufällig geboren, dann würde sie mich nicht im Geringsten interessierten. Menschen, die kein Rückgrat haben, die für ihre Fehler immer die Schuld bei anderen suchen oder einfach nur still den Mund hielten, wenn ihnen oder anderen ein Unrecht zustieß, verachtete ich. Nach den Briefen zu urteilen war meine Mutter so ein Mensch. Und gerade deshalb brauchte ich einen Schlussstrich, damit sie nicht weiter meine Gedanken beherrschte. Wie auch immer dieser Schlussstrich aussehen mochte.

Meine Playlist wechselte zu »Zombie«. Kaum zu glauben, dass es vor meiner Geburt schon gute Musik gab! Aber ich habe noch nie einen so wütenden Bass-Ripp gehört. Ich schwamm schneller und powerte mich so richtig aus. Vier

Bahnen später stieg ich zu den letzten Takten des Songs aus dem Wasser.

Ich nahm die wasserdichten Kopfhörer heraus, stoppte die Playlist mit einem leichten Fingerdruck auf meine iWatch und tropfte hinüber zur Bank.

Twinkle sprang auf und setzte sich ein paar Meter entfernt wieder hin. Die Hündin mochte kein Wasser, nicht mal in Tropfenform. In den Bademantel gekuschelt verließ ich die Schwimmhalle. Jetzt war ich wirklich wach, und mein Magen knurrte nach einem reichhaltigen Frühstück.

»Komm, meine Schöne«, rief ich Twinkle zu. »Mal sehen, was die Speisekammer so hergibt.«

Aus dem Haupttrakt des Hauses, in dem auch die Küche lag, hörte ich Geräusche. Neugierig steuerten wir darauf zu. Die Hündin, die ein erstaunlich freundliches und liebes Wesen besaß, zog ihren Schwanz ein.

»Keine Angst, Süße«, versuchte ich sie zu beruhigen. »Ich beschütze dich!« Einer von uns beiden musste ja tapfer sein. Wobei ich mich schon fragte, wer im Haus war, den Twinkle fürchtete.

Wir kamen dem Klappern von Porzellantellern immer näher. Vorsichtig tasteten wir uns zu der schweren Eichentür, die in das geräumige Reich von Vincent führte. Für einen klitzekleinen Augenblick hegte ich sogar die Hoffnung, dass unser Freund doch schon früher auf Leonwood Castle eingetroffen war.

Der erschreckende Anblick einer kleinen, dicken Frau, die in einer steifen Schürze und mit Haube auf dem Kopf Eier in eine Schüssel schlug, bereitete der Hoffnung ein jähes Ende.

»In dieser Aufmachung können Sie aber nicht bei Tisch erscheinen, kleine Dame.«

Meinte sie jetzt den Hund oder mich?

»Und machen Sie den Mund zu. Das schickt sich nicht und macht auch keinen sehr intelligenten Eindruck.«

Na gut, dann zog ich eben die Augenbrauen in die Höhe.

»Die Herrschaften haben sich bereits im Speisesalon eingefunden.«

»Warten sie etwa schon alle auf mich?«

»Oh, seien Sie nicht albern. Niemand wartet auf Sie. Aber wenn Sie nicht in der Küche frühstücken wollen, dann sollten Sie sich langsam passend kleiden. Aber was weiß ich schon!«

Twinkle hatte sich einen Zipfel meines Bademantels geschnappt und zog mich von der Tür weg.

»Braves Mädchen«, flüsterte ich ihr zu. »Du witterst die Gefahr, wo niemand anderer sie sehen kann. Aber hab Geduld. Spätestens in 24 Stunden sind Vincent und Simon wieder zurück.«

»Das habe ich gehört!«

»Aber nicht ignoriert!«, feuerte ich zurück und rannte mit Twinkle in mein Zimmer. Sicher war sicher. Denn ich ahnte, dass dieser Drache durchaus wusste, wie man mit Messern umging.

Ich duschte, warf mir ein hellblaues Kleid mit leicht ausgestelltem Rockteil über und schnallte mir ein Paar weiße Converse Sneaker an die Füße. »Das sollte wohl passen. Was meinst du?«

Twinkle ließ ein leises Bellen vernehmen.

»Okay. Du hast recht. Ich muss mir noch die Haare machen.« Mit ein bisschen Wachs legte ich meine kurzen Stoppeln in Form, verlängerte die Wimpern mit Mascara und gönnte meinen Lippen einen Hauch Gloss.

Twinkle und ich traten gleichzeitig mit Mae und Asim auf den Flur.

»Guten Morgen, Cat. Du siehst ausgeschlafen aus.«

Ich gab Mae das Kompliment zurück. Wir beide schauten Asim an und mussten lächeln. Mit seinen zerzausten Haaren machte er immer den Eindruck, als hätte er die Nacht durchgemacht. Wobei ich im vorliegenden Fall mein Hausboot verwetten würde, dass dem so war.

»Bist du mit der Festplatte weitergekommen?«, fragte ich, als wir gemeinsam auf dem Weg zum Frühstückssalon waren.

»Maes Programm läuft noch. Ich musste erst ein paar Testreihen laufen lassen, um sicherzugehen, dass wir uns keinen Virus ins Haus holen. Nichts für ungut, Mae.«

Die winkte nur leichthin ab. »Kein Problem. Nur ein Dummkopf sichert sich nicht ab.«

»Ja, Paranoia rettet Leben«, grinste ich. Obwohl die Sache in unserem Fall wirklich nicht zum Lachen war.

»Bis ich alles noch mal auf Spyware kontrolliert hatte, bist du schwimmen gegangen«, nickte Asim in meine Richtung.

»Dann lasst uns erst mal frühstücken. Mein Blutzuckerspiegel braucht Nachschub.«

Asim hielt seine Nase in die Luft. »Sagt mal, rieche ich hier frischen Tee? Hast du vorhin in der Küche die Maschine angeschmissen?«

»Ich? Nö«, meinte ich. »Ich würde niemals in Vincents Allerheiligstes einbrechen. Das überlebt niemand! Auch nicht die dicke Frau, die hier ist.«

»Ist sie auch noch klein?«

»Ja, Mae! Kennst du sie?«

»Kennen wäre übertrieben. Aber ich weiß, dass sie immer im Schlepptau von Lady Philomena auftauchte.«

Lord Peters Mutter war im Haus! Was hatte das denn zu bedeuten? In meinem Magen machte sich ein mulmiges Gefühl breit, und das war nicht der Hunger. Ich atmete tief durch, als wir den Salon erreichten. Asim öffnete wie ein Gentleman die Tür und ließ Mae den Vortritt. Mit ausgebreiteten Armen trat sie hinein und begrüßte Lord Peters Mutter überschwänglich. Sie saß bereits am Tisch und nippte an einer Tasse Tee. Als sie Mae ins Zimmer kommen sahen, erhoben sich William und Seine Lordschaft, um sie zu begrüßen.

Genau in dem Moment, ich war schon in der Bewegung in den Raum, sah ich, wie Asim auf der Schwelle stoppte.

Ich drehte mich zu ihm um. »Kommst du?«

Asim schüttelte sanft den Kopf und wandte sich in die andere Richtung.

»Was ist?« Ich folgte seinem Blick und sah vier Menschen, die sich mit Wangenküsschen begrüßten und sich gleichzeitig ein Messer in den Rücken rammen konnten. Den Inner Circle einer geschlossenen Gesellschaft, die sich am Stallgeruch erkannte: William, Mae, Lord Peter und die Grande Dame, Lady Philomena Haversham, Baronin von Leonwood Castle.

Plötzlich hob sich mein Magen. Mir wurde schlecht beim Anblick der Szenerie. Zum ersten Mal kam mir der Gedanke, dass Asim der Einzige im Team wäre, der nicht zur Familie Haversham gehörte, sollte ich mich je outen.

»Warte«, hielt ich ihn zurück. »Ich komme mit!«

Wir liefen in die Küche. Von der Köchin war keine Spur zu sehen.

Ich griff mir Brötchen, Marmelade und Messer. Asim füllte zwei Thermobecher mit Tee und Milch. Twinkle blieb uns auf den Fersen.

Wir setzten uns auf die Eingangsstufen und hielten unsere Gesichter in die Sonne. Ein leichter Geruch nach Herbst lag in der Luft.

»Wie lange braucht die Software noch, was meinst du?«

»Keine Ahnung. Aber wenn die Festplatte geknackt ist, dann bekomme ich eine Nachricht auf mein Handy.«

»Du hast dein ganzes Leben vernetzt«, lachte ich auf.

»Du sagst das so, als wäre das etwas Schlimmes!«, schmunzelte Asim.

»Wir haben wieder einen guten Job gemacht«, meinte ich und boxte Asim liebevoll auf den Oberarm.

Er tat so, als würde er umfallen, lachte kurz auf, um dann schnell wieder ernst zu werden.

»Ja, aber er ist noch nicht zu Ende.«

»Ja.« Ich pustete in den Becher und nahm vorsichtig einen Schluck Tee.

Wir schwiegen und schauten zu, wie die Mähdrescher über die Sojabohnenfelder fuhren, um die Ernte einzubringen. Das musste geschehen, bevor die Temperaturen stark fielen und der Boden zu feucht wurde. Twinkle sprang über die Kiesauffahrt und jagte Bienen und Schmetterlinge, die sich ihre letzte Nahrung bei den unzähligen Chrysanthemen suchten.

Ich lehnte meinen Kopf gegen Asims Schulter. Seine Wärme beruhigte mich. »Warum Lord Peters Mutter wohl hier ist?«

Asim legte seinen Arm um mich und schwieg, aber ich wusste, dass er sich diese Frage auch schon gestellt hatte.

Rufe aus dem Inneren des Hauses schreckten Asim und mich auf. Gemächlich sammelten wir unsere Sachen zusammen, pfiffen nach der Hündin und trotteten ins Schloss zurück.

TRACK: 18
TITLE: PAUKENSCHLAG

Wer glaubt, dass sich Veränderungen im Leben mit einem lauten Knall ankündigen, irrt sich. Wenn ich etwas gelernt habe, dann, dass sie plötzlich hinter einem stehen und dir den Boden unter den Füßen wegziehen.

Asim und ich betraten den Salon und merkten sofort, dass die Luft hier dicker war.

Fragend schaute ich William und Mae an, die beide hilflos mit den Schultern zuckten.

»Cat. Asim. Schön, dass ihr gekommen seid. Meine Mutter Lady Haversham, Baronin von Leonwood-Castle, kennt ihr ja bereits. Und auch dir, Mutter, muss ich meine beiden Partner nicht mehr vorstellen.«

Zur Bestätigung nickte Lady Philomena leicht.

»Wir haben uns hier alle getroffen, weil ich euch mitteilen möchte, wer uns und die Mission an Daan van de Boers verraten hat …«

»Lady Haversham«, presste ich laut hervor. Aus einer Eingebung heraus hatte ich einfach losgeschrien. Denn welchen Grund gab es sonst für die Anwesenheit einer Frau, die selbst Lord Peter nicht leiden konnte, und warum noch dazu genau jetzt? Alle schauten erst mich und dann Lady Philomena verblüfft an. Alle bis auf Lord Peter und seine Mutter, die mir erhobenen Hauptes ins Gesicht blickte.

»Ja! Das Mädchen hat recht«, hörten wir plötzlich die Stimme der alten Dame. »Es tut mir leid. Aber dieses Individuum, dieser Kunsthändler, hat eine Information über meine Familie, mit der er mich erpresst hat.«

Das völlig unpassende metallische Klingeln eines Flipperautomaten hallte plötzlich durch den totenstillen Raum. Mechanisch nahm Asim sein Smartphone aus der Hosentasche und schaute darauf.

»Die Festplatte ist geknackt.«

Blitzartig redeten alle durcheinander.

»Hey!«, schrie ich dazwischen, nachdem ich versucht hatte, irgendetwas in dem Geschnatter zu verstehen. Keine Chance.

Ich klemmte mir zwei Finger zwischen die Lippen und stieß einen schrillen Pfiff aus. Das erzielte den gewünschten Erfolg.

»So, jetzt noch mal in Schönschrift: Was ist hier los?«

Alle schauten mich entgeistert an. Dann sahen wir gemeinsam Lord Peter an.

»Daan van de Boers erpresst meine Mutter mit einem Familiengeheimnis ...«

»... das auf keinen Fall an die Öffentlichkeit gelangen darf«, beendete Lady Philomena den Satz mit fester Stimme.

»Was hast du wieder angestellt, Grandma?«

Die alte Dame warf ihrem Enkel einen vernichtenden Blick zu. »Die Sache ist zwar unfein, aber das gibt dir noch lange nicht das Recht, so mit mir zu reden.«

»Ich rede mit dir, wie du es verdienst«, quetschte William sichtlich wütend hervor. Alle im Raum hielten den Atem an. »Du hast Cat, Asim, Onkel Peter und mich in eine wirklich gefährliche Lage gebracht. Üble Männer haben mich unter Drogen gesetzt und uns durch die halbe Welt gejagt, und das alles nur, weil dieser Kunsthändler dachte, wir wollten ihm seine blöde Festplatte stehlen, dabei ging es …«

»Ganz zu schweigen davon, dass du Mae vielleicht den Job gekostet hast«, unterbrach Lord Peter Williams Redefluss, bevor dieser in seiner Wut noch zu viel herausposaunte.

Doch Williams Ausbruch brachte für uns alle urplötzlich jedes Stück des Puzzles an seinen Platz.

Als Daan van de Boers untersuchte, wer über ihn und seine Aktivitäten Erkundigungen einholte, musste er Lord Peter, William, Asim und mir und unserer Verbindung zum Einbruch bei Lord Drummond auf die Spur gekommen sein. Denn der war kein Geheimnis und in den illegalen Kunsthändlerkreisen noch immer ein Thema. Doch anstatt uns direkt anzugehen, beobachtete er uns erst einmal nur und spielte sein irrsinniges Spiel mit uns. Mir kam die Grinsekatze an der Wand in Amsterdam wieder in den Sinn.

Daan van de Boers musste die ganze Zeit über gedacht haben, dass wir seinen wertvollsten Schatz stehlen wollten, und das war für ihn die Festplatte mit den brisanten Daten darauf. Er erpresste einfach Lady Philomena, deren Geheimnis er irgendwie erraten hatte, und wusste immer, wo sich unser Team gerade aufhielt. Aber er verlor den Kopf, als Mae auf der Bildfläche erschien, und beging den Fehler, seine Sicherheitsmänner auf das Team loszulassen.

»Du hättest uns warnen können.« Lord Peter schaute seine Mutter herausfordernd an, nachdem ihm endlich klar geworden war, wie alles zusammenpasste.

»Wovor denn? Es ist doch nichts dabei, wenn ich diesem Menschen die Informationen gebe, die er will. Was macht ihr denn schon großartig Geheimes? Ihr fahrt doch einfach nur durch die Welt und sammelt Kunst ein. Oder was andere Leute dafür halten.«

Mir verschlug es die Sprache. Wie konnte ein Mensch so egozentrisch sein? Diese Frau glaubte wahrscheinlich auch, dass sich die Erde um sie drehen würde.

»Für mich ist die Sache hier erledigt. Ihr wisst jetzt, dass dieser unangenehme Mensch hinter euch her ist.« Lady Philomena warf einen merkwürdigen Blick auf mich und verließ erhobenen Hauptes den Salon.

Asim, der die ganze Zeit geschwiegen hatte, sprach als Erster. »Ich schlage vor, wir gehen dann mal in mein Zimmer und checken die Daten auf der Festplatte.«

Die hatten wir in dem ganzen Durcheinander völlig vergessen.

»Und was machen wir jetzt?«, wollte ich wissen.

»Wir machen weiter«, löste sich Mae aus ihrer Schockstarre. Sie schien aus diesen Kreisen einiges gewöhnt zu sein und ließ sich nicht so schnell aus der Ruhe bringen.

»Und wie?«, wollte ich wissen. »Lord Peter, Daan van de Boers wird Ihre Mutter nicht von der Angel lassen. Vielleicht sollten Sie mit dem Geheimnis an die Öffentlichkeit gehen und ihm damit den Wind aus den Segeln nehmen.« Ich hielt den Atem an und saugte mich am Gesicht Seiner Lordschaft fest. Würde er jetzt endlich zugeben, dass ich seine Nichte war?

»Das klingt zwar plausibel«, unterstützte mich William. »Aber es ist keine Option. Meine Familie wird niemals ihre schmutzige Wäsche in der Öffentlichkeit ausbreiten, Cat. Sosehr ich auch vor Neugier platze, das wird niemals geschehen.«

Lord Peter stimmte ihm nickend zu.

»Daan van de Boers ist kein Narr, Cat«, pflichtete Mae den Männern bei. »Er wird niemals etwas von dem preisgeben, was er zu wissen glaubt. Wenn er redet, dann kann er sein Geschäft vergessen. Alle seine Kunden müssten damit rechnen, dass er auch ihre Interna an die Öffentlichkeit gibt. Tief in seinem Inneren ist der Mann ein Feigling. Er droht gern und die meisten Menschen fallen auf Drohungen herein.«

»Weil sie denken, dass sie etwas zu verlieren hätten«, ergänzte William leise. »Ich liebe meine Großmutter über alles, aber ich verstehe sie nicht.«

»Familie«, seufzte Mae zustimmend.

»Dann sind wir uns wohl einig, und wir können weitermachen. Uns läuft die Zeit davon«, drängte Lord Peter zur Eile. »Lasst uns nachsehen, was auf der Festplatte ist, wofür Daan van de Boers so viel in Kauf nimmt. Wenn wir das wissen, wird der Mann meine Mutter nicht weiter erpressen können.«

Auf dem Weg zur Bibliothek blieb ich mit meinen Gedanken hinter den anderen zurück. Mein Gefühl sagte mir, dass Daan van de Boers über mich Bescheid wusste. Lord Peters Mutter musste völlig durch den Wind sein: Da hatte sie den Skandal all die Jahre so schön unter der Decke gehalten, und dann kam dieser Kunsthändler und behauptete, von dem Kind zu wissen.

Doch so komisch es auch klang, ich war froh, dass sich Lady Haversham geweigert hatte, das Geheimnis preiszugeben. Denn wenn jemand dieses Familiengeheimnis aufdeckte, dann ich, und zwar zu meinen Bedingungen. Gut, ich hatte keine Ahnung, wie diese aussahen. Aber ich würde mir schon etwas überlegen. Und dieses Etwas musste Asim miteinschließen. Nur so konnte unser Team weiterhin bestehen.

»Okay!« Asim spielte Klavier in der Luft, um seine Finger aufzuwärmen. »Dann legen wir mal los!«

Weiße Zahlenkombinationen, gemischt mit Buchstaben, flogen über den schwarzen Bildschirm.

»Ich hoffe, du wirst daraus schlau. Denn ich werde es nicht«, murmelte William.

»Keine Angst. Ich verstehe es. Aber ich kann es nicht fassen.« Mit tonloser Stimme schaute Asim in die Runde.

»Was?«, riefen Mae und ich wie aus einem Mund. Wir waren so nervös, dass wir die Spannung nicht mehr aushielten.

»Hier sind alle Informationen, wie die russischen Hacker die Computersysteme der britischen, deutschen, französischen und US-amerikanischen Regierung infiltriert haben. Wow, die sind wirklich gut. Sie haben Bot-Netze aufgebaut, eine ganze Armee, wie es aussieht, und die haben unaufhörlich die Rechnerzentren mit Anfragen bombardiert.«

»Was soll das bringen?«

»Ganz einfach, William. Jede Anfrage, die automatisch beantwortet oder gelöscht wird, hinterlässt unterschiedlich große Datenmengen. Wenn die kritische Masse erreicht ist, bündeln sich diese Daten und verschicken eine E-Mail an das interne System der Rechner. Wird diese Mail geöffnet oder auch nur angeklickt, installiert sich ein Wurm, der sich in alle angeschlossenen Rechner ausbreitet.«

»Was macht der Wurm dann?« Für mich war das hier ein Buch mit sieben Siegeln.

»Das, wofür er programmiert wurde. Daten und Informationen an eine bestimmte Stelle senden. Er installiert zum Beispiel Keylogger, die alle Tastatur-Eingaben aufzeichnen. Diese Daten sendet er dann über Internet in eine Cloud, von wo aus Codes und Passwörter abgegriffen werden können.«

»Man kann also alles ausspähen, was man will.«

»Und noch mehr, William«, mischte sich nun Lord Peter ins Gespräch ein. »Du kannst darüber auch Informationen einschleusen.«

»Das würde bedeuten, dass sie in der Lage wären, Gesetzestexte zu ändern, Reden zu manipulieren oder noch Schlimmeres?« Aufgeregt bändigte Mae ihre rote Mähne mit einem Zopfgummi und begann in der Bibliothek hin und her zu laufen.

»Was sollte noch schlimmer sein als das, was du aufgezählt hast?« Meine Augen folgten ihr bei jedem Schritt.

»Drei der vier Staaten, die gehackt wurden, sind Atommächte«, meinte Mae trocken.

»Oh!«

»Ja. Oh.« Lord Peter stand auf und trat zu uns.

»Wenn es nur das wäre!«, rief Asim plötzlich aus.

»Was meinst du?« Mae konzentrierte sich wieder ganz auf ihn.

»Ich habe mich die ganze Zeit gewundert, warum die Festplatte so ein großes Datenvolumen anzeigt. Die Informationen, die wir bisher gefunden haben, decken die Menge nicht annähernd ab.«

»Dann muss dort noch etwas sein«, sprach ich das Naheliegende aus.

»Das denke ich auch. Aber wo?«

Alle schauten wir über Asims Schulter. Das Gewirr auf dem Bildschirm war nicht kleiner geworden. Ich wurde nicht schlau aus dem Buchstabensalat. Den zu lesen machte keinen Sinn, jedenfalls nicht für mich. Deshalb trat ich einen Schritt hinter die anderen zurück. Eine Locke, die sich aus Maes Pferdeschwanz gelöst hatte, fiel in mein Blickfeld. Das Rot hob sich vom Schwarz des Bildschirms ab und verursachte ein leichtes Flimmern vor meinen Augen. »Was ist das?«

»Was meinst du?«

»Dieses Zeichen, da unten am rechten Rand.« Ich wies mit meinem Finger auf die Stelle, die ich meinte.

»Das sieht aus wie das Zeichen Pi«, meinte Asim. »Warum?«

»Es ist das einzige Zeichen, das sich nicht von der Stelle bewegt, wenn du hoch- oder runterscrollst.«

Asim machte einen Versuch. »Du hast recht! Dann werden wir da mal draufklicken.«

»Halt!«, rief Mae. »Was ist, wenn das eine Sicherung ist und sich die Daten selbst zerstören, wenn man das Icon aufruft?«

»Das Risiko müssen wir eingehen«, meinte Lord Peter. »Aber ich denke nicht, dass das passieren wird. Daan van de Boers wollte die Festplatte an jemanden verkaufen, der die Daten weiterverwenden wollte. Eine solche Sicherung wäre kontraproduktiv. Vor allem, wenn sie aus Versehen ausgelöst werden könnte.«

»Gleich sind wir schlauer«, meinte Asim und klickte auf das kleine Zeichen.

Mit einem Mal ging der Punk auf dem Bildschirm ab. In Sekundenschnelle flogen Hunderte Zahlenkombinationen über den Monitor.

Wenn ich dort noch länger hinschaute, würde mir schlecht werden.

»Das ist der Hammer!«, freute sich Asim. »Du bist die Größte, Cat!«

»Danke. Erzähl mir was, was ich noch nicht weiß!« Dabei hatte ich nicht die leiseste Ahnung, warum ich in diesem Fall die Größte war. Aber Asim lieferte die Erklärung sofort nach.

»Auf diesem Ding hier befindet sich auch noch die Software, mit der die Russen den Hack durchgezogen haben.«

»Wow. Das erklärt die Datenmenge und warum van de Boers alles dafür tun würde, um die Festplatte wieder in seine Hände zu bekommen«, meinte Mae.

»Das würde erklären, warum jeder diese Festplatte in die Hände bekommen will. Jede Regierung, jeder Geheimdienst auf der Welt ginge dafür über Leichen. Nicht wahr, Mae?« Lord Peter trat zu ihr. »Ganz zu schweigen von einem Führungsoffizier, der mit seinem kleinen staatlichen Gehalt keine großen Sprünge machen kann. Ein Extrabonus käme ihm bestimmt gelegen.«

»Soll das heißen, wir stehen auf einer Abschussliste?«, piepste William mit belegter Stimme.

»Mhm. Nach allem, was uns bisher passiert ist, kannst du davon ausgehen, dass wir im Fadenkreuz von ein paar wichtigen und skrupellosen Menschen stehen.« Ich klopfte William leicht auf die Schulter.

Asim drehte sich zu uns um: »Hat jemand eine Idee, wie wir da wieder rauskommen?«

Ich sah, wie sich Lord Peter müde über das Gesicht fuhr. Seine immer korrekte Frisur brauchte eindeutig einen neuen Schnitt. Und hatte sein Bart noch ein paar graue Strähnen mehr bekommen? Die Sache mit Mae, dem SIS und der Festplatte war nicht geplant gewesen. Aber der Mann, der mich überzeugt hatte, in dieses Team zu kommen, würde niemals einen Freund im Stich lassen.

Unsere Blicke trafen sich. Das Blau seiner Augen wurde einen Tick heller, als wäre ihm gerade ein Licht aufgegangen. Dann lächelte er plötzlich.

»Wir spielen alle gegeneinander aus!« Seine Lordschaft begann im Raum herumzulaufen. »Wir bringen den Inhalt der Festplatte ans Licht der Öffentlichkeit. Wenn alle Menschen von den Bots und der Hackersoftware erfahren, dann kann niemand mehr das Programm für seine eigenen verborgenen Zwecke nutzen. Ich denke, das war der Grund, warum dein Führungsoffizier, Mae, die Operation geheim halten wollte.«

Mae nickte bedächtig. »Es hat nichts mit dem SIS zu tun. Wenn er die Festplatte in die Finger bekommt, dann verkauft dieses Schwein den Inhalt an den Meistbietenden. Von wegen nationale Sicherheit. Am Arsch.«

»Oh wow, und das aus dem Mund einer Lady!«

Mae warf mir einen bösen Blick zu. »Lady? Es ist gerade keine Zeit für Lady!«

»Hört, hört«, lachte William und legte schützend seinen Arm um mich.

»An wen genau hatten Sie denn gedacht, Lord Peter?«, brachte uns Asim wieder auf die Bahn.

Lord Peter strich sich über den Bart. »Zuerst schicken wir die Daten an WikiLeaks. Eine Kopie geht an die Medien.«

»Ich kenne jemanden beim *Guardian*. Bei dem hab ich noch einen Gefallen gut.« Mae war Feuer und Flamme.

»Wenn du ihm diesen Scoop überreichst, dann schuldet er dir noch einiges mehr«, setzte ich drauf.

Alle nickten.

»Gut. Das ist kein Problem.« Asim machte sich sofort an die Arbeit, nachdem Mae ihm die Adresse ihres Kontaktmanns bei der Tageszeitung gegeben hatte.

»Was machen wir mit van de Boers und Maes Führungsoffizier?«, wollte William wissen.

»Die bekommen ebenfalls eine Kopie der Festplatte. Wenn die Polizei bei denen auftaucht, liegen die Beweise gegen die beiden Männer schon für sie bereit. Haben wir noch ein paar Festplatten, die genauso aussehen wie das Original?«

»Eine meiner leichtesten Aufgaben. Die werden keinen Unterschied zwischen der Kopie und dem Original entdecken. Das schwöre ich. Wir liefern diese Dreckskerle aus. Wir machen sie fertig!« Lachend zauberte Asim zwei identische Teile aus einer Tasche, die unter dem Schreibtisch stand.

»Weitere Kopien gehen an Homeland Security, den MI 5 inklusive einem Hinweis auf Maes Boss, den deutschen Bun-

289

desnachrichtendienst und die Direction Générale de la Sécurité Extérieure in Paris. Oh, und das Original behalten natürlich wir.«

»So hat kein Land und keine Organisation die Möglichkeit, das Spitzelprogramm für sich zu nutzen«, gratulierte William seinem Onkel.

Anerkennend hob ich meine Augenbraue und sah mich nach Mae um. »Kannst du damit leben?«

»Aber immer!« Wir schlugen unsere Fäuste gegeneinander. »Lasst uns die Welt retten!«

Irgendwann, die Sonne war schon lange untergegangen, betrat ich todmüde mein Zimmer. Twinkle hatte es sich wieder auf meinem Bett gemütlich gemacht.

»Da werde ich mir für Simon wohl eine Erklärung einfallen lassen müssen«, lächelte ich und streichelte der Hündin über den Kopf. Sie ließ ein leises Schnaufen hören.

Ich schlüpfte aus meinen Klamotten und stellte mich unter die Dusche, in der Hoffnung, dass das Wasser den verrückten Tag abwaschen würde. Aber das geschah natürlich nicht.

Das Ganze hier war der absolute Hammer! Ich meine, wir waren gestartet mit dem Auftrag, einen wertvollen persischen Teppich wieder an seinen Bestimmungsort zu bringen und hatten einfach mal so nebenbei die Welt gerettet.

Doch das Gefühl der Euphorie verflog schnell. Da waren noch die Briefe meiner Mutter. Ihre Worte brannten mir ein Loch in die Seele. Manchmal wünschte ich, ich hätte ihre

Zeilen nie gelesen. Was sollte ich denn jetzt tun? Lord Peter schien das Geheimnis bewahren zu wollen, und ich würde nie den Grund dafür erfahren. Denn dazu müsste ich ihm sagen, dass ich wusste, was oder vielmehr wer dieses Geheimnis war. Vielleicht tat Lord Peter das einzig Richtige: Er behielt für sich, was er wusste.

Das Wasser rann über mein Gesicht und nahm meine Tränen mit in den Abfluss. Ich fühlte mich so unendlich allein und hatte keine Ahnung, was ich tun sollte. Wenn ich mich Lord Peter und William zu erkennen gab, würden sie mich dann in der Familie willkommen heißen? Was würde aus Asim werden? Er würde sich mit Sicherheit ausgeschlossen fühlen. Und was bedeutete das für unser Team?

Was sollte ich tun?

Sollte ich überhaupt etwas tun?

Nachdem ich durch Lord Peters Akte erfahren hatte, dass meine Mutter noch lebte, wollte ich ihr unbedingt einmal leibhaftig gegenüberstehen. Die Briefe hatten den Wunsch wieder relativiert und die Begegnungen mit Lady Philomena ließ die Idee noch weiter in den Hintergrund treten.

Schluchzend setzte ich mich auf den Boden der Dusche. Ich konnte nicht mehr aufhören zu weinen. Das alles war mir zu viel.

Irgendwann wurde das Wasser kalt und meine Tränen versiegten. Ich würde heute Nacht keine Entscheidung mehr fällen. Zu keinem Thema. Ich kuschelte mich in meinen flauschigen Bademantel, der mir etwas Trost spendete, und lief zurück ins Schlafzimmer. Mein Blick fiel auf einen Briefumschlag, der auf meinem Nachttisch lag. Ich lief hinüber und nahm das hochwertig geprägte Papier in die Hand. Es trug das Siegel mit dem markanten Löwenkopf der Havershams. Mit leisem Knacken öffnete ich das Wachs und zog die schmale Karte aus dem Umschlag. Die Handschrift stammte nicht von Lord Peter, das sah ich auf den ersten Blick.

Es war eine Einladung zu einer Teeparty bei Philomena Marie Ariane Willhelma Haversham, Baronin von Leonwood Castle.

Wenn du denkst, du fühlst dich sicher, kommt es meistens knüppeldick. Das Leben hat seinen ganz eigenen Sinn für Humor. Hoffentlich komme ich irgendwann mal dahinter!

Die nächsten Tage waren der reinste Ritt auf der Achterbahn.

Alle Zeitungen in der ganzen Welt berichteten über den größten Kracher, den der *Guardian* nach Edward Snowden zu bieten hatte. Die Regierenden ergingen sich in politischem Schattenboxen und stießen hilflose Drohungen aus, die ihnen von den Diplomaten ins Mikrofon diktiert worden waren.

Bei all dem Geschrei fiel niemandem auf, dass im Inneren des SIS Köpfe rollten. Einer davon war der von Maes direktem Boss. Wie sich zeigte, hatte der Kerl ein doppeltes Spiel getrieben. Hätte Mae ihm die Daten besorgt, dann wäre er ein millionenschwerer Mann geworden. Hätte er seinem Plan B folgend bei der Auktion des Kunsthändlers zugeschlagen, wäre Daan van de Boers als Gefahr für die nationale Sicherheit im Gefängnis gelandet und Maes Boss die Karriereleiter des SIS emporgeschossen. Leider verloren!

Stühle wurden gerückt und innerhalb weniger Stunden schien alles wieder beim Alten hinter neuen Gesichtern. Mae würde weiter als Agentin für den britischen Auslandsgeheimdienst arbeiten, aber ihren eigenen Kopf behalten.

Wie sie vorhergesagt hatte, machte Daan van de Boers keine Anstalten, die Familie Haversham bloßzustellen.

Er schwieg. Über alles. Die Polizei bekam kein Sterbenswörtchen aus ihm heraus, worauf sein exzellenter und sündhaft teurer Strafverteidiger achtete.

Bei unserem Artefakt behielt Seine Lordschaft mit seiner Vorahnung recht. Sein Freund Laith hatte dafür gesorgt, dass der von uns wiederbeschaffte Teppich sofort im Ausstellungsraum auftauchte. Sollte jemand Fragen stellen, dann war der Perserteppich bei einer Wohnungsauflösung einer in Deutschland verstorbenen Iranerin gefunden worden, die das wertvolle Stück dem Museum testamentarisch hinterlassen hatte. Die entsprechenden Papiere dafür waren durch Asims Hände gegangen.

Unser Team blieb im Schatten. Bei all dem Getöse kam niemand auf die Idee, nach den Leuten zu suchen, die die Lawine losgetreten hatten. Warum auch? Damit hätten alle Beteiligten ihr Unvermögen eingestehen müssen. Ein absolutes No-Go und politischer Selbstmord.

Als Vincent wieder in Leonwood Castle eintraf, brach ich meine Zelte dort ab und fuhr mit William und Simon zurück nach London.

Und da war noch: die Einladung!

Ich hatte Mae zurate gezogen und sie meinte, ich solle ruhig hingehen. Wäre ja vielleicht ganz lustig.

Ich muss gestehen, dass meine Neugier auf die Havershams über meine Zweifel siegte. Ich wusste, wer ich war. Aber meine Großmutter wusste es nicht. Warum nicht einfach mal Mäuschen spielen?

»Ich hab nichts anzuziehen!«, heulte ich Mae über den Lautsprecher des Smartphones voll.

»Was ist denn mit dem dunkelgrünen Kleid? Das passt doch für eine Einladung zum Tee!«

»Darin sehe ich aus wie eine Anwärterin für den Jagdschein!«

»Cat, du übertreibst.«

»Kannst du nicht einfach herkommen und mit mir schnell was kaufen gehen?«, bettelte ich.

»Ich bin in New York! Du kannst froh sein, dass ich dir die Zeitverschiebung nicht um die Ohren haue. Es ist kurz nach sechs Uhr früh. Ich habe die ganze Nacht noch kein Auge zugemacht und sitze hundemüde auf meinem Hotelbett.«

»Ist doch ein Zustand, den du kennst«, lachte ich.

»Ha, ha!«, gähnte Mae.

Dann hörte ich nur noch atmosphärisches Rauschen in der Leitung. »Hey, bist du eingeschlafen?«

»Nein, ich denke nach.«

Ich warf einen Kleiderbügel nach dem anderen neben Simon, der es sich auf meinem Bett bequem gemacht hatte. Wohlig kuschelte er sich in die teuren Stoffe. Der Kloß in meinem Magen wurde immer größer.

»Wenn ich in vier Stunden nichts gefunden habe, dann gehe ich nackt hin.«

»Mit einem kleinen Stück Fell auf der Schulter«, rief Mae. »Denn Simon musst du unbedingt mitnehmen. Dann verbraucht der alte Drachen garantiert sein ganzes Riechsalz.«

»Und danach leert sie ihren Weinkeller«, stimmte ich lachend ein. Wir beide hatten es Lady Philomena übel genommen, wie sie mit William umgesprungen war. Ein kleines bisschen Rache musste sein. Dass Simon mitkam, war damit abgemachte Sache. Ich würde ihn beschützen!

»Aber Grün passt nicht zu seiner Fellfarbe«, gab ich zu bedenken.

»Mann, du bist ja modepäpstlicher als Anna Wintour.«

»Anna, wer?«

»Oh Gott, Cat. Die Chefin der Modezeitschrift Vogue.«

»Und?«

»Vergiss es. Was weißt du eigentlich über diese Teeparty?«

»Nichts«, erwiderte ich düster. »Wieso?«

»Gerüchteweise werden höchstens fünf Frauen eingeladen. Nur Frauen, keine Männer. Und dabei ist immer ein Platz an Lady Havershams beste Freundin Lady Brightshaw vergeben. Was komisch ist, denn ich habe mal gehört, dass diese Lady so gut wie kein Vermögen mehr hat.«

»Das ist in der Tat merkwürdig. Ich dachte, Lord Peters Mutter hält nichts von Verlierern.«

Mae stimmte mir zu. »Aber etwas muss da ja sein. Alles, was ich mal gehört habe, ist, dass sie sich schon zu Kinderzeiten kannten und sich dann in Botswana nähergekommen sind.«

»Afrika? Was wollten sie denn da?«

»Sir Percival, Lord Peters Vater, war dort zusammen mit dem verstorbenen Lord Brightshaw stationiert.«

»Mhm. Na egal. Viel wichtiger ist, was sie von mir will?«

»Das erfährst du nur, wenn du hingehst.«

»Könntest du rauskriegen, wer noch alles eingeladen ist? Das würde es mir einfacher machen. Ich mag keine Überraschungen.«

»Wer mag die schon, wenn sie nicht in Geschenkpapier und mit einer dicken Schleife drum rum daherkommen«, lachte Mae auf. »Ich kann dir da nicht helfen. Das wird sehr geheim gehalten. Die alte Dame achtet immer peinlichst darauf, dass keiner erfährt, wer in ihrem Inner Circle verkehrt«, erklärte Mae, wobei sie ›Dame‹ abwertend betonte.

»Wenn ich nichts zum Anziehen finde, dann hat sich das auch erledigt!« Ich seufzte theatralisch, als es unerwartet an meine Bootstür klopfte.

»Mae?« Ich nahm das iPhone in die Hand und lief zum Fenster.

»Ja!«

»Da will jemand was von mir. Ich ruf dich gleich wieder an.«

»Wer?«, rief Mae alarmiert.

»Keine Ahnung. Eine schwarze Limo parkt vor dem Boot.«

»Steck dir den Ohrstöpsel rein, dann kannst du Asim rufen, falls du Hilfe brauchst!«, riet mir meine Freundin.

Simon, der schon auf der Treppe am Eingang saß, schaute mich neugierig an. Ich sollte endlich öffnen, denn er hoffte wohl auf eine Leckerei.

»Mach ich«, versicherte ich Mae und unterbrach das Telefonat. Dann steckte ich mir mein ›Männchen‹ ins Ohr. »Nur die Paranoiden überleben«, streichelte ich Simon und nahm ihn auf den Arm, bevor ich die Tür öffnete.

Davor stand ein bulliger Mann in einem schwarzen Anzug mit sorgfältig gebundener roter Krawatte über dem weißen Hemd mit Button-Down-Kragen.

»Guten Tag. Ich bin Dimitri. Lady Moorbach-Scheltenstein schickt mich. Ich soll Ihnen dieses Paket übergeben, zusammen mit ihren besten Grüßen, und sie freut sich darauf, Sie heute im Hause von Lady Haversham zu sehen.« Mit diesen Worten stellte er das blaue Paket auf dem Sonnenstuhl ab und schnippte mit zwei Fingern gegen seine Stirn. Das Zeichen dafür, dass er seinen Auftrag erledigt hatte und sich verabschiedete.

Überrascht nahm ich das Paket in die Hände, als mir siedend heiß einfiel, dass ich mich wohl mal bedanken sollte. Ich rannte zur Reling.

»Danke, Dimitri!«

»Keine Ursache, Mylady.« Er stieg auf den Fahrersitz der Limousine und ließ nur eine Staubwolke zurück.

Mit dem Paket stieg ich die Treppe hinunter. Simon saß, schwer enttäuscht, vor seinem leeren Napf.

»Hier, mein Kleiner.« Ich holte seine Lieblingscracker aus dem Schrank und gab ihm einen davon. Er trollte sich ins Schlafzimmer, den Schatz zwischen seinen Zähnen. Ich warf mich aufs Bett, klappte neugierig den Deckel des Pakets auf und strich mit meiner Hand über das knisternde Seidenpapier. Darunter schimmerte es Cremeweiß. Ich zog die Blätter auseinander und vor meinen Augen entfaltete sich ein ärmelloser Seidenjumpsuit, dessen Oberteil aus einem lockeren Spitzentop in einem zarten Hellbraun bestand. Sprachlos vor Überraschung stand ich auf und betrachtete mich, das gute Stück vor den Bauch haltend, im Spiegel.

»Ich sollte es anziehen. Was meinst du?«, wollte ich von Simon wissen. Er blinzelte kurz. »Das bedeutet wohl: ›Ja‹.«

Ich schlüpfte in den Anzug, der mir wie angegossen passte. Eine Drehung nach links. Eine Drehung nach rechts. Ich nahm meinen protestierenden Freund in die Hand und platzierte ihn auf meiner Schulter. »Passt perfekt zu deiner Fellfärbung«, grinste ich und fotografierte unser Spiegelbild mit dem Smartphone. Das Ergebnis schickte ich sofort an Mae.

Sie whats-appte sofort zurück. »Super Teil! Passt! Nimm es. Woher hast du es überhaupt?«

Bevor ich ihr antworten konnte, sprang Simon in das Paket und grub sich in das knisternde Seidenpapier ein. »Hey, du Luxusratte!«, rief ich ihm nach und griff nach ihm. Aber er wehrte sich. Also nahm ich den kleinen Strolch zusammen mit dem Papier heraus und legte ihn auf das Bett. Er schien zufrieden.

Unter dem Papier tauchte ein weiteres Paket auf. Darin lag ein Paar Schuhe. Plateauboots aus weißem Lackleder!

In meiner Größe!

Hammer!

Ich zog sie sofort an und sah überwältigend aus. Wie auf dem Catwalk stolzierte ich durch mein Boot. »Damit kann ich zur Teeparty gehen«, jubilierte ich. Wieder im Schlafzimmer räumte ich alle anderen Sachen in den Schrank. Ich wollte gerade die Geschenkkiste auf dem Boden abstellen, als ich das Kärtchen sah, das sich am Rand des Deckels verkeilt hatte:

Liebste Catherine.

Mit großer Freude habe ich vernommen, dass Lady Haversham Sie zu ihrer Teeparty eingeladen hat! Auch ich werde dort sein, sodass wir wieder etwas Zeit miteinander verbringen können. Da ich weiß, wie schwer es ist, die passende Kleidung für einen solchen Anlass zu finden, habe ich mir erlaubt, Ihnen dieses kleine Geschenk zu schicken. Ich denke, es unterstreicht Ihre Persönlichkeit. Ich freue mich auf Sie. Bis später, meine liebe Catherine. Mein Chauffeur Dimitri holt Sie um 15:15 Uhr mit der Limousine ab. Ich werde Sie im Hause meiner Freundin erwarten.

Mit den besten Wünschen
Lady Moorbach-Scheltenstein.

Ich war so gerührt, dass ich mir eine Träne verdrückte. Lady Moorbach-Scheltenstein, zu der ich seit meinem ersten Ball bei Lord Drummond in Verbindung geblieben war, schien mich in ihr Herz geschlossen zu haben. Aber so ist das bei Außenseitern wie uns. Ich wusste, dass diese »adlige englische Gesellschaft« über die alte Dame tuschelte, wenn auch hinter vorgehaltener Hand. Ich hatte es auf Lord Drummonds Ball zur Genüge erlebt. Und ich wettete, dass diese Leute dasselbe auch mit mir taten.

Meine Skepsis vor dem Treffen war verflogen, denn nun wusste ich ja, dass jemand dort sein würde, den ich kannte und dem meine Unsicherheit nichts ausmachte.

Mir blieb noch knapp eine Stunde Zeit, um mich fertig zu machen. Ich duschte schnell, zog mich an, schminkte mich dezent und bürstete gerade Simons Fell, als Dimitri erneut an meine Tür klopfte. Schnell schnappte ich mir meinen schwarzen Ledersack, der mit seinem abgetragenen Zustand einen Eins-a-Kontrast zu meinem Look bildete. Dimitri hielt mir die Wagentür zum Fond auf und verlor kein Wort über Simon. Dafür sagte sein Grinsen alles!

Wir fuhren in Richtung Westminster. 28 Minuten später stieg ich vor einem mehrstöckigen Stadthaus aus grauen Backsteinen mit hohen weißen Sprossenfenstern aus. In der Tür stand der Butler des Hauses. Er war das ganze Gegenteil von Vincent, dicklich, mit fettigem Gesicht, und nur wenige Zentimeter größer als ich. Mit einem kurzen, fast militärischen Nicken bat er mich herein. Ich drehte mich noch mal kurz um und winkte Dimitri, der lachend davonfuhr.

Lady Moorbach-Scheltenstein muss viel Spaß mit ihm haben, dachte ich gerade, als eine strenge Stimme meinen Fake-Namen rief.

»Catherine Sarantakos! Ich bin hocherfreut, dass Sie meiner Einladung folgen konnten.«

»Die Freude ist ganz meinerseits, Lady Haversham, Baronin von Leonwood Castle.« Ich verneigte mich leicht, wobei Simon sich fest in meine Schulter krallte, um nicht herunterzufallen.

»Oh, nennen Sie mich einfach Lady Philomena«, flötete die alte Dame unecht.

»Vielen Dank, Lady Haversham«, antwortete ich und hatte nicht vor, diese Anrede zu ändern. Die Gastgeberin verstand den Wink sofort und bedachte mich mit einem echten wissend akzeptierenden Lächeln. In Gedanken dankte ich Vincent, der mir die Feinheiten der adligen Konversation eingetrichtert hatte.

»Wie ich sehe, haben Sie noch einen kleinen Gast mitgebracht. Guten Tag, Simon!«

Mein Freund beäugte sie misstrauisch.

»Ich denke, Simon ist besser in der Küche aufgehoben. Arthur!«, kommandierte sie den Butler. Gerade als der nach Simon greifen wollte, hallte ein Freudenschrei durch den Eingangsbereich des Hauses. Auf der breiten Treppe, die in den ersten Stock des Hauses führte, stand Lady Moorbach-Scheltenstein mit ausgebreiteten Armen. »Mein liebe Catherine! Schätzchen. Da sind Sie ja endlich. Und oh, Sie haben da noch jemanden mitgebracht.«

Bevor Lord Peters Mutter den Mund aufbekam, hatte sich meine Gönnerin Simon gegriffen und knuddelte ihn. Und er ließ es sich tatsächlich gefallen! Hatte ich die überragende Menschenkenntnis meiner Ratte schon hervorgehoben?

»Was ist denn das für ein herziges Wesen! Ich lasse dich nicht mehr los, mein Kleiner. Ich bin ja so froh, dass du meinem Vorschlag gefolgt bist, liebe Freundin. Ich hab doch gesagt, dass Miss Catherine Schwung in deine Teeparty bringen wird. Kommt doch endlich hoch in den Salon. Die anderen Damen sind schon ganz neugierig, was du hier unten so lange treibst, meine liebe Philomena.« Lady Moorbach-Scheltenstein machte auf ihren hohen Absätzen kehrt und stakste die Treppe hinauf, als wäre sie hier die Hausherrin.

»Nun, Lady Lilly mag mich auf Sie hingewiesen haben, Miss Sarantakos. Aber auch ich wollte die Frau kennenlernen, die die Nähe meines Sohnes sucht.«

Das saß. Aber die alte Frau konnte nicht weiter von der Wahrheit entfernt sein. Mir ein Grinsen verbeißend ließ ich Lady Haversham den Vortritt und lief hinter ihr die Stufen hinauf zum kleinen Salon.

In dem Raum warteten zwei weitere Ladys auf mich. Die ältere von beiden musste Lady Havershams alte Freundin

Lady Brightshaw sein, von der mir Mae erzählt hatte. Die jüngere der beiden kannte ich nicht, aber wie sollte ich auch! Und doch klopfte mein Herz plötzlich wie wild. Lady Moorbach-Scheltenstein sprang mir zu Hilfe. »Das ist Catherine Sarantakos! Der unvergleichliche Lord Peter hat sie gefunden, und sie ist einfach ein Schatz! Kommen Sie, meine Liebe, setzen Sie sich neben mich. Und das hier ist ihr kleiner Freund.« Sie präsentierte Simon, indem sie ihn vorsichtig in die Runde hielt. »Ist das nicht ein putziges Kerlchen? Catherine, Sie müssen mir unbedingt auch so einen besorgen, oder ich behalte ihn gleich bei mir!«

»Liebste Freundin, was soll denn Percy dazu sagen?«, sprach die Lady, die mir noch nicht vorgestellt worden war, mit leiser Stimme. »Du kannst dem alten Knaben doch nicht einfach Lebendfutter mitbringen.« Die Damen lachten, nur ich nicht, denn ich war in den Witz nicht eingeweiht.

»Percy ist Lady Moorbach-Scheltensteins Kater, der in diesem Jahr 14 Jahre alt wird«, klärte mich die Frau ohne Namen auf.

Gleichzeitig schob mich Lady Haversham in den freien Sessel, der in der Gruppe um den reichlich gedeckten Teetisch stand. »Nun, dann können wir ja beginnen. Die Fat Rascals werden sonst noch kalt.«

»Backt Gretchen diesen herrlichen Teekuchen wirklich noch selbst?«, wollte Lady Moorbach-Scheltenstein wissen.

»Natürlich. Das Rezept stammt noch von ihrer Großmutter aus Yorkshire.«

Die jüngere Frau schaute Lady Haversham fragend an. »Hast du nicht noch etwas vergessen, Mutter?«

Mit einem Mal drehte sich das ganze Zimmer. Wie in Zeitlupe sah ich die Münder der Frauen sich öffnen und schließen. Aber ich vernahm nur unverständliches Gebrabbel, wie durch eine Wand aus Gelatine. Ich sah, wie Lady Haversham höchst selbst mir die Frau, die mich geboren hatte, vorstellte, aber ich nahm kein Wort davon wahr.

Hier saß sie und hatte so keine Ähnlichkeit mit mir. Sie war strohblond, so wie William. Ihre Augen leuchteten in einem freundlichen Graublau, und ihr Gesicht war ebenmäßig wie eines dieser römischen Statuen.

»Sind Sie eine Mif oder eine Tif, Schätzchen?«, vernahm ich Lady Moorbach-Scheltenstein Frage.

»Die Milch bitte vor dem Tee«, hörte ich mich die Frage beantworten.

»Ah, eine Mif also. Sehr schön«, meinte meine Mutter und schaute mich an. »Ganz wie in unserer Familie. Ich kann Menschen einfach nicht verstehen, die die Milch erst nach dem Tee in die Tasse füllen lassen. Da kühlt doch das Getränk sofort ab.«

Ich starrte die Frau an, nahm meine Tasse in die Hand und war froh, dass sie nicht ein bisschen zitterte. Ich nippte an dem belebenden Getränk und fand wieder in die Welt zurück.

Während alle, bis auf Lady Brightshaw und ich, über Gott und die Welt lästerten, beobachtete ich jede Bewegung meiner Mutter. Und ich spürte, wie mich Lady Haversham nicht aus den Augen ließ. Wusste sie, wer ich war? Natürlich wusste sie es!

Das hier war ein Test, eine Falle!

Behutsam legte mir Lady Moorbach-Scheltenstein ihre Hand auf mein rechtes Bein. »Sie sind ja so blass, mein Kind. Keine Angst, meine Liebe. Ich bin bei Ihnen«, flüsterte sie mir zu.

Ich schwieg den gesamten Nachmittag über und trank meinen Tee. Simon war irgendwann auf Lady Moorbach-Scheltensteins Schoß eingeschlafen, den Bauch voll mit Keksen. Manchmal schien es mir, als würde mich meine Mutter verstohlen mustern, aber nichts in ihrer Stimme oder Haltung verriet mir, ob sie mich erkannt hatte. Doch wenn nicht mich, dann hätte ihr doch wenigstens die Ähnlichkeit mit dem Mann auffallen müssen, den sie vor mehr als 16 Jahren so geliebt hatte, dass sie seine Tochter auf die Welt brachte.

Doch nichts!

Als ich, erlöst von dieser zermürbenden Teeparty, gemeinsam mit Lady Moorbach-Scheltenstein vor die Tür trat, regnete es in Strömen. Dimitri öffnete die Tür des Wagens und meine neue, alte Freundin ließ sich in die Polster gleiten. »Steigen Sie ein, meine Liebe. Dimitri wird Sie nach Hause fahren, wenn er mich abgesetzt hat.«

»Danke, Lady Moorbach-Scheltenstein. Aber ich gehe lieber zu Fuß.«

Die alte Dame riss erschrocken die Augen auf. Und auch Dimitri protestierte leise. »Das sind mehr als eine Stunde Fußweg, Mylady. Es wird dunkel sein, bis Sie Ihr Hausboot erreicht haben.«

Aber ich blieb bei meiner Entscheidung.

»Na gut, Herzchen. Und bitte nennen Sie mich doch Lilly,

ja? Lady Moorbach-Scheltenstein ist auf Dauer doch etwas anstrengend.«

Ich lächelte und versprach es.

»Na bitte! Da ist wieder Ihr entzückendes Lächeln. Dimitri! Wir fahren.«

Ich winkte den beiden nach. Simon, der dem Regen entfliehen wollte, machte es sich in meiner Tasche bequem, und ich lief in Richtung Themse. Noch nie in meinem Leben hatte ich mich so ausgelaugt und gedemütigt gefühlt. Und das war Absicht. Aus keinem anderen Grund hatte mich Lord Peters Mutter zu dieser Teeparty eingeladen. Sie wollte ihrem Sohn, ihrem Enkel und mir, ihrer Enkelin, eine Lektion erteilen. Sie war die Herrin der Familie und bestimmte, was in ihr geschah. Stinkwütend und tief enttäuscht lief ich immer weiter.

Auf der Höhe von New Scotland Yard sah ich eine schwarze Limousine, die mir im Schritttempo folgte.

»Vincent!«, rief ich lachend aus, auch wenn ich mich für einen kurzen Augenblick fragte, wie er mich gefunden hatte. Dann hielt ich den Daumen meiner linken Hand in die Höhe. Der Wagen setzte sich vor mich und hielt an. Ich öffnete die Beifahrertür und setzte mich hinein. Ich war klatschnass, aber das störte ihn überhaupt nicht.

»Dann bringe ich Sie mal nach Hause, Mylady«, war alles, was er sagte.

Den ganzen Weg über schwiegen wir. Die Ruhe tat mir gut, und je näher ich meiner kleinen Welt kam, desto klarer wurde mein Verstand.

Ich würde kein Wort darüber verlieren, dass ich wusste,

wer meine Mutter war, und dass ich nach dem Geburtsrecht zu dieser Familie gehörte. Ich wollte kein Teil von ihr werden.

Familie muss nicht immer blutsverwandt sein.

Lord Peter, William, Asim und ich sind ein Team.

Wir sind Familie!

Looking forward!

DANKSAGUNG

Auch für diesen Band habe ich wieder auf die Arbeit und Recherche von vielen Menschen zurückgegriffen, bei denen ich mich bedanken möchte. Menschen, die sich dafür engagieren, dass wir heute die Kunst- und Kulturgeschichte unserer Vorfahren überall auf der Welt bewundern können.

Mein Dank gilt den Autoren Simon Singh, dessen Jugendbuch »Codes« mich in die geheime Welt des Kodierens eingeführt hat, und Christopher Andrew für seine umfassende Geschichte des MI5.

Mein tiefster Dank gilt meinem Mann Harry und meiner Tochter Tabea für ihre Geduld, ihren Humor und ihr Vertrauen in mich und meine Arbeit.

Ich danke meiner Literaturagentin Gabi Strobel, für ihre Energie und den Glauben an meine Geschichten.

Vor allem danke ich dem unvergleichlichen Team vom Ueberreuter Verlag und meiner Lektorin Emily Huggins, für ihre Ideen und die einzigartige Zusammenarbeit.

Last but not least danke ich dir, liebe Leserin, lieber Leser, dass du dir die Zeit genommen hast, Cat auf ihrem zweiten Abenteuer zu begleiten.

Ich heirate in Weiß. Das Kleid ist ein absoluter Traum, ich habe es selbst geschneidert. Die Seide schmiegt sich um meine Taille, kühle Spitze streicht über meine Schultern. Der Schleier ist drei Meter lang. Ich sehe aus wie eine Prinzessin.

Mit gerafftem Rock steige ich in Begleitung der vier Bodyguards die Treppe zur Kirche hinauf. Drinnen warten an die hundert Gäste darauf, dass die Zeremonie beginnt, aber Enzo verspätet sich wieder einmal.

Der Padrone kann sich das erlauben. Als kreativer Spross eines ermordeten Drogenbosses kehrte er Neapel und der Camorra den Rücken und gründete in Mailand das Modelabel *Musetti,* mit dem er bei den ganz Großen der Branche mitmischt. An seinen Mafiamethoden änderte das freilich nichts, mittlerweile kontrolliert er die halbe Lombardei.

Hier in seinem Wohnort Vanzago, etwa eine halbe Autostunde westlich von Mailand gelegen, gehört ihm jedes Geschäft, jedes Haus, jede Familie. Alle müssen sich seinem Willen beugen. Wen interessiert da schon, ob die Hochzeit seiner Stieftochter pünktlich beginnt oder nicht?

Lia Musetti. Ich probiere den Klang meines neuen Namens aus, lautlos, nur für mich. Die letzte Silbe will mir kaum über die Lippen kommen.

Ich bin keine Musetti. Ich werde es niemals sein.

Dabei ist Enzos Neffe Daniele, mein zukünftiger Ehemann, ein guter Fang. Er sieht umwerfend aus, ist gebildet, als Jungdesigner erfolgreich. Er wird einmal die Firma führen und das Musetti-Vermögen erben, das sich jetzt schon auf mehrere Hundert Millionen Euro beläuft, sprich: Er ist stinkreich. Sämtliche Mädchen der Stadt würden sich alle zehn Finger nach ihm lecken. Ich nicht. Ich hasse ihn.

Vor dem geöffneten Tor bleibe ich stehen. Die Junisonne blinzelt durch das Blätterdach der alten Kastanien. Es ist schwül, die Luft ist schwer wie eine Decke und es ist ungewöhnlich still im Viertel. Wer nicht in der Kirche sitzt, weil er es Enzo schuldig ist, hat die Rollläden heruntergelassen. Furcht ist stärker als Neugierde.

Die Gelassenheit meiner Bodyguards ist nur Show. Ich weiß, dass sie mich ständig im Blick haben. Sie sind nicht zu meinem Schutz da, sie sind meine Wachen. Und sie sind mindestens so nervös wie ich.

Mir ist heiß, in meinem Mund sammelt sich zäher Speichel. Ich muss mich dazu zwingen, geradeaus zu schauen, nicht über die Schulter zu blicken und in den Hauseingängen nach der versteckten Gestalt zu suchen. *Auf Toma ist Verlass*, rufe ich mir in Erinnerung. *Alles wird laufen wie geplant.*

Es ist zum Haareraufen. Ich kann mir noch so oft Mut zusprechen, mein Körper wendet sich trotzdem gegen mich. An meinen Handgelenken kribbelt es verdächtig.

Ich muss die Angst bezwingen, also beginne ich zu zählen. Meine Mutter hat mir die Methode beigebracht: eins, zwei, eins, zwei – zählen, atmen. Massiv und undurchdringlich muss er sein, mein Schutzwall, dann kann mir nichts etwas anhaben. Zählen, atmen …

Das jahrelange Training macht sich bezahlt, meine Gefühle lassen sich zurückdrängen. Die Nervosität aber bleibt. Ich bin ja auch die Braut, ich habe jedes Recht der Welt, nervös zu sein!

Unruhig starre ich wieder ins Halbdunkel der Kirche. Von drinnen ist Gemurmel zu vernehmen. Wo bleiben Enzo und Daniele denn nur? Diese Warterei macht mich wahnsinnig.

»Mir ist schlecht«, erkläre ich einem der Bodyguards. Er ist neu, ich kenne noch nicht mal seinen Namen. »Kann ich ein Glas Wasser bekommen?«

Er rührt sich nicht vom Fleck. »Es dauert nicht mehr lang, Signorina.«

Ich schnaube. »Das höre ich seit einer Stunde. Wenn Sie nicht wollen, dass die Braut zusammenbricht, sollten Sie den Boss benachrichtigen. Oder mir Wasser bringen. Am besten beides.«

Er tippt an sein Headset und fällt in einen Wortwechsel mit Enzo, der so schnell ist, dass ich Mühe habe zu folgen, obwohl ich fließend Italienisch spreche.

Meine Mutter stammte aus Deutschland. Als ich drei Jahre alt war, kehrte sie ihrer Heimatstadt Berlin den Rücken und folgte Enzo nach Italien. Mittlerweile bezweifle ich, dass sie diese Entscheidung aus Liebe traf.

»Noch zehn Minuten«, sagt der Bodyguard.

»Und das Wasser?«

Er wirft einen Blick auf den schwarzen Ford Edge, der in der Allee im Schatten steht. Ich weiß, dass es darin eine Kühlbox mit Getränken gibt, weil Enzos Männer oft stundenlang für ihn unterwegs sind. Die Frage ist nur, ob der Bodyguard sich traut, von meiner Seite zu weichen.

»Es geht gleich los.«

Feigling.

Reifen quietschen, als ein Auto rasant in die Straße einbiegt. Enzo? Nein, ein roter Sportflitzer. Ich will mich schon abwenden, da hält der Wagen direkt vor der Kirche. Unruhe befällt die Bodyguards. Dieser Parkplatz ist für den Padrone vorgesehen. Einer der Männer läuft hinunter, um dem Kerl, der sich gerade vom Fahrersitz schwingt, die Leviten zu lesen. Dann hält er in der Bewegung inne.

»Signore Filippo!«, ruft er. »Was …?«

Was willst du denn hier?, vollende ich in Gedanken. Onkel Filippo ist Danieles Vater und das schwarze Schaf der Familie. Er arbeitet nicht in der Modebranche, ich glaube, er hat überhaupt noch nie einen Finger für seinen Lebensunterhalt gerührt. Stattdessen schwirrt er in der Weltgeschichte herum, klappert ein Casino nach dem anderen ab und schafft es regelmäßig wegen irgendwelcher dubioser Geschichten in die Schlagzeilen. Dass er ausgerechnet heute auftaucht, anstatt an einem Spieltisch zu pokern, kann nur ein böser Wink des Schicksals sein.

Niemand darf uns in die Quere kommen.

Erstmals riskiere ich einen Blick die Straße hinunter. Das abgestellte Motorrad wirkt unauffällig. Toma ist nirgends zu sehen. Es wird klappen. Es *muss* klappen, eine Alternative gibt es nicht.

»Hier können Sie nicht parken, Signore«, stellt der Bodyguard fest.

»Ach nein?« Filippo wackelt unbeeindruckt mit dem Kopf. »Weil mein ehrenwerter Herr Bruder vorfahren möchte? Was juckt mich das?« Er sieht mich vor dem Kirchentor stehen und eilt die Treppe herauf. »Lia, mein Herz!«

Steif lasse ich mich in seine Umarmung ziehen. »Mein Make-up«, bringe ich hervor, als er mir einen Kuss auf die Wange drücken will. Folgsam hält er Abstand und deutet die Begrüßung nur an – Luftkuss rechts, Luftkuss links.

»Make-up, pff. Das hast du doch nicht nötig! Du bist eine Naturschönheit, Lia.«

Onkel Filippo ist ein Charmeur, die Frauen liegen ihm

ohne Einschränkung zu Füßen. Für ihn aber zählt nur die Eroberung, kaum hat er eine rumgekriegt, gelüstet es ihm nach der nächsten.

Genauso lief es mit Danieles Mutter ab. Drei Tage, mehr brauchte es nicht, um ihr ein Kind anzuhängen. Mit dem feinen Unterschied, dass er in ihr auf eine Ebenbürtige traf. Sie legte den Kleinen gleich nach der Geburt auf der Schwelle des Musetti-Landsitzes ab und machte sich aus dem Staub. Ein Glück für Daniele, dass Enzo ihn sofort unter seine Fittiche nahm. Filippo wäre ihm nie ein guter Vater gewesen, überhaupt kein Vater, um genau zu sein.

Ich lächle gezwungen. »Danke.«

»Und was für ein Kleid! Zauberhaft.«

Ein angemessener Look, um sich ins Verderben zu stürzen.

... neugierig, wie es weitergeht?

Mara Lang
Girl in Black
ab 14 Jahren, 400 Seiten,
Hardcover mit Schutzumschlag
mit Goldveredelung und Spotlack
ISBN 978-3-7641-7063-9

Corina Bomann
**Unter dem Himmel
Australiens**
320 Seiten
Hardcover
ISBN 978-3-7641-7034-9

 **Auch als E-Book
erhältlich!**

Leben und Lieben in Australien

Australien – für die englischen Mädchen Lucy und Anne bedeutet es im 19. Jahrhundert den Traum von einem neuen Leben.
Als Anne jedoch schon kurz nach ihrer Ankunft in Perth stirbt,
ist Lucy ganz alleine. Doch dann lernt sie einen Farmerssohn
kennen und gerät in ein Abenteuer zwischen Viehbaronen,
Aborigines und der ganz großen Liebe.

www.ueberreuter.de
www.facebook.com/UeberreuterBerlin

Carolin Philipps
**For your eyes only –
4YEO**

144 Seiten
Klappenbroschur
ISBN 978-3-7641-7040-0

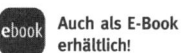 **Auch als E-Book
erhältlich!**

Ein Klick mit Folgen!

Lilly ist überglücklich: Endlich ist sie mit ihrem Schwarm Jannis zusammengekommen. Doch sie macht sich Sorgen, als Jannis kurz darauf mit seiner Abschlussklasse nach Mallorca fährt. Denn mit dabei ist Jannis' Ex-Freundin Jennifer, die deutlich macht, dass sie Jannis um jeden Preis zurückgewinnen möchte. Um Jennifers Reizen etwas entgegensetzen zu können, schickt Lilly ihm sexy Fotos von sich. Ihr Plan scheint zunächst aufzugehen, denn Jannis antwortet sehnsüchtig. Am nächsten Tag aber tauchen die Nacktfotos plötzlich bei Facebook und auf den Handys von Jannis' gesamter Abschlussklasse auf. Lilly wird zum Gespött der ganzen Schule ...

www.ueberreuter.de
www.facebook.com/UeberreuterBerlin

Oliver Schlick
Miranda Lux
**Denken heißt zweifeln
oder warum jede
Geschichte zwei Seiten
hat**

384 Seiten
Hardcover
ISBN 978-3-7641-7059-2

 **Auch als E-Book
erhältlich!**

Die Welt steckt voller Geheimnisse

Ist eine antike Tragödie für Ereignisse in der Gegenwart verantwortlich? Leben Außerirdische unter uns? Und warum sind Matratzenläden immer in Eckhäusern?
Die Welt steckt voller Geheimnisse und nichts ist so, wie es scheint. Niemand weiß das besser als die 15-jährige Miranda Lux, Expertin für Rätsel und Verschwörungen jeder Art. Miranda bezweifelt alles. Kein Wunder, denn ihre Eltern waren prominente Verschwörungstheoretiker, bis sie bei einem mysteriösen Hubschrauberabsturz ums Leben kamen — was Miranda selbstverständlich infrage stellt.
Als sich ein mysteriöser Todesfall ereignet, der unbestreitbare Parallelen zu Mirandas Eltern aufweist, gibt es endlich eine frische Spur. Sie führt zu einer Gruppe mit einem brisanten Geheimnis und zu einem unerbittlichen Gegner ...

www.ueberreuter.de
www.facebook.com/UeberreuterBerlin

Tino Schrödl
**Die Regeln des
Schweigens**

288 Seiten
Hardcover
ISBN 978-3-7641-7042-4

 **Auch als E-Book
erhältlich!**

Sind deine Geheimnisse
wirklich sicher?

Als Phils Schwarm Mona ihn ihren Freunden, den Mitgliedern eines »Geheimclubs« vorstellt, beginnt für Phil eine aufregende Zeit. Die Clique bietet Phil an, dem Club beizutreten, vorausgesetzt er gibt den anderen ein Geheimnis von sich preis, das bisher noch niemand kannte. Denn der Club sammelt und verwaltet die Geheimnisse anderer Menschen, um so die Welt besser verstehen zu können. Doch als Matt, eines der Mitglieder, immer größere Machtfantasien entwickelt und die Geheimnisse für seine Zwecke zu missbrauchen versucht, droht das Ganze außer Kontrolle zu geraten. Und warum wird Phil das Gefühl nicht los, dass die Clubmitglieder etwas vor ihm verbergen?

**www.ueberreuter.de
www.facebook.com/UeberreuterBerlin**